東欧の想像力
7

THE PAINTED BIRD
ペインティッド・バード

イェジー・コシンスキ　著　Jerzy Kosinski
西 成彦　訳　Masahiko Nishi

松籟社

Translated by Masahiko Nishi.

妻メアリー・ヘイワード・ウェアの思い出に。
彼女なくしては過去さえもがその意味を
失うことだろう。

そして、ただひとり
　　神のみが、
彼らが種類の異なる
　　存在であると知っていた。

マヤコフスキー

ペインティッド・バード

1

第二次世界大戦が始まってから数週間、一九三九年の秋のことだった。六歳の少年が東欧の大都市から、何千という子どもたちと同じように、両親の手によって、遠い村へと疎開させられた。東方に向かう旅人が、がっぽり金を受け取って、子どもに一時的な里親を見つけることを請けあった。ほかに手がないこともあって、両親は子どもを男に託した。

疎開させるにあたって、子どもにとってこれが戦争を生き延びる最善の方法だと両親は信じて疑わなかった。父親は戦前に反ナチスの運動にかかわっていた。となると、両親もドイツでの強制労働や強制収容所行きを避けたければ身を潜めるしかなかった。せめて子どもはそうした危険から守ったうえで、来るべき日の再会を願ったのだ。

しかし、事態は計画通りには進まなかった。戦争と占領の混乱のなかで、住民の移動がくりかえされ、子どもを疎開先に預けた男との連絡が途絶えてしまった。二度とふたたび会うことはないかもしれない。もう腹をくくるしかなかった。

そうこうするうち、少年が着いてから二か月もたたないうちに里親になった女性は死んでしまい、少年はひとりぼっちで、ときには身を隠し、ときには追跡を受けながら、村から村へとさまよい歩いた。

少年がそれから四年を過ごすことになった村々は、民族的にも少年が生まれた地域とは違っていた。周囲から孤立し、同族婚姻を続けてきた一帯の農民たちは、肌の色が白く、ブロンドの髪に青か灰色の目をしていた。一方、少年はオリーブ色の肌に黒髪で、目の色も黒かった。少年はきちんと教育を受けた階級の言葉を話したが、東方の農民にはこれがなかなか通じなかった。

少年はジプシーかユダヤ人の浮浪者とみなされた。ゲットーのなか、もしくは死の収容所に送られる運命にあったジプシーやユダヤ人をかくまって、それがドイツ人に見つかると、その個人や共同体は厳罰を覚悟しなければならなかった。

一帯の村々は何世紀ものあいだ顧みられることがなかった。都会からのアクセスも悪く、遠く隔てられていたこの地域は、東欧で最も辺鄙《へんぴ》な一角に位置していた。学校も病院もなく、舗装道路も橋もほとんどないに等しく、電気も通っていなかった。ひとびとは曾祖父の時代と同じように小さな集落を構成して生きてきた。川や森や湖の権利をめぐっては村と村のあいだでいさかいが絶えなかった。強く裕福な者が弱く貧しい者に対して伝統的に権利を有するというのが唯一の決まりだった。信仰的にはローマ・カトリックと正教の二つに分かれ、ひとびとはとんでもない迷信と、人間にも動物にも等しく襲いかかる疫病によってのみ結ばれていた。

みんな、べつに好きでそうなったわけではないにしても、無知で残忍だった。土壌はやせており、気候は厳しかった。川には魚が少なく、しばしば氾濫を起こして放牧地や畑を水浸しにし、沼地に変えた。広大な沼沢地と湿地がこの地域を寸断し、深い森は古くから盗賊や無法者に隠れ処を提供してきた。

ドイツによる占領は、一帯の生活苦や後進性をいっそう助長しただけだった。農民たちはわずかな収穫の大部分を、かたやドイツの正規軍、かたやパルチザン部隊に供出しなければならなかった。もしそれを拒否しようものなら制裁を受け、村を廃墟に変えられても文句は言えなかった。

ぼくはマルタの家に住み、両親が迎えに来てくれるのではないかと毎日のように待ちわびていた。泣いてどうなるものでもなかったし、めそめそしているぼくに、マルタは目もくれなかった。

マルタは年寄りで、いつも前のめりになって、体を半分に折りたいのに折れないでいるみたいだった。一度も梳《と》かしたことのない長い髪の毛は、解こうったって解けないたくさんの房に撚《よ》れていた。これをマルタは「もつれあたま」と呼んでいた。「もつれあたま」には邪悪な力が宿り、毛を撚りあわせながら、ゆっくりとひとを老いぼれに変えていくのだった。

マルタは節くれだった杖に体をあずけて、足を引きずりながら歩き、ぼくにはまるで分からない言葉でぶつぶつひとりごとを言っていた。その小さな干からびた顔は網の目のような皺におおわれていて、肌は焼きすぎたリンゴみたいに赤味がかった茶色だった。干からびた体は、まるで体のなかで風が吹いているみたいに、休みなしに震えていて、病気で関節がねじれたごつごつの手は、指も震えがとまらない。ひょろ長く、骨ばった首にのっかった頭がぐらぐらするのに合わせているかのようだ。

視力はゼロに等しかった。びっしり生えた眉のなかに埋もれそうになったすきま越しに明かりを見ていた。まぶたは深く耕された畑の畦のようだった。目じりからは涙がいつもこぼれ、使い古された溝を伝って、糸を引くような鼻水に合流し、さらに唇からしたたる唾液の泡と混じりあった。その姿は、芯まで腐って、最後に風が吹きつけて黒く乾いた綿ぼこりを吹き飛ばしてくれるのを待っている、老いさらばえた緑灰色のタンポポの綿毛にみえた。

最初、ぼくはそのマルタが怖くて、近くに寄られるたびに目をふさいだ。だからなおさら、その鼻をつまみたくなるような体臭は強烈だった。彼女はいつも服を着たままで寝た。本人によると、外気が部屋に運び届けてくる無数の病気から身を守るには服を脱がないのがいちばんとのことだった。

健康を維持するには、人は一年に二度、つまりはクリスマスとイースターの二回を除いて、体を洗うべきではないと、彼女は主張した。そのときも服を脱がずに軽く洗うのだという。お湯を使うのも、数知れない胼胝《たこ》や魚の目、ふしだらけの足の肉に食いこんだ爪をそぎ落とすためで、それが週に一度か二度だった。

彼女はよく、庭いじり用の馬鍬にそっくりの老いた震える両手で、ぼくの髪の毛に触れた。庭で遊ぶようにして、家畜たちと仲良くしろというのだ。

間もなく、ぼくはこの家畜どもが見た目ほど危険でないことを知った。むかし乳母がよく読み聞かせてくれた絵本にあった動物の物語を思い出した。この動物たちにも、それぞれの人生、愛やら喧嘩やらがあり、動物たちはじぶんたちの言葉で会話を交わすのだ。

メンドリは鶏小屋のなかで、ぼくの投げ与える餌が欲しくておしあいへしあいする。二羽ずつ組んで散歩するのもいれば、弱いものをつついては、雨のあとにできた水溜まりでひとり水浴びをしたり、おめかしでもするように羽根を立てて、卵の上に坐りこんだりして、そのまま眠ってしまうものもいる。

飼育場ではふしぎなことが起こった。黄色や黒のヒヨコが卵から孵《かえ》ったけれど、それは生きている卵がひょろ長い足を生やしたみたいだった。ひとりぼっちのハトがこの群れに加わろうとしたことが一度あった。ハトはとても歓迎されるどころではなかった。羽根をばたつかせながら着地し、ヒヨコたちの真ん中にほこりを巻き上げると、みんな怖がって逃げ去った。そのハトが気取った足取りでヒヨコたちに近づきながら、しわがれた声でくーくー鳴き、ヒヨコたちになれなれしくすると、みんなは遠巻きにそいつを見て、蔑んだ目をするのだった。そしてハトが近寄ると、かならずぴいぴい言いながら走り去った。

ある日、このハトがメンドリやヒヨコにいつものようになれなれしくしようとしたとき、小さな黒い形をしたものがいきなり雲間からあらわれた。メンドリはけたたましく鳴いて、納屋や鶏舎へとかけこんだ。その黒いかたまりは石のように群れの上に落下し、ハトだけが避難場所を見つけられなかった。羽根を広げて飛び立とうとしたけれど間に合わず、鋭い鉤のようなくちばしをした力のある鳥は、ハトを地面に釘付けにして攻撃を加えた。ハトの羽根は血に塗《まみ》れた。マルタが家のなかから、杖を振りまわしながら跳び出してきたが、タカはハトの萎えきった体をくちばしにくわえて、すーっと飛び去った。

マルタは特別にしつらえた小さな石の庭に、ヘビを飼い、注意深く塀をこしらえて逃げられなくしていた。ヘビは観兵式の旗のように、二股に分かれた舌をちろちろさせながら、落ち葉のあいだをくねくねと前進した。この世にはまったく無関心といったふうで、ぼくの存在に気づいていたかどうか、よく分からなかった。

あるとき、ヘビは与えられた場所の奥、苔に覆われたなかに深くもぐりこんで、餌も水もとらずに長いあいだそこを動かず、マルタでさえもあまり話したがらないような奇妙な謎の行為にはげんだ。ようやく姿をあらわしたときには、その頭部はオイル漬けのプルーンのようにぬらぬらしていた。そのあとに信じられないような見世物が続いた。ヘビは、とぐろを巻いた体にそってのそりと身を震わせて、ほとんど動かなくなった。それから静かに殻から這い出て、がぜんすらっとして、若返ったように見えた。もはや、舌をちろちろさせることもなく、新しい皮膚が固まるのを待っているようだった。古い、半透明の殻は完全に振り切られ、その上を失礼にもハエが何匹も這った。マルタは重々しいしぐさでその殻をすくいあげ、秘密の場所に安置した。ヘビの抜け殻は貴重な薬効をもつからだった。でも、マルタは、ぼくはまだ子どもだからその薬効までは理解できないと言った。

マルタとぼくは目を丸くして脱皮の様子を見守った。彼女は、人間の魂も同じようにして体を脱ぎ棄て、神のもとへ飛んで行くのだと、ぼくに教えてくれた。そこまでは長い道のりだが、神の暖かい手に拾われると、その息で魂はよみがえる。そして、あとは天国の天使に姿を変えるか、地獄に突き落とされて永遠の業火に焼かれるか、どちらかなのだ。

一匹の小さな赤いリスがよくこの家にやってきた。リスは、腹ごしらえをしたあと、しっぽでリズムを刻み、小さくキイキイいいながら、転がったり、跳びはねたりして、ヒヨコやハトを怖がらせ、前庭で軽快なダンスを踊ったものだった。

リスは毎日のように、ぼくのところにもやってきて、肩に乗って耳や首や頰にキスをし、髪の毛に軽く触れて戯れた。ひとしきり遊ぶと、すっと姿を消し、畑を横切って森に戻っていくのだった。

ある日、声がするので、近くの小山まで駆けた。茂みに隠れて様子をうかがったのだが、そこではぞっとする光景がくりひろげられていた。村の子どもたちが畑のなかで、ぼくのリスを追いかけまわしていたのだ。リスは狂ったように走り、安全な森に逃げこもうとしていた。そうはさせまいと、子どもたちはその行く手に石を投げ、邪魔をした。小さな生き物は力尽き、跳躍も小刻みになり、ペースが落ちた。とうとう子どもたちがリスをつかまえたが、リスは勇敢に戦い、相手に咬みつこうとした。すると、子どもたちがリスの上にかがみこみ、罐《かん》からなんだか分からない液体をぶちまけた。なにか恐ろしいことが行われそうな気がして、ぼくは小さな友だちを助ける方法はないものか、必死に考えようとした。しかし、もう遅かった。

子どものひとりが、肩にかけている罐から、燻《くすぶ》っている一本の木切れをとり出し、それでリスをさわった。そして、リスを地面にたたきつけると、リスはたちまち、ぼーっと炎上した。その悲鳴にぼくは息も継げなかった。火から逃れようとするみたいに跳びあがったが、炎は全身をつつんだ。ふさふさのしっぽだけが、さらに一瞬、ゆらめいた。煙をあげる小さな体は地面を転がり、じきに動かなくなった。子どもたちはそれを見ては、げらげら笑いながら、棒切れでそれをつつきまわした。

友だちをなくしたぼくには、朝起きて訪問を楽しみにする相手がいなくなった。マルタにこのことを話したが、どうも分かってはくれなかったようだ。マルタはぶつぶつひとりごとをいって祈りを唱え、謎の呪文を家じゅうにかけた。家のまわりには死がひそんでいて、家の中に忍びこむ機会をうかがっているというのだった。

マルタが病気になった。あばら骨の奥の、檻に閉じこめられた心臓がどきどきしているあたりに刺すような痛みがあると苦しそうに言う。神だか悪魔だかどちらかは分からないが、病気を送りこんでもうひとつの存在を滅ぼそうとしている、そうやって彼女の現世での滞在を終わらせようとしているのだという説明だった。どうしてマルタの場合には、ヘビのように皮を脱いで、新しい人生をやり直すことができないのか、ふしぎだった。

このことを口にすると、彼女は逆上して、神をも冒瀆するジプシーの父なし児め、悪魔の親戚め、といって悪態をついた。病気というものは思いもかけないときに忍びこむものなのだという。それこそ、おまえの後ろの荷車のなかに坐っているかもしれないし、森のなかでイチゴを摘もうとかがみこんだすきに肩に跳びのってくるかもしれない。はたまた、小舟で川を渡るときに、水のなかから這い出してこないともかぎらない。病気は目に見えず、ずるがしこく、空気や水を伝って、あるいは、動物や他の人間に触れることで忍びこむ。時としては――ここでマルタは、油断がならないというような目でぼくを見た――鷲鼻のすぐ両わきに黒い目が坐っていたら、その黒い目からやってくることもあると言った。そういう目はジプシーの目、あるいは魔女の目といって、ひとをびっこにすることもあるし、疫病や死をもたらすこともありえた。だから、彼女は自分の目を覗きこむなとぼくにいい、家畜の目をまっすぐに見ることも許さなかった。それでももし動物やマルタの目を見てしまうことがあったら、すぐに三回唾をはき、十字を切るように、とも。

マルタは、パン種をこねていて、それが酸っぱくなると、決まって不機嫌になる女だった。ぼくが呪文をかけたからだとひとのせいにして、お仕置きで、二日間はパンを食べさせないと言った。マルタの機嫌をとろうとして、しかも彼女の目を見ないようにしながら、ぼくは家じゅう目をつぶって歩いた。おかげで、家具につまずくわ、バケツをひっくりかえすわ、花床を踏みつけるわで、まるでとつぜん明るいなかに飛びこんで目が眩んだ蛾のように、そこらじゅうにぶつかった。そんなとき、マルタはマルタで、ガチョウの羽毛を集めて、燃えさかる石炭にぱらぱらとふりかけた。すると煙がもくもく上がり、彼女は邪悪な呪いを祓うべく、まじない文句をつぶやきながら、その煙を吹き散らして部屋に充満させるのだった。

ようやく、彼女は呪いが解けたと宣言した。嘘みたいだけれどそれは本当で、次から焼いたパンはおいしく焼けた。

マルタは病気や体の痛みには負けなかった。病気に対して、どこまでも、粘り強い戦いを挑んだ。痛みがくると、生肉のかたまりを出してきて、丁寧に薄切りにし、素焼きの壺に入れた。それから、日が昇る直前に井戸から汲んできた水をふりかけた。お次は、その壺を家の隅っこに深く埋める。そうすると、肉が腐るまでの数日間は痛みから解放されるというのだった。しかし、痛みはふたたび戻ってくる。すると、マルタはひとしきりこの方法をくり返すのだった。

マルタはぼくの前では、液体を口にすることはなかったし、にこりともしなかった。それがぼくに彼女の歯を数える機会を与えることになり、一本数えられるたびに寿命が一年ずつ縮んでいくと信じていたのだ。じっさい、マルタにはあまり歯がなかった。しかし、マルタほどの齢《とし》になると、一年一年がなにより大切なのだ。それくらいのことは分かった。

ぼくも歯を見せないで飲んだり食べたりしようと思い、井戸の青黒い水面に浮かぶ自分を見ながら、口を開けないで笑う練習をしたりもした。

ぼくは、床に落ちている彼女の髪の毛を拾うことは許されていなかった。抜け毛がただの一本でも、邪悪な目に見つかると、咽喉を痛めることになることはよく知られていた。

夕方になると、マルタはいろりのそばに腰を下ろし、うなずきながら、祈りを唱えた。ぼくはその近くに坐って、両親のことを考えていた。今はおそらくだれか他の子どものものになっている、自分のおもちゃのことを思い出した。目がガラスでできた大きな熊さんのぬいぐるみや、プロペラがくるくるまわって、窓からは乗客の顔まで見える飛行機、小さくよく動く戦車、はしごが伸び縮みする消防自動車。

そうしたイメージがくっきりとリアルに思い出されるにつれて、とつぜん、マルタの家がぽかぽか温まってくることがあった。坐ってピアノを弾く母さんの姿が思い出された。母さんの歌うその歌詞までが聞こえた。四歳のときに受けた盲腸の手術の前の恐怖感が甦った。つやつやした病院のフロア、顔にかけられたら十も数えることができなかったガスマスク。

しかし、こういった過去は、ぼくの婆やが話してくれた、嘘のようなおとぎ話みたいに、たちまちのうちに幻となるのだった。両親はほんとうにぼくを見つけだせるのだろうか？　一本一本歯を数えるかもしれない、邪悪な目をした連中の前では飲んだり、笑ったりしてはいけないことを二人は知っているのだろうか？　父さんのゆったりと大きく口を開けた笑いを思い浮かべると、気が気でなかった。あんなにたくさんの歯を見せてしまったら、邪悪な目に歯を数えられたとき、もうひとたまりもないだろう。

ある朝、目をさましたとき、家のなかが寒かった。いろりの火は消えていて、それでもマルタは部屋の真ん中に腰を下ろして、何枚ものスカートをたくし上げ、むき出しにした足をたっぷり水の入ったバケツに浸けていた。

声をかけてみたが、返事はなかった。その冷たく強ばった手をくすぐったが、節だらけの指は動かなかった。手は、風のない日に吊した洗濯物のように椅子の肘掛から、だらりとたれさがっていた。その頭を持ち上げてみると、涙ぐんだような目がぼくを見ているようだった。こんな目は、川の流れが魚の死体をいくつも岸に打ち上げたときに一度見たことがあるだけだった。

マルタは皮膚が変わるのを待っているのだろう。だからヘビと同じように、こういうときには邪魔をしてはいけないと、ぼくは結論づけた。どうしてよいかは分からなかったけれど、あせらないようにした。

　季節は秋の終わりだった。木枯らしが吹いてもろい小枝はぽきぽき折れた。残っていた皺くちゃの枯葉も空に舞っていき、メンドリたちはフクロウさながら、とまり木にとまって、眠そうに、さびしげに目を閉じ、目を開くときでも億劫なのか、片目しか開かない。寒かったけれど、ぼくには火の起こしかたが分からなかった。マルタに話しかけようとしたが、なにをやっても反応をひき出せなかった。彼女はじっと坐ったまま、ぼくには見えないなにかを見据えていた。

　ぼくはほかになにもすることもないし、次に目をさましたときにはマルタが辛気臭い賛美歌を口ずさみながら、台所でばたばた働いているに違いないと自分に言い聞かせて、寝床に戻った。しかし、夜になってふたたび目をさましても、彼女は足を水に浸けたままだった。ぼくは腹ぺこで、暗闇に怖気づいた。

　ぼくはオイル・ランプに火をつけることにし、マルタが安全なところに隠しているマッチをさがしてみたが、用心深く棚からランプを下ろそうとしたとたん、手がすべって、灯油を床にこぼした。

　マッチはなかなか着火してくれなかった。ようやく炎がぱっと燃えあがったとき、マッチ棒が折れて、灯油がこぼれたところに落下した。最初、炎は青みがかった煙をぽっとあげただけで、おずおずと消え入りそうになった。ところが、その炎が、人が変わったように勇ましくなり、部屋の真ん中へと飛び火した。

　周囲が照らされ、マルタの姿がはっきりと見えた。彼女はなにが起こったのか気づかないようで、炎を物ともしなかった。炎はもう床を這って壁にまで達し、彼女のいる籐椅子の脚をよじ登ろうとしていたのだけれど。

もう寒さは感じなかった。炎はいまやマルタが足を浸けているバケツのところまで近づいていた。その熱をマルタは感じていたはずだが、動こうとしない。その我慢強さには感心した。まる一日そこに坐っていたというのに、まだぴくりともしない。

部屋のなかがひどく暑くなった。炎は、へばりつく蔦のように壁を這いのぼった。その炎はちろちろと揺らめきながら、足元ではじける乾燥豆のようにぱちぱち弾けた。ことに、すきまから風がゆるゆると吹きこんでくる窓べりで、そうだった。ぼくはいつでも跳び出していけるように戸口に立ち、それでも、マルタが動きださないか待っていた。しかし、マルタはなにごとにも動じず、固まったように坐っていた。炎はマルタのだらりとさがった手を、懐っこい犬が主人にするように舐めはじめた。両手は紫色に変色し、炎はもつれ髪の方へとどんどん登っていった。

炎は一本のクリスマス・ツリーのようにきらきら輝き、やがてマルタの頭にとんがり帽子を被せるように高く燃えあがった。マルタは一本の松明《たいまつ》になった。炎は四方からマルタをやさしく包み、ぼろぼろになったウサギ皮の上着の切れがバケツに落ちると、その水がじゅーっと悲鳴をあげた。炎越しに、マルタの皺だらけのたるんだ肌と、ごつごつした腕の上の白い斑点が見えた。

ぼくは中庭に逃げ出しながら、もう一度だけ彼女に声をかけた。メンドリたちが、家とひと続きになっている鶏舎のなかでけたたましく声をあげ、羽をばたつかせていた。ふだんはおとなしい牝牛がモーッといって、牛舎の扉に頭突きを加えた。ぼくはマルタからの許しを待たないことに決め、自分の判断に従ってメンドリたちを解き放った。メンドリたちはヒステリックに走り出し、死にものぐるいで羽をばたつかせて飛びあがろうとする。牝牛は扉を破ることに成功した。そして、火から遠ざかり、安全なところまで行くと、物思いにふけるように反芻を始めた。

いまや、家のなかは竈《かまど》のなかと同じだった。炎は窓や穴という穴から躍り出た。ワラ葺《ぶ》きの屋根は下からの火にあおられ、無気味に燻っている。ぼくは、マルタは凄いと思った。こんなになっても無関心でいられるなんて、そんなことってありえるのだろうか？　彼女以外のものをなにもかも灰へと変えてしまう火からも彼女を守れるような魔法か呪文が仕掛けられていたのだろうか？

彼女はまだ出てこなかった。熱気は耐えられないほどになった。ぼくは中庭の遠くの端まで移動しなければならなかった。鶏舎も牛舎も火に包まれていた。たくさんのネズミが、熱さに怖気づいて庭じゅうを走りまわっていた。真っ暗な畑の畦の方からこちらを窺っていた猫の黄色い目に炎が映っていた。

けっきょくマルタはあらわれなかった。ぼくはそれでもマルタが無傷のまま出てくると信じきっていたのだ。しかし、壁の一方が崩壊し、黒焦げになった家の内部にのしかかっていったとき、もう二度と彼女には会えないのではないかと疑いはじめた。

空にのぼっていく雲のような煙のなかに、ぼくは奇妙な、楕円形のものを認めたような気がした。なんだろう？　マルタの魂が天に向かって逃げていこうとしているのだろうか？　それとも火によって復活した彼女が、年老いたかさかさの皮膚を脱ぎすてて、母さんがよく話してくれたおとぎ話の魔女のように、燃える箒《ほうき》にまたがって、地上を離れようとするところだったのか？

炎と火の粉のスペクタクルに見入っていると、人の声と犬の吠え声が聞こえてきて、ぼくは夢見心地から覚めた。農民たちが駆けつけてきたのだ。マルタはかねがね村人どもには気をつけろと言っていた。ひとりでいるところを捕まろうものなら、皮膚病にかかった猫みたいに溺れさせられるか、斧でたたき殺されるか、どちらかだというのだった。

ぼくは、光の環のなかに最初の人影があらわれたのを見ると、とっさに駆けだした。ぼくのことは見えていないらしい。ぼくは、目に見えない切り株や棘のある灌木に体をぶつけながら、狂ったように走った。そして、ようやく谷間をみつけて、そこに倒れこんだ。かすかな人声と壁の崩壊する音が聞こえてきたが、そのうち眠りこんでしまった。

明け方、ぼくは凍えそうになりながら、目をさました。谷底から見上げる上空には、靄《もや》がクモの巣のようにかかっていた。ぼくは丘のてっぺんまでよじ登った。マルタの家が建っていたあたりは、焼け焦げた木や灰が横たわり、上空には煙が柱のように立ち、時おり火の手があがった。

あたりは静まりかえっていた。いまこそこの谷間で両親に会えるのではないかと信じていた。どんなに遠くからでもぼくの身に起こったことには気づくはずだ。ぼくは二人の子どもじゃないか？　命の危険に際して子どものそばにいないような親なんて、なんのための親だろうか？

両親が近くまで来てくれている場合を考えて、ぼくは大声で叫んだ。しかし、なんの返事もなかった。

ぼくは生気を失い、寒さに震え、おなかを空かせていた。どうすればいいのか、どこへ行けばよいか、見当もつかなかった。両親はまだあらわれなかった。

ぼくはがたがた震え、胃の中にあるものを吐いた。だれかを見つけなければならなかった。そうだ、村へ行くしかなかったのだ。

打ち身だらけの足を引きずりながら、ぼくは冬枯れの草を踏みしめ、遠く離れた村の方へとおそるおそる進んでいった。

2

両親なんてどこにもいなかった。ぼくは畑を横切り、農家が固まっている方へと走りだした。むかしは青色に塗られていたのだろうが、腐りかけている十字架が四つ辻に立っていた。てっぺんには聖画が架けられていて、ぼやけて見えなくなってはいたが、涙ぐんだような目が無人の畑と朝焼けを見据えていた。十字架の腕のところには灰色の鳥がとまっていて、ぼくを見つけると翼を広げ、消えていった。マルタの家の焦げ臭いにおいが畑を越えて風に運ばれてきた。冷えていく焼け跡からひょろ長い煙が冬空へとのぼっていた。

すっかり冷え切って、怯えながら、ぼくは村に入った。地中になかばめりこんだような家が埃で固められたような道の両側に並び、ワラ葺《ぶ》きの屋根は落ちそうで、窓には板が張ってあった。柵につながれていた犬どもがぼくに気づき、鎖をぐいぐいひっぱって吠えだした。ぼくは動くのがこわくて、道の真ん中に立ちつくした。今にも一匹が鎖を切ってとびかかってくるんではないかと思ったのだ。

両親なんてここにはいない、そしてあらわれるはずもないという恐ろしい考えが脳裏をよぎった。ぼくはそこにへたりこみ、お父さん、お母さん、そして婆やの名前まで呼びながら、ふたたびしくしくと泣きだした。

まわりには大きな人だかりができ、みんなはぼくに分からない方言で話していた。その疑ぐり深そうな視線と動きにぼくはぞっとした。何人かは犬を連れていて、どいつもこいつもが歯をむいて、つっかかってきた。

背後からだれかが、馬鍬でぼくを突っついた。ぼくは跳びすさった。するとまた別のやつが先のとがった鍬でぼくを刺した。ぼくは大きな声をあげ、また跳びのいた。

連中はかさにかかって迫ってきた。ぼくは石をぶつけられた。ぼくはうつ伏せになって、こんどはなにが起こるかなんて知らずにすませたいと思った。頭上には、干からびた牛糞やカビの生えたジャガイモ、リンゴの芯や泥団子や小石が、雨あられと降ってきた。ぼくは両手で顔をおおい、道路をおおっている砂埃に向かって泣き叫んだ。

だれかがぼくを地面からひっぱり上げた。背の高い、赤毛の農夫がぼくの髪の毛をつかんで、自分の方に引き寄せ、もう一方の手でぼくの耳をつねった。ぼくは必死に抵抗した。野次馬連中はかっかっと笑っていた。さっきの男は、ぼくを突きとばし、木靴の底でぼくを蹴った。歓声があがり、男たちは腹をかかえ、体をゆすって笑った。犬どもはぼくに襲いかかりたくてもぞもぞしていた。

ごわごわの布でできた袋を持った農夫が群衆をかきわけ進み出て、ぼくの首をつかみ、頭から袋をかぶせた。それから、ぼくを投げ飛ばし、悪臭を放つ黒い地面に組みふせようとした。

ぼくは手足をばたばたさせて、噛みつき、ひっかいた。しかし、首筋に一撃を食らうと、たちまち意識を失った。

目がさめると体がずきずきした。袋につめられて、だれかに担がれ、どこかに運ばれていた。ざらざらの布地越しに汗ばむ熱さを感じた。袋は頭のところで結わえられていた。あんまりぼくがもがくので、ぼくは下におろされ、息が切れてふらふらになるまで、何発も蹴られた。動くのが怖くて、ぼくはうずくまり、気を失ったふりをしていた。

ぼくたちは農場についた。馬糞のにおいがし、ヤギや牝牛の鳴き声が聞こえた。ぼくは家の床の上にどさっと投げつけられ、鞭を持っただれかからめった打ちにされた。ぼくはくくられた首のところを破って、袋から躍り出た。体は灼けるようだった。鞭を手に持った農民の姿が見えた。男はぼくの足を狙ってきた。鞭が次々に振り下ろされるので、ぼくはリスのようにぴょんぴょん跳びまわった。部屋のなかにぞろぞろ人間がやってきた。染みのついたエプロンを胸まで上げた女。そして、小さな子どもたちが羽毛ベッドや竈《かまど》の後ろからまるでゴキブリみたいに這い出してきた。それから作男が二人。

ぼくはまわりをかためられた。ぼくの髪の毛に触れようとするやつがいた。ぼくがふり向くと、いそいで手をひっこめた。みんなはぼくのことをあでもないこうでもないと話していた。よくは分からなかったが、ジプシーという言葉が何度も出てきた。ぼくは言い返してやりたかったけれど、ぼくの言葉や話し方は、みんなをくすくす笑わせるだけだった。

ぼくを連れてきた農夫はぼくのふくらはぎをふたたび打ちはじめた。ぼくはいっそう高く跳びはねた。それを見て、大人も子どももげらげら笑うのだった。

ぼくはパンをひとかけ与えられ、たきぎ置場にとじこめられた。鞭のあとが灼けるように痛くて、眠れそうにはなかった。たきぎ置場のなかは暗く、近くをネズミが走りまわる音がした。ネズミが足に触るのがこわくて、ぼくは悲鳴をあげた。すると、壁の反対側で眠っていたメンドリがこんどは恐れをなした。

それから数日間、村の農民たちは家族を連れてやってきては、ぼくをじろじろ見た。主人が鞭のあとがかさぶたになったところをまた打ってくるので、ぼくはカエルのように跳ねた。ぼくは全裸に近く、与えられたのは、足を通せるように底のところを二箇所くりぬかれた袋だけだった。ぼくがぴょんぴょん跳ねると、袋はしょっちゅうずり落ちた。ぼくがぶら下がる小さなものを隠そうとするのを見て、男たちは高笑いし、女たちはくすくす笑った。ぼくがそいつらの目をまっすぐに覗きこむと、相手はあわてて目を逸らし、唾を三度吐いて、視線を落とすのだった。

ある日、「物知りのオルガ」と呼ばれる老婆が家にやってきた。主人はこれ見よがしの敬意を示して老婆を迎えた。オルガはぼくをためつすがめつして、ぼくの目と歯をじっくり確かめ、骨つきまでさぐったあと、小さな壺のなかにおしっこをするように言った。そんなものまで調べるのだ。

それから、それからずいぶん長く、胃のあたりを揉みながら、おなかに残された長い傷痕を観察した。盲腸の手術の痕だった。検査が済むと、オルガははげしく値段の交渉をして、とうとうぼくの首に紐を結わえつけて、ひっぱっていった。ぼくは買われたのだった。

彼女の家に住まわされることになった。家は地中に掘られた二部屋からなり、枯草や枯葉、灌木の枝、奇妙な形をしたカラフルな小石を敷きつめ、そこにカエルやモグラ、生きているトカゲやミミズがうじゃうじゃしていた。家の中央にはいろりがあって、大きな鍋がぶら下がっていた。

オルガはぼくになんでも見せてくれた。というのも、火の面倒をみたり、森から柴を刈ってきたり、家畜小屋を掃除したりするのがぼくの役目だったからだ。家には、オルガがいろいろな成分を挽き、かき混ぜて、大きな乳鉢に用意した粉末がたくさんあった。ぼくはその手伝いもしなければならなかった。

朝早く、彼女はぼくを連れて、農家を連れまわした。そこでは男も女もぼくたちをみると十字を切ったが、それを除けば愛想よく迎えてくれた。家には病人が待っていたのだ。

女の人がおなかをつかんでうめいていた。オルガは、女の人の暖かく湿ったおなかを揉みほぐし、きょろきょろせずにそれをじっと見ているように言った。そのあいだ、オルガはなんだか呟きながら、ぼくたちの頭上で、手ぶりでいろいろなしるしを作った。ぼくたちは足が腐りかけている男の子の手当てをしたことがあったが、その足は皺だらけの褐色の肌におおわれ、ところどころから、血の混じった黄色い膿《うみ》がにじんでいた。強烈な臭いがして、オルガでさえ、ひっきりなしに扉をあけて、新鮮な空気を入れなければならなかったほどだった。

まる一日、ぼくは壊疽《えそ》にかかった足を見つめていたが、子どもはめそめそしているか、眠っているかだった。家族のひとびとは恐怖に震えて、部屋の外に出て大声で祈りの文句を唱えていた。子どもが気をゆるしたすきに、オルガは火にくべて準備していた、まっ赤な焼け火箸を子どもの足にあて、注意深く傷全体を灼いた。その男の子はのたうちまわって、猛獣のようなわめき声をあげ、気を失ったかと思うと、また意識をとり戻した。肉の焦げる臭いが部屋じゅうに充満した。傷はフライパンでベーコンを焼くような音を、ジュージューとたてた。傷を灼きおわると、オルガはこんどは濡らしたパンのかたまりでそれをおおった。これには泥と取りたてのクモの巣がこね合わされていた。

オルガはほとんどどんな病気にも対応したので、彼女に対する尊敬の念は、どんどん高まった。ひとびとは彼女のところにありとあらゆる相談を持ちこんできたが、彼女はかならず役立った。耳が痛いという男には、キャラウェイの油で耳を洗い、両方の耳に、ラッパ状に巻いた布を挿しこんで熱い蝋を垂らし、外から布に火を点けてやった。テーブルに縛りつけられた患者は、耳のなかの布が燃えつくすあいだ、痛みから金切り声をあげた。そのあと、彼女は手際よく「オガクズ」と呼んでいる燃えかすを吹き払い、焼けただれた部分に、タマネギの搾り汁と雄ヤギまたはウサギの胆汁、そしてできたてのウォトカを少々混ぜた薬をすりこんだ。

オルガはまた、ねぶとに、おでき、こぶ、なんでも切ることができたし、腐った歯を抜くこともできた。しかも、切りとったねぶとは、酢に浸けてマリネー状態にしておけば、それがまた薬として使えるのだった。傷口から出てくる膿は絞り出して特製のカップで丁寧に受け、何日間か寝かせる。抜いた歯についていえば、それはぼくが大きな乳鉢に入れて粉末にし、その粉はいろりのてっぺんにのっている樹皮の上で乾かすのだった。

ときたま、真っ暗な晩に、恐怖につつまれた農民がオルガのところに駆けこんできた。彼女は大きな上っ張りをはおり、寒さと寝不足で体を震わせながら、お産の手伝いに出かけるのだった。オルガが近隣の村々に呼ばれていき、何日間か帰ってこないときは、ぼくが留守をあずかり、家畜に餌をやったり、火を絶やさないようにしたりした。

オルガは聞いたこともないような方言をしゃべったが、ぼくたちはおたがいにかなり理解しあえるようになった。嵐が荒れ狂い、村が雪におおわれて、孤立してしまう冬場は、二人で暖かい家のなかに腰をおちつけて、オルガは神の子どもたちや悪魔の精霊のことをかたっぱしから話して聞かせてくれた。

オルガはぼくのことを「黒スケ」と呼んだ。ぼくが悪霊にとりつかれていることをはじめて彼女から聞いた。その悪霊は深い穴倉にいるモグラのようにぼくの体のなかにうずくまっていて、ぼくはそれに気づかないでいるというのだ。このような悪霊にとりつかれたぼくのような色黒の子どもは、その黒い目ですぐわかるということだった。その黒い目は、明るく澄んだ目を眺めても、まばたきひとつしないというのだ。だからぼくはなんの気なく他人の目を覗きこんで、気がつかないうちに、相手に魔法をかけているのだとオルガは言い切った。

悪霊にとりつかれた目は、ひとに魔法をかけるだけではなく、それを解くことができるとも、オルガは説明してくれた。ひとや動物や、それに穀物でさえ、見つめるときは、オルガを手伝って治そうとしている病気以外のことはなにも考えず、心を真っ白にするように注意しなければならないのだ。悪霊にとりつかれた目に見つめられると、健康な子どもでさえ、たちどころに痩せ細って、それが仔牛なら、とつぜん疫病にかかって死ぬだろうし、草ならば、刈り取ったあと、いくら乾かしても腐ってしまうというのだ。

ぼくのなかに棲んでいる悪霊には、他の神秘的なものを惹きよせやすい性質があった。ぼくのまわりには亡霊が漂っている。亡霊は物静かで、口をきかず、めったに姿をあらわさないものだ。しかし、それでいてしぶといのだ。畑や森で働いている人間にちょっかいを出し、家のなかをのぞきこみ、獰猛な猫や狂犬に変身して、向かっ腹を立てるとうなりだす。真夜中には、それは煮え立つタールに変わる。

悪霊のところには、霊魂が集まってくる。霊魂とは、未来永劫、罰を受けて死んだ状態におかれている人間のことで、満月の晩にだけ生き返って、超能力を持ち、いつも悲しそうな目を東の方角へと向けている。

吸血鬼は、しばしば人間の形をとるために、こうした実体のない脅威のなかでもいちばんたちが悪いのだが、これもまた悪霊に憑かれた人間のそばに集まってくる。吸血鬼は生まれたあとに洗礼を受けないまま溺れたか、母親に棄てられたかした人間だ。それは水のなかか、森のなかで七歳まで成長し、そのあと、ふたたび人間の形をとり、放浪者に変身して、ローマ・カトリックや合同東方カトリックの教会に近づく機会をいまかとばかりにうかがっている。いったんそうした教会に棲みつくと、祭壇の周囲を落ち着きなくかきまわし、聖人の肖像画を汚そうとやんちゃを企み、聖具に咬みついたり、割ったり壊したりし、そして、チャンスがめぐってくると、眠っている人間の血を吸うのだ。

オルガはぼくがその吸血鬼ではないかと怪しんでいて、ことあるごとに、ぼくにそれを話した。ぼくの悪霊の強欲を抑え、それが霊魂や亡霊に変身するのを防ぐために、オルガは毎朝苦いせんじ薬を用意し、ぼくは、それを飲みながら、ニンニクでまぶした炭のかたまりを食べなければならなかった。村では他のみんなもぼくのことを怖がった。ぼくがひとりで村を通りぬけようとすると、村人は顔をそむけ、十字を切った。それどころか、妊婦はパニックにおちいって、ぼくから逃げ出したものだった。少し度胸のある連中ならば、ぼくに犬をけしかけた。もしも急いで逃げだすすべを学び、いつでもオルガの家の近くにいるように心がけていなかったら、度重なる遠出から生きては帰れなかっただろう。

ぼくは、ふだん家に残って、アルビノの猫が檻のなかのメンドリを殺さないように見張っていた。それは黒く、大変に珍しいものだといってオルガがやたら大事にしていたメンドリだった。それから、ぼくは背の高い壺のなかで跳ねているヒキガエルの目を見つめたり、いろりの火を絶やさないように燃やしたり、ぐつぐつ煮える汁物をかきまぜたり、腐ったジャガイモの皮を剝いたり、オルガが傷に塗りつける緑がかった軟膏をコップに集めたりしていた。

オルガは村ではたいへんな尊敬の的だったので、彼女といっしょであれば、だれを恐れることもなかった。オルガは、しょっちゅう呼ばれていっては、市場に向かう途中、悪い呪いから守るように家畜の目を水で浄めた。豚を買うにあたって三度唾を吐きかけるときのやり方や、牝牛を牡牛と交尾させる前には浄められた薬草を入れて焼いた特製のパンを牝牛に食べさせる、そのやり方とかを、農民たちに伝授した。村のだれひとりとして、ずっと健康でいられるとオルガが請け合うまでは、馬や牝牛を買ったりしなかった。オルガはその上に水を注ぎかけ、その動物がどのように体を震わせるかを見たうえで品定めをした。買取の値段もだし、しばしばそれが売れるか売れないかまでもが、オルガの一存で決まったのだ。

春がもうそこまできていた。川の氷が割れ、斜めからさす太陽の光が水流の、目まぐるしく動く渦をとらえて浸みこんだ。青いトンボが、ふいに吹き寄せる、冷たく湿った風と戦いながら、水面近くを舞い飛ぶ。太陽の光に温められた湖の表面からたちのぼる、あやしい川霧は、突風やつむじ風につかまって、まるでウールの糸くずのようにもてあそばれ、荒れ狂う大気のなかにのみこまれていく。

しかし、待ちに待った暖かな気候がやってきたのはよかったが、それは疫病の流行をもたらすものでもあった。疫病にやられた人たちは、突き刺されたミミズのように、劇痛にのたうちまわり、気味悪い悪寒に体を震わせながら、意識を回復することもなく死んでいった。ぼくはオルガとともに家から家へと走りまわり、病気を追い払おうと病人の姿に目を凝らしたが、なんの役にも立たなかった。その病気はあまりにも頑固だった。

ぴっちりと閉めた窓の後ろの、うす暗がりのなかでは、人が死にそうになって苦しみもがき、うめいては、叫び声をあげた。女たちは、おむつをしっかり巻きつけた小さな赤ん坊を胸におしつけていたが、その生命力はみるみる衰えていった。男たちは、途方にくれながら、高熱に苦しむおかみさんを羽毛布団や羊の皮で覆った。子どもたちは涙に濡れて、死んだ両親の青い斑点のある顔を見つめていた。

疫病は居座りつづけた。

村人は玄関まで出てきて、土埃から目を上げ、神をさがし求めた。この苦い悲しみを和らげられるとしたら、神しかいなかった。病気の責め苦に苦しめられた体に安らかな眠りをもたらしてくれるのも神だけだ。恐ろしく得体の知れない病を、不老不死を見こめる健康へと変えられるのも神だけで、子どもを失って嘆き悲しむ母親の心を鎮められるのも神だけだった。神だけしかいなかった……

しかし、神の叡智は量り知れず、神は時間を稼いでいた。村じゅう、家のまわりには火が焚かれ、通りや菜園や裏庭は煙でいぶされた。近くの森からは、斧を使う音がひびき、木がみしみし倒される音が聞こえてきた。火をがんがん焚くための薪をこしらえなければならなかったのだ。斧の刃が幹に食いこむ、乾いた鋭い音が、澄んだ静かな大気のなかを通り抜けてきた。しかし、その音が放牧地や村に届くころには、ふしぎに遠いこもった音になっていた。霧がかかると蠟燭の炎がぼやけて、うす暗くなるように、疫病を含んで重たくなり、静かに思い悩むような空気をくぐりぬけるあいだに、それらの音は吸収され、毒のある網にからめとられてしまうのだった。

ある晩、ぼくは顔がとつぜん火照りだし、がたがた震えるのを抑えられなくなった。オルガはぼくの目をのぞきこみ、冷たい手をおでこに置いた。それからいきなり、ものもいわずに、ぼくを遠くの畑まで曳きずっていった。そこに深い穴を掘り、ぼくの着ているものを剝ぎ取ると、そのなかに跳びこむように言った。

穴のなかに立ち、熱と寒気で震えていると、オルガは掘った土を戻し、首だけ出してぼくを埋めた。それから、まわりの土を踏み固め、表面がまっ平らになるまでシャベルで土を叩いた。そして、周囲にアリ塚がないことを確かめた上で、彼女は泥炭で三つの火を起こした。

こうして、冷たい土中に突き刺しにされ、ぼくの体は、萎《しお》れていく雑草の根のように、あっというまに冷えきってしまった。感覚もぜんぶなくなった。ほったらかしにされたキャベツさながら、ぼくは大地の一部になった。

オルガはぼくのことを忘れたわけではなかった。昼間のうち何度か冷たい飲み物を持ってきて、口に注いでくれ、それはぼくの体を通って地中に浸みこんでいくようだった。とりたてのコケをくべた火からのぼる煙に、目はかすみ、咽喉はいがらっぽくなった。地表から見ると、ときたま、風が煙を吹き払ったときに見える世界は、まるで表面がざらざらの敷物のようだ。まわりに生える草の一本一本が木のようにそそり立っている。やって来るオルガの姿は、この世のものではない、巨人が大地に落とす影なのだった。

夕方、最後の食事をぼくに与えると、彼女は新しい泥炭を火にくべ、家へと寝に戻っていった。野原のなかにたったひとりでとり残され、土に埋まっていると、地中へとぐいぐい引きこまれていくみたいだった。

火はゆっくりと燃え、火花がホタルのように無限の闇のなかに弾けとんだ。ぼくは、太陽に向かって伸びようとするのだけれど、枝を伸ばせず、地面におさえつけられている一本の植物になったような気がした。かと思えば、ぼくの頭だけが独立した生命を獲得して、しだいに速く回転しながら、目がまわるほどの速さになって、ついにはそれが昼間ずっと暖めてくれていた太陽の円盤にぶつかってしまうような感じもした。

ときおり、額に風が吹きつけるのを感じると、ぞくっとして、感覚がなくなった。やたら想像がたくましくなり、アリやゴキブリの大群が示し合わせて、ぼくの頭の方に押し寄せ、どこか脳天の下あたりに、新しい巣作りを始めるようにも思った。そこで連中は繁殖し、ぼくの思考を次から次へと食いつくし、ついには、ぼくはおいしいところをぜんぶこそぎとられたカボチャの皮のような空っぽになってしまうだろう。

騒々しい音がして目がさめた。まわりの様子は見当もつかず、目を開けた。ぼくは大地と融け合っていたが、重たい頭のなかは、さまざまな考えでぐるぐるした。世界は灰色に変わりつつあった。火は消えていた。流れ伝う露の冷たさを唇に感じた。顔面や髪の毛に滴《しずく》が落ちていた。

騒々しい音が戻ってきた。カラスの群れが頭上で弧を描いていた。そのうちの一羽が大きな羽をばさばさいわせながら、地上の近いところに降りてきた。そいつがゆっくりとぼくの頭に近づいてくるあいだに、他の連中も降りてきた。

ぼくはぶるぶる震えながら、その真っ黒に輝くしっぽと飛び出してくる目を見守った。みんな、ぼくのまわりをのしのし歩きながら、だんだん近づいてきて、ぼくが生きているのか死んでいるのかがよく分からないのか、ちらっちらっとぼくの方に顔を向けた。

ぼくは次にどうなるかと様子を見ようともせず、悲鳴をあげた。驚いたカラスたちは跳びすさった。一メートルほど舞いあがったカラスも何羽かいたが、それほど離れていないところにまた着地した。それから、ぼくの方を胡散くさそうに眺め、まだるっこしい行進を始めた。

ぼくはもう一度叫び声をあげた。しかし、今度はもうびくりともしない。だんだん度胸がついてきたのか、ずっと近くまで寄ってきた。ぼくは、胸がどきどきして、どうしていいのか分からなかった。もう一度叫び声をあげたが、こんどは、もう恐怖をあらわすことさえなかった。その位置は一メートルと離れていない。その姿は目のなかでしだいに大きくなり、くちばしがいよいよ凶暴に見えてきた。大きく股がひらいて、先の曲がった足の爪は巨大な馬鍬に似ていた。

そのうちの一羽が、鼻先何センチかのところに止まった。その顔にまともに声をぶつけてみたが、カラスはわずかに頭を持ち上げただけで、くちばしを開いた。そして、もうぼくが叫ぶ余裕も与えなかった。そいつはぼくの頭を突っつき、くちばしにぼくの髪の毛が何本かくっついているのが見えた。そいつはまた攻撃を仕掛けてきて、あらためて髪の毛をむしりとった。

ぼくは左右に頭を揺すって、首のまわりの土をゆるめた。しかし、こうした動きはいよいよカラスの好奇心を誘うだけだった。連中はぼくを取り囲み、どことはなしにぼくをつついた。ぼくは大声を張り上げようとしたが、か細い声しか出せなくて、声は地上に広がらず、土中にしみこんでいくだけで、とてもオルガが休んでいる家にまで届きそうにはなかった。

カラスたちは思う存分ぼくをもてあそんだ。ぼくが激しく頭を前後に揺すれば揺するほど、カラスたちは調子に乗り、大胆にもなった。なんだか顔は避けているようで、後ろ頭を狙ってくるのだった。

体から力が抜けていった。頭を動かそうにも、それはいちいちが大きな俵をどこかからどこかへ移すくらいの大仕事だった。ぼくは頭がおかしくなって、なにもかもが瘴気を漂わせる霧のようにしか見えなかった。

ぼくは腹をくくった。今やぼくもまた一羽の鳥だった。かじかんだ翼を地上から引き剥がそうと必死だった。ぼくは、手足を伸ばしてカラスの群れに加わった。そこへ、とつぜん新鮮な、生き返るような突風が吹きつけてきて、ぼくは水平線につがえられた矢のような太陽光線めがけて、まっすぐ舞い上がっていった。そしてぼくの歓喜の啼《な》き声を翼のある仲間たちは真似てみせた。

オルガが、群がるカラスの真ん中にいるところを見つけ出してくれた。ぼくは凍える寸前で、頭には深い傷を負っていた。彼女はあわててぼくを穴から掘り出した。

何日かして、ぼくは健康をとり戻した。オルガは、冷たい土が病気を追い払ったのだといった。疫病はカラスに姿を変えた霊魂につつき出されたというのだ。そして、ぼくが自分たちの仲間かどうかを確かめようとして、連中は血を味見したというわけだった。そうでなければ、連中はぼくの目をほじくり出していてもおかしくなかったと、彼女は確信をもって言った。

何週間かが過ぎた。疫病は下火になり、新しい墓にも草が蒸した。その草には、疫病に倒れた犠牲者の毒がまわっているだろうということがあって、だれも触れることができなかった。

ある晴れ渡った朝、土手へ行くようにとオルガにお呼びがかかった。農民たちが水中から大きなナマズを引き上げていた。鼻先からは長い髭がぴんと伸びている。力の強そうな怪魚で、このあたりではめったに見られないほど大きなものだった。それをつかまえようとした漁師のひとりが、網で血管を切った。噴き出る血を止めようとしてオルガがその漁師の腕に止血帯をまきつけているあいだに、他の連中は魚の内臓をえぐり出し、傷つけることなしに浮き袋を取り出すことができた。これにはみんなが安心した。

そのとき、ぼくはなにごともなくくつろいでいたのだが、いきなり太った男がぼくを空高く担ぎあげ、他の連中になにかを叫んだ。彼らは拍手をして、ぼくはすばやく、手から手へとたらいまわしにされた。

連中がなにをしようとしているか気づく前に、その大きな浮き袋は水中に投げこまれ、ぼくはそのてっぺんへ放り上げられた。浮き袋は少しだけ沈んだ。それをだれかが足で押した。ぼくはだんだんと岸を離れ、必死になってぷかぷか浮いた風船に両手と両足でしがみつき、冷たく、茶色っぽい川に浮き沈みしながら、悲鳴を上げて、助けを求めた。

しかし、ぼくはどんどん岸から遠ざかるばかりだった。みんなは土手を走りながら、手を振った。大きな石を投げるものもいて、ぼくの横っ腹で水しぶきが上がった。ひとつは、あやうく浮き袋に命中するところだった。流れは速く、ぼくは川の真ん中まで運ばれていった。岸辺は両方とも届きそうになかった。群集は丘の陰で見えなくなった。

陸地では感じたことのない新鮮な微風が水面を流れ、川面にさざ波をたてた。ぼくはすいすいと前進した。何度か浮き袋が小さな波にあおられてほとんど水没しそうになった。しかし、それはまたぴょこんと浮きあがり、ゆっくり、悠々と流れに乗っていった。そして、とつぜん、ぼくは渦に巻きこまれた。浮き袋はぐるぐると旋回し、そこから離れようとしては、またもとの位置に戻った。

ぼくは体をいろいろと動かして、浮き袋を揺すり、堂々めぐりから逃れようとした。こんなふうにしてひと晩過ごさなければならないかと考えただけで途方にくれた。もし浮き袋が破けようものなら、そのまま溺れてしまうだろうということは分かっていた。ぼくは泳げなかった。

太陽はゆっくりと沈んでいく。浮き袋が回転するたびに、夕日がまともに目に入り、その目も眩むような反射がゆらめく水面に躍った。あたりは寒くなり、風はだんだん強くなっていった。浮き袋は次の突風に押されて、するっと渦から抜け出した。

ぼくはもうオルガの村から何キロも遠くまで来ていた。川の流れは、深まっていく影でぼんやりとなった岸辺へとぼくを運んでいった。しだいに、湿地の風にそよぐ背の高い燈心草の群生や、カモたちのねぐらがはっきりと像を結んだ。浮き袋はゆっくりと、あちこちに散らばった草むらのあいだを進んだ。カワゲラが、ぼくの左右をいかにも神経質そうに飛んでいた。黄色いユリの花がざわめき、驚いたカエルが水路からぴょんととびのいた。とつぜん一本のアシが浮き袋に突き刺さり、ぼくはスポンジみたいな川底に立っていた。

あたりは完全に静まりかえっている。人間のだか動物のだか分からないおぼろげな声がハンノキの森とうすら寒い湿地の方で聞こえた。ぼくの体はひきつりをおこして二つに折れ、全身が鳥肌だった。ぼくは聞き耳をたてたが、あたり一面、物音ひとつしなかった。

3

ぼくは自分がひとりぼっちだということにはたと気づいて、ぞっとした。しかし、二つのことを思い出した。オルガは人を頼らずに生き抜くためにはその二つがたいせつだと言っていた。ひとつめは、植物と動物に関する知識で、なにが毒で、なにが薬になるかを見極めること。もうひとつは、火を、すなわち自分なりの「ながれ星」を持つということだ。ひとつめは、たいへんな経験を要するし、そう簡単に習得できるものではないが、二番目の方は、リッター罐《かん》がひとつあれば十分で、片側を切り取って、横腹に釘でたくさんの孔を開けるだけでいい。一メートルほどの針金をまるく把手のようにして罐のてっぺんにひっかけ、それを投げ縄か、教会の吊り香炉のように、ぶらぶらさせられるようにしておくのだ。

この持ち運びのできる小型ストーブは、いつでも温まるのに役立つし、小型のキッチンにもなる。そこにどんなものでも手当たりしだいに燃料を放りこみ、いつでも底には火種を残しておく。はげしく罐を振ることで、ちょうど鍛冶屋が鞴《ふいご》を使ってやるように、孔を通して空気を送りこめるし、遠心力が加わると燃料の位置も安定した。たきつけを慎重に選び、程よく振ってやることで、いろいろな用途にかなった熱を作ることができるし、きちんと面倒を見てやれば、火を絶やすこともない。たとえば、ジャガイモや蕪《かぶ》や魚が焼きたければ、泥炭と濡れた葉のとろ火で十分で、捕まえたばかりの鳥を焙り焼きにするには乾いた小枝と干し草の強火が必要となった。巣からくすねた新鮮な鳥の卵はジャガイモの茎を燃やして料理するのがいちばんだ。

朝まで火を絶やさないためには、背の高い木の根元から集めた湿り気のあるコケをながれ星にぎっしり詰めこむ。コケは弱い光を放ちながら燃え、その煙はヘビや昆虫を追いはらってくれた。危険が迫ったときには、二、三回振るだけで白熱状態にもっていけた。湿気のある雪の日には、脂《やに》を含んだ乾いた木や樹皮に詰めかえて、たくさん振ってやらなければならなかった。風のある日や暑くて乾燥した日には、それほど振る必要はなく、むしりたての草を足したり、水をふりかけたりすることで、炎を落ち着かせることができた。

ながれ星は、犬や人間から身を守るのにも欠かせない防御手段だった。どんなに獰猛な犬でも、乱暴に振りまわされるながれ星が火花を散らすと立ちすくんだ。体毛に火がついたりしたらたいへんだ。どんなに無謀な男でも、目が見えなくなったり、顔を焼かれたりするような危険は冒さなかった。ながれ星で武装した人間は砦のようなもので、長い棒や投石で攻撃をしないことには、自分に被害が及んだのだ。

だから、ながれ星の火を絶やすのは非常事態を意味した。注意を怠ったり、眠りすぎたり、いきなり水をかぶったりするのがいけなかった。この地方では、マッチにはめったにお目にかかれない。買えても高価だった上に、なかなか手に入らなかった。マッチを持っていても、節約のために、半分に裂いて使うのがあたりまえになっていた。

キッチンの竈《かまど》や、いろりの火種箱に火がたいせつに保存されていたのはそういうわけだ。夜、寝床に入る前に、女たちは灰を寄せて、火種が朝まで点りつづけるように気を使った。明け方、火を吹いてふたたび勢いづける前には、うやうやしく十字をきった。火は人間にとって気の置けない友人なんかではないと、みなは言っていた。だから、いつでもご機嫌をとらなければならないのだ。また、火を分け合うこと、とくに火を借りることは、不幸をもたらすと信じられていた。要するに、この地上で火を借りたものは、地獄で借りを返さなければならないかもしれない。そして、火を家から持ちだすことは、牝牛が乳を出さなくなったり、子どもの産めない体になったりする原因になりかねない。それに火が消えたということで、お産に悲惨な結果をもたらすこともありえた。

ちょうど、火があってこそのながれ星だったように、生きていくのにながれ星は欠かせなかった。人里に近づくのにも、ながれ星は必要だった。そこでは決まって獰猛な犬が群れをなして民家を守っていたからだ。そして、冬場に火がなくなってしまうと、料理ができないだけでなく、しもやけにも悩まされる。

ひとびとはいつでもながれ星の火種を集めるための小さな袋を、背中に担いだり、ベルトにくくりつけたりして、持ち歩いていた。昼間、畑で働く農民たちは、そのなかで野菜や鳥や魚を焼いた。夜になって家路につく男や少年たちは、それを力いっぱい振りまわして、空へと放り上げた。すると、それは真っ赤な空飛ぶ円盤みたいに燃えさかったのだ。ながれ星は大きな弧を描き、燃えさかるしっぽがその軌道をなぞった。だからそういう名前になったのだ。実際、それは炎の尾を引いて空を走る流星にそっくりだった。それがあらわれることは戦争や疫病や死を意味するとオルガが説明した、ほんもののながれ星に。

ながれ星に使う罐を手に入れるのは至難の技だった。軍需品を運ぶ鉄道沿いにしか、それは見つからなかった。土地の農民たちは、よそ者が拾いに来るのを邪魔し、自分たちが見つけた罐には高い値段をふっかけた。鉄道の沿線にある村々は、罐をめぐって争奪戦を演じたのだ。村々では、毎日、男や少年たちで組を作り、なんでもいいから罐を集めて入れられるように袋を持たせて送り出した。斧まで持たせたのは、競争相手を追い散らすためだった。

ぼくは最初のながれ星をオルガから授かった。彼女が患者を診てやった代償にもらったもので、ぼくはこれを大事にして、大きくなりそうな孔を叩いてふさぎ、でこぼこを平らにし、さらに磨きをかけた。ぼくはこの虎の子の一品をどうしても奪われたくなかったので、把手にとりつけた針金の一部を手首にまきつけて、肌身離さず持っているようにした。ぱちぱちと勢いよく燃えあがる炎を見ていると、安心感と自尊心で胸がいっぱいになった。ぼくは、適当な燃料を袋に蓄えておくあらゆるチャンスを逃さなかった。

ぼくはたびたびオルガにいいつけられて、治療用の薬草を採りに森へ出かけたが、そんなときでも、ながれ星を身につけていれば、こわくなかった。

ところが、いまやオルガから遠く離れ、ながれ星を身につけてもいなかった。寒さと恐怖に震え、両足は水生のアシの鋭い葉っぱにやられて血が出ていた。ぼくはふくらはぎや太ももから、ぼくの血を吸って見るからに大きく膨れあがったヒルを払い落とした。長い、折れ曲がった影が川面に落ち、押し殺したような音が霧のかかった土手を這ってきた。びっしり繁ったブナの枝がきしみ、枝先を水中に垂らしたヤナギがざわめくと、それがいつかオルガが話してくれた、あやしげな生きものの声に聞こえてならなかった。そいつらは、爬虫類のように先のとがった顔、コウモリの頭、ヘビの体という、奇妙な形をしている。そして、人間の脚にその体をまきつけ、人間から生きようという意志を抜き取って、ついには地面にへたりこませ、もはや目覚めることのない眠りに陥れるのだ。ぼくは牛舎でそういう奇妙な形をしたヘビを見たことが何度かあった。牛は怖気づいて、大きな声をあげた。その生きものは、牛の乳を飲み、それどころか、動物の体内に入りこんで、相手が餓死するまで、食べた物をぜんぶ吸いとってしまうと言われている。

アシや、背の高い草を掻き分けながら、ぼくは川から逃げ出した。からみ合った雑草のバリケードを押しのけ、目の前に張り出している枝のところは身をかがめてくぐり抜け、尖ったアシの葉先やとげに突き刺されそうになりながら、走った。

遠くで牛がもうもう鳴いていた。ぼくは急いで木にのぼり、高いところからあたりを見渡した。すると、ながれ星のきらめきが目に入った。みんなが放牧地から家に帰ってくるところだった。注意深く、その方角へと進んだ。森の下生えを掻き分けながらぼくの方にやってくる犬の気配にも聴き耳を立てていなければならなかった。

人間たちの声がかなり近くなった。この密生した樹海の向こう側には、道が一本走っているに違いない。牛が足を引きずる音と若い牛飼いたちの声が聞こえた。ときたま、ながれ星が夜空に火花を散らし、ジグザグを描きながら消えていった。ぼくは茂みに沿ってそのあとを追った。連中の不意をついて、ながれ星を手に入れようと心に決めていたのだ。

連中の連れている犬が何度かぼくのにおいを嗅ぎつけ、茂みのなかに突進してきたが、暗闇のなかなので、犬も不安を感じているようだった。ぼくがヘビの鳴らすような声をたてると、犬は道まで引きさがり、ときどきうなり声をあげた。牛飼いたちは、危険を察し、口をつぐんで、森の音に聞き入った。

ぼくは森の側道に近づいた。牛は、ぼくが隠れている木々の枝に、ほとんど横腹をこすりつけんばかりだった。その体臭さえ感じることができるほどの近さだった。犬がもう一度ぼくに向かって来ようとしたが、シューという声をたてると、また道に戻った。

牛たちがもっと近くまで来たところで、ぼくは尖った小枝で、うちの二頭を突っついた。牛はもうもういいながら走りだし、後ろを犬が追った。それから、ぼくは長い、ビブラートのかかった、女の妖精みたいな吠え声をあげ、いちばん手前の牛飼いの顔面を襲った。なにが起こったのかを相手が気づく前に、ぼくはその男のながれ星をつかみ取り、さっさと茂みへ引き返した。

他の少年たちは、ぶきみな吠え声と牛の暴走に恐れをなしたのか、失神した仲間を曳きずりながら、村に向かって走りだした。そこで、ぼくは深い森に分け入り、むしりたての葉っぱを足して、ながれ星の明かりを絞った。

もう安心かなと思えるくらい遠くまで来たとき、ぼくはながれ星に息を吹きかけた。その明かりは闇のなかから色んな虫をおびき寄せた。魔女が何人も木にぶら下がっているのが見えた。みんなでこちらを睨みつけて、ぼくを道に迷わせ、困らせようとしていた。悔い改める罪人の体から脱け出たさまよえる魂の身震いまでもが、はっきりと聞こえた。ながれ星のさび色をした光に照らされて、木々がぼくの上に垂れ下がってくるのが見えた。幽霊やばけものの恨みがましい声や怪しい動きを聞くこともできた。木の幹のなかから、なんとか脱出しようと懸命なのだ。

方々の木の幹に斧のあとが見えた。このような斧のあとは自分の敵に魔法をかけようとする農民たちのしわざだとオルガから聞かされたことを思い出した。樹液をたっぷり含んだ木の幹を打ちすえながら、大嫌いな人間の名前を口にし、その顔を思い浮かべる。そうすれば、その切り口が相手に病気や死をもたらすというのだ。ぼくのまわりの木々には、そういった傷あとがたくさんあった。ここに住む人たちにはやたら敵がいて、そういった敵に不幸をもたらそうと必死だったのだ。

ぼくは怖くなって、ながれ星を大きく振りまわした。どこまでも続く木々の列がぼくに向かってぺこぺこ頭を下げ、ぼくを奥の奥まで誘いこもうとしているように思えた。

遅かれ早かれ、この誘いには乗らなければならなかった。川べりの村々からは身を遠ざけていたかったのだ。

ぼくは、オルガの呪文がかならず彼女のもとにぼくを連れ戻してくれるものと固く信じて、先へと進んだ。オルガは、もしぼくが逃げても、ぼくの足に魔法をかけて、自分のところに帰ってこさせてみせると言ったじゃないか。恐れることはなにもなかった。ぼくの上の方にある力か、ぼくの内側にある力かは分からないが、ふしぎな力が、ぼくをオルガお婆さんのところに間違いなく導いてくれているはずだった。

4

ぼくはいま村人から「やきもち焼き」の名で呼ばれている粉屋のところに住んでいる。この粉屋はこのあたりの住人のだれよりも無口だった。近所の人たちが訪ねてきたときでさえ、坐りこんだままウォトカをするかと思えば、もっそりとひとこと発するだけで、それも物思いにふけりながらか、壁にへばりついている干からびたハエを見つめながらか、だった。

粉屋が放心状態から目を覚ますのは、おかみさんが部屋に入ってきたときだけだった。物静かなのはおかみさんの方もまったく同じで、旦那の後ろに腰を下ろし、他の男が部屋に入ってきて、ちらっと彼女の方を窺うと、慎ましく目線を下げた。

ぼくは二人の寝室の真上にある屋根裏で寝ていた。夜、夫婦喧嘩で目がさめた。粉屋は、おかみさんが畑や粉挽き場で若い作男に色目を使い、体を露出して相手を挑発しているという疑いを口にした。おかみさんの方もこれを否定はせず、おし黙って坐っていた。こうした喧嘩がいつまでも終わらないこともあった。怒り狂った粉屋は蠟燭を点し、ブーツを履いて、おかみさんを殴った。ぼくは、床板のすきまに顔をおしつけ、粉屋が素っ裸のおかみさんを馬の鞭で打つ光景に釘づけになった。おかみさんは寝台からたぐり寄せた羽毛のキルトに隠れて小さくなっていたが、粉屋はそれを剝ぎとって床に叩きつけ、股を開いて彼女の上で仁王立ちになり、おかみさんのぷよぷよした体を鞭で打ちつづけた。打たれるたびに、柔肌には真っ赤なミミズ腫れが浮き上がった。

粉屋は容赦がなかった。腕を目いっぱい振りまわして、革でできた鞭の尖端をおかみさんのおしりや太ももにたたきつけ、胸やら首筋を狙って、肩口や向こうずねを責めた。おかみさんはへなへなとなって倒れ、まるで小犬のように鼻声を出した。そして、旦那の足元に向かって這っていき、許しを求めるのだった。

ようやく、粉屋は鞭を放り出し、蠟燭の火を消したあと、ベッドに入った。女はずっとうめきつづけていた。翌朝、彼女は傷を見せないようにしながら、歩くのも辛そうで、傷だらけの手のひらで涙を拭っていた。

この粉挽きの家には、さらに家族の一員がいた。丸々と太ったトラ猫だ。ある日、この雌猫が狂ったようになった。にゃあにゃあいう代わりに、息がつまったような金切り声を発した。ヘビのようにくねくねと壁にそって進み、腹をぴくぴくさせながら、それを揺すって、粉屋のおかみさんのスカートに爪を立てた。奇妙な声でうなり、うめき、そのしわがれた甲高い声は、だれをも落ち着かない気持ちにさせた。夕暮れになると、トラ猫は狂ったように鼻を鳴らし、しっぽをおなかに打ちつけ、鼻面を突き出した。

粉屋はこののぼせあがった雌猫を地下室に閉じこめて、作男を夕食に連れてくると言ってから、粉挽き場に向かった。おかみさんはひとことも言わずに、食事と食卓の準備にかかった。

この作男には親がなかった。粉屋の畑で働くのは、今シーズンがはじめてだ。背が高くて穏やかな若者で、汗まみれの額にかかる亜麻色の髪を後ろに撫で上げるくせがあった。粉屋は、自分のおかみさんとこの若者について、村人が交わしていた噂話を知っていた。若者の青い目を見ると、彼女はすっかり表情が変わってしまうというのだ。亭主に気づかれる恐れがあるのを物ともせず、片手でスカートを膝の高さまで衝動的にたくし上げ、もう一方の手でドレスの胴着をずり下げて胸をのぞかせ、そのあいだずっと少年の目を見つめていたという。

粉屋は若者を連れて帰ってきた。肩に背負った袋には、近所から借りてきた雄猫が入っていた。その雄猫は頭が蕪《かぶ》のように大きく、しっぽも長くて強そうだった。トラ猫は盛りがついたように地下室でうめきつづけていた。粉屋が自由にしてやると、部屋の真ん中に跳ぶように走り出た。二匹の猫はおたがいを胡散臭そうに見ながらぐるぐるまわりはじめ、鼻息もあらく、だんだんと近づいていった。

粉屋のおかみさんは夕食をよそってまわった。みんなは黙って食べた。粉屋は食卓の中央に腰を落ち着け、おかみさんと若者が両側に別れて坐った。ぼくはいろりばたにうずくまり、自分にあてがわれた分を食べた。男たち二人の食欲ときたら呆れるほどだった。大きな肉やパンの塊をウォトカといっしょに流しこむと、それはまるでハシバミの実のように咽喉の奥に消えていくのだった。

食べものをゆっくりと嚙んで食べるのはおかみさんひとりで、その彼女が鉢の上にかがむと、作男は目にもとまらない速さで、胴着のでっぱりに目を走らせるのだった。

部屋の中央では、トラ猫がいきなり体を弓なりにして、歯と爪をむき出しにしながら、雄に飛びかかった。雄は立ち止まって、背筋を伸ばし、雌の高ぶる目に唾をまっすぐに吐きかけた。雌はその雄のまわりをぐるぐるまわり、雄猫に飛びかかっては後ずさりし、また相手の鼻づらを打つのだった。いまや雄の方が、用心深く相手のまわりを歩きながら、そのうっとりするような匂いをかいでいた。雄はしっぽをくるりと曲げ、背後から雌に近づこうとする。しかし、雌は寄せつけなかった。床の上でべたっとなった姿はまるで石臼のようで、その雌が、固く、目いっぱい開いた爪で、雄の鼻を打った。

粉屋と残りの二人は光景に目を奪われ、食事はつづけながら、黙って様子を見守っていた。おかみさんは顔を真っ赤にして坐っていた。首まで赤く染まっていた。作男は目を上げても、すぐにうつむいた。汗が短い髪の毛のなかを流れ落ち、絶えず熱を帯びた額からそれをおし拭った。粉屋だけが、冷静に坐って食事をつづけ、二匹の猫を眺めながら、そしてさりげなくおかみさんと客に目を走らせるのだった。

雄猫がとつぜん腹を決めた。がぜん動きが軽やかになり、尻込みしなくなった。雌猫は後ろに下がるみたいなふりをして、相手をからかったが、雄は高く跳びあがり、手足で雌をおさえこんだ。歯を雌の首に食いこませ、決然として堂々と、雌のなかに突き入っていった。もじもじするところはもうなかった。そして満足し、疲労を覚えると、雄は力を抜いた。トラの方は床に爪を立て、甲高く一声なくと、雄の下から躍り出した。冷たくなった竈《かまど》の上に跳びのったトラは、まるで魚のように転げまわり、前肢を首のまわりに巻きつけ、暖かい壁に頭をこすりつけた。

粉屋のおかみさんと作男は食べるのをやめた。二人は、口いっぱいに食べ物をほおばったまま、ぽかんと口を開け、たがいに見つめ合った。女は息が荒くなり、胸の下に両手をあてがって、それを搾り出すようにしたが、本人はそれに気づいていない。作男は猫たちと女を交互にながめては、乾いた唇をなめ、なかなか食べ物を呑みこめずにいた。

粉屋は最後の一口を呑みこんでしまうと、頭を背もたれにもたせかけて、ウォトカをぐいと飲み干した。酔ってはいるが、しゃきっと立ちあがり、鉄製のスプーンをつかみ、それを弾きながら、作男の方に近づいていった。若者は困り果てた様子だった。粉屋のおかみさんは、スカートをたくし上げ、いろりばたでもじもじしていた。

粉屋は作男の方にかがみこみ、真っ赤になった耳に向かってなにごとか囁いた。若者はまるでナイフを突き立てられたみたいに跳びあがり、なにやら否定しはじめた。粉屋はいまや大きな声を出して、少年がおかみさんのあとを追いかけまわしているのではないかと問い詰めた。作男は顔を真っ赤にしたが、返事をしなかった。粉屋のおかみさんはくるっと背中を向けて、食器を片づけていた。

粉屋はその辺をうろついている雄猫を指さして、若者にまたなにか囁いた。青年は必死でテーブルを立ち、部屋を出ていこうとした。粉屋は前に出て、腰掛けをひっくりかえし、いきなり相手を壁におしつけて、片方の腕を咽喉のところにあて、みぞおちに膝蹴りを食らわせた。少年は動こうにも動けない。恐怖にかられ、大声であえぎながら、なにごとかをぼそっと口走った。

女が亭主の方に駆け寄ってきて、泣き落としにかかった。竈の上にいたトラ猫が目をさまし、この光景を見物している。すると、驚いた雄猫の方はテーブルに跳びのった。

粉屋はひと蹴りで女をはねのけた。そして、女たちがジャガイモの皮を剝きながら、腐った部分をえぐりとるときのようにすばやい動作で、スプーンを少年の目につっこみ、ぐりっと回転させた。

目は、割れた卵から流れでる黄味のように顔から跳び出して、粉屋の手を伝い、床の上に転がり落ちた。作男は大きく吠えて悲鳴をあげたが、粉屋におさえこまれたままなので壁の前から逃げられなかった。それから、血塗れのスプーンはもうひとつの目に差しこまれ、前にもまして素早く目は跳び出した。その目は、まるで次にどうしてよいのか分からないといったように、一瞬、頬にのっかっていたが、しまいにはシャツの上を転がって、床の上に落ちた。

それは一瞬のできごとだった。ぼくは自分の見たことが信じられなかった。えぐりとられた目がまたもとのところに戻るんじゃないかと、かすかな希望みたいなものがぼくの頭をよぎった。粉屋のおかみさんは、大声を出しつづけた。彼女は隣の部屋に走りこんで、子どもたちを起こした。恐ろしさのあまり、その子どもたちまでもが泣きはじめた。作男は悲鳴をあげ、それから、おとなしくなり、両手で顔をおおった。血が糸を引く流れとなり、指のあいだをぬって両腕を伝い、シャツやズボンにゆっくりとしたたり落ちた。

粉屋はいまだに怒りがおさまらず、若者の目が見えなくなったことに気がつかないように、彼を窓際まで押しやった。少年はけつまずいて、叫び声をあげ、テーブルをひっくりかえすところだった。粉屋は少年の肩をつかみ、足でドアを開け、彼を蹴り出した。少年はまたうめき声をあげ、玄関からよろめき出て、中庭に倒れこんだ。何匹もの犬が、わけも分からないままに吠えだした。

目玉は床に落ちていた。ぼくは、その周囲をまわりながら、それがじっと宙を見つめているのと目を合わせた。二匹の猫がおずおずと部屋の真ん中に出てきて、まるで毬《まり》とじゃれるようにその目玉で遊びはじめた。瞳孔はランプの光に触れて、細長いスリットのようになっている。猫はその目玉を転がし、匂いを嗅ぎ、舐め、そして足の爪をひっこめて、やんわりとおたがいにパスし合った。いまやその目は部屋のどこからでもぼくを睨みつけているように思えた。まるで新しい生命と思い思いの運動能力を獲得したみたいだった。

ぼくはとりつかれたように、二つの目に見入っていた。もし粉屋がそこにいなかったら、その二つを拾い上げていたところだろう。確かにこの二つはまだ見えるのだ。それをポケットに入れておき、必要なときにとり出して、自分の目の上にあてる。そうすれば、いまの二倍、たぶんそれ以上に、物がよく見えることだろう。そして、頭の後ろにそれをとりつければ、もっともそれがどんなふうにかは分からなかったけれど、きっと背後でなにが起こっているかを教えてくれるだろう。それよりなにより、その目をどこかに置いておけば、ぼくの留守中になにが起こったかを、あとになってから教えてくれるだろう。

ひょっとすると、目玉はだれかの役に立とうという気なんてないのかもしれなかった。猫たちからやすやすと逃げ出して、ドアから転がりでることだってできたはずだ。畑や湖や森をさまよい、なにもかもを見届けることだってできたろう。罠《わな》から解き放たれた小鳥のように自由になって。自由になった以上、もう死ぬこともないだろうし、小回りがきくから色んなところに簡単に隠れることができ、こっそりと人間たちを見張ることができる。ぼくはすっかり興奮し、静かにドアを閉めて、目玉をつかまえようと心に決めた。

粉屋は、猫がじゃれつく姿にいかにもいらついているようで、二匹を足蹴にして追いはらうと、いきなり重たいブーツで目玉を踏みつぶした。なにかが分厚い靴底から跳び出した。全世界を映すこともできた、驚くべき鏡は壊されてしまった。床には、押しつぶされたゼリー状のものしか残っていなかった。ぼくは恐ろしいほどの喪失感を覚えた。

　粉屋は、ぼくのことなどそっちのけで、ベンチに腰をかけると、ゆっくりと体をゆすっているうちに眠りに落ちた。ぼくは注意深く立ちあがり、床から血だらけのスプーンをとり上げ、皿を集めはじめた。部屋をきれいにしておき、床を掃くのがぼくの役目だったからだ。ぼくは掃除をしながらも、押しつぶされた目には近づかないようにした。それをどう扱ってよいものか分からなかったのだ。最後の最後に、ぼくは目を背けたままで、その分泌物を塵取りにさっさと掃きいれて、竈に投げこんだ。

　朝早く、ぼくは目を覚ました。下では、粉屋とおかみさんがいびきをかいていた。用心深く、ぼくは食糧を袋につめ、ながれ星を熱い燃えさしでいっぱいにして、中庭の犬にはソーセージを一切れ賄賂にやって、家から逃げ出した。

　納屋にとなりあった粉挽き場の壁のところに、作男が横たわっていた。はじめ、ぼくはするっと彼の前を通りすぎるつもりでいたが、作男の目が見えないことに気がついて立ち止った。彼はまだ呆然とした状態だった。両手で顔をおおい、うめき、すすり泣いていた。顔や手やシャツには血がこびりついていた。ぼくはなにか話しかけてみたかったが、目玉のことを尋ねられたらと思うと、それが怖かった。そうしたら、粉屋がぐしゃぐしゃに踏みつぶしてしまったから、もう目のことは忘れた方がいいと言わなければならなくなる。ぼくは、心底、彼がかわいそうでならなかった。

　人間は視力を失うと、それまで目にした記憶まですべて奪われてしまうのだろうか。もしそうなら、夢のなかでも、物を見ることはできないだろう。もしそうではなく、目が見えなくても記憶を通してまだ物が見えるのなら、それは悪いことではないかもしれない。どこへ行っても、世のなかは同じはずだし、人間が動物や木がそうなように、いくらひとりひとりが違っているとはいっても、長いあいだ見てきたあとでなら、どんなふうかはちゃんと分かるはずだ。ぼくはまだ七年しか生きていなかったけれど、たくさんのことを思い出すことができた。目をつぶったときなどは、たくさんのディテールが前よりも鮮やかによみがえった。ひょっとしたら目をなくしたことで、作男がまったく新しい、前よりも魅力に富んだ世界を見るようにならないともかぎらないじゃないか。

村の方から、なにか物音が聞こえてきた。粉屋が目を覚ましたかもしれないと思って、ぼくはときどき自分の目に触れながら、先を急いだ。歩いていても気が気ではなかったのだ。目玉が強い根っこで頭とつながってはいないことを思い知らされたからだ。ひとが屈んだだけで、まるで木になっているリンゴのようにぶら下がり、ちょっとした拍子で落ちてしまうかもしれないのだ。ぼくは柵を跳び越えるときにも、顔を上に向けることにした。ところが、最初からいきなり、ぼくはつまずき、地面に倒れた。おそるおそる指を目に持っていき、目がまだそこにあるかどうかを確かめた。目がふつうに開け閉めできるのを注意深く確かめたあと、ぼくはウズラとツグミが飛びたつのを認め、小躍りするような気持ちだった。すばやく飛び去ってはいったが、ぼくの目はそれを追いかけることができた。雲の下まで舞いあがり、雨粒よりも小さくなるまで、影を見失わずにすんだ。ぼくは一度見たことはみんな覚えておこうと心にきめた。だれかに目玉をくり抜かれたとしても、そうしておけば、生きているかぎり、見たものすべてを記憶に残しておくことができるだろう。

5

ぼくの役目は、近所の村々に小鳥を売るレッフのために罠《わな》をしかけることだった。この商売で彼の右に出るものはいなかった。レッフはひとりで仕事をした。ぼくを拾ってくれたのも、ぼくがとても小さく、痩せていて、体が軽かったからだ。だから、レッフには届かない、木の細い枝や、イラクサやアザミの茂みや、沼地の水浸しになった小島といったところへでも、ぼくなら罠をしかけられた。

レッフに家族はいなかった。家は、ふつうのスズメから賢いフクロウまで、あらゆる種類の鳥でぎっしり埋まっている。農民たちはレッフの鳥の代わりに食糧をくれたから、ミルクにバター、サワークリーム、チーズ、パン、腸詰ソーセージ、ウォトカ、果物、そして衣類まで、日常の必需品に困ることはなかった。こうした一切合財を、彼は籠に入れた小鳥をたずさえて、鳥の美しさやその鳴き声を売り歩いているあいだに、近隣の村から集めてくるのだった。

レッフはニキビとソバカスだらけの顔をしている。農民たちは、この手の顔はツバメの巣から卵を盗む手合いの顔だと言ったが、レッフ自身は若い頃にちょっとした不注意から火のなかに唾を吐いたからこうなっただけで、自分の父は村の書記をしていて、息子のことは司祭にさせたがっていたのだと言って引き下がらなかった。しかし、レッフは森の魅力に惹かれたのだった。鳥の生態を研究し、鳥の飛翔能力を羨んだ。ある日、彼は父の家をとび出し、野生の気ままな鳥のように、村から村へ、森から森へと渡り歩いた。そのうちに、鳥をつかまえるようになった。ウズラやヒバリのふしぎな習性を観察し、郭公の自由奔放な呼び声やカササギの甲高い叫び声やフクロウの啼《な》き声を物まねできるようになった。ウソの求愛の習性から、雌に逃げられた巣のまわりをうろつくクイナの妬み深い怒り、男の子たちにいたずらで巣を壊されたツバメの悲しみまでが、彼には手に取るように分かった。タカの飛行術の秘密を究め、カエルを漁るときのコウノトリの辛抱強さを誉めそやした。そして、夜鳴鶯の歌声が、彼には羨ましくてならなかった。

こうして、レッフは若かりし時代を鳥や木に囲まれて過ごしていた。いまではみるみる頭は禿げあがって、歯はがたがたになり、顔も皺だらけで、やや近眼にもなっていた。それで、彼は自分でこしらえた家に腰を落ち着けることに決め、その一隅をねぐらにして、ほかは鳥籠でいっぱいにした。そんな鳥籠の奥の狭いすきまが、なんとかぼくにあてがわれたのだ。

レッフはよく鳥のことを話した。ぼくは、それをひとことも聞き漏らさなかった。コウノトリの群れは、はるばる海を越え、聖ヨセフの日にやってきて、聖バルトロマイがホップの蔓《つる》の支え棒でカエルを泥のなかに追いこんでしまう季節になるまで村にとどまる。そのころになると、カエルは泥で口をふさがれてしまうので、コウノトリは、カエルの声が聞こえず、捕まえようがない。だから立ち去るしかなかったのだ。コウノトリは、巣作りをした家に幸運をもたらした。

レッフは、コウノトリの巣を前もって用意するにはどうすればいいかを知っているただひとりの人間で、彼が用意した巣にはかならず住み手があらわれた。このような巣作りに、レッフは大金を要求し、そんな余裕があるのは金めぐりのいい農民だけだった。

レッフが巣作りをはじめると、それはそれは、念入りだった。どの屋根にするかを決めると、まずその真ん中あたりに馬鍬を置いて、基礎をこしらえる枠組みにする。それはいつでも心持ち西の方向に傾け、強風にあおられて傷つかないようにした。それから、レッフは馬鍬に長い釘を半分くらい打ちこんで、コウノトリが集めてくる小枝やワラがひっかかりやすくする。そして、コウノトリがやってくる直前になると、コウノトリの注意を惹くために、馬鍬の真ん中に大きな赤い布きれを垂らしたのだ。

春一番のコウノトリが飛んでいるのを見ると幸運をもたらすことが知られているが、それが坐っているところを見てしまうと、その一年が面倒や不運の年となる前兆になる。また、コウノトリを見るだけで、村でなにが起きているかを知る手がかりにもなった。コウノトリが留守にしているあいだに悪事が行なわれた家や、不倫のあった家の屋根にはけっして戻ってこないのだった。

ともかくふしぎな鳥たちだ。レッフは、巣の位置をなおしてやろうとしたら、卵を抱いていた雌からくちばしでつつかれたという話を聞かせてくれた。レッフはそのコウノトリの卵のなかにガチョウの卵を混ぜて、仕返しをした。雛が孵《かえ》ったとき、コウノトリのつがいは生まれてきた雛を見て、驚いた様子を見せた。一匹だけが、ガニ股の短足で、平べったいくちばしを持つ、できそこないだったからだ。コウノトリの父親は、おかみさんの不貞を責め、そのまま父なし子を殺そうとした。コウノトリの母親は、雛を巣に残してやりたいと感じていた。夫婦喧嘩は何日も続いた。最後になって、雌はガチョウの雛を救うために自分なりの手を講ずるしかないと決め、その子をワラ葺《ぶ》きの屋根の上に転がした。雛は傷ひとつ負わずに、ぽとんとワラのなかに落ちた。

これで問題はすべて決着し、夫婦の和がとり戻せたかに思われた。しかし、渡りに出る季節になると、コウノトリは一箇所に集まって、いつものように会議を開いた。討議の末、その雌は姦通罪を犯したので、夫に従う資格はないと決められた。この判決は正式に承認された。みんなが乱れのない隊形をととのえて飛びたつ前に、この不貞のおかみさんはくちばしや翼で攻撃された。そしてこの雌は、夫とともに暮らしたワラ葺きの屋根の家近くで横になって死に絶えた。その死体の横で醜いガチョウの子が悲しい涙を流す姿が見られたという。

ツバメの生活ぶりもなかなか愉快なものだった。処女マリアがお気に入りのこの鳥は、春と歓喜の先ぶれとしてやってくる。秋になると、人間社会からはるか遠くへ飛んでいき、遠い沼地に繁茂しているアシの上で、疲れ、眠くなって休むと考えられていた。レッフは、ツバメはその重みでアシの葉が折れて水のなかにぼちゃんと落ちるまで、そこでずっと骨を休めるのだと言った。そして、ツバメは、冬のあいだじゅう、水に落ちたまま、氷の家で安全に過ごすのだという。

郭公の鳴き声には、色んな意味があった。そのシーズンに入ってはじめてその声を聞いた人間は、すぐさまポケットにある銅貨をじゃらじゃらいわせて、有り金を数えなければならない。そうすれば、一年間、少なくとも同じだけの額を持っていられるからだ。その年、はじめての「カッコー」を聞いた泥棒は注意すべきだ。それがまだ木に若葉が芽を吹く前なら、計画がうまくいくはずがないから、盗みは中止にした方がいい。

レッフは郭公に特別な愛情をいだいていた。郭公は鳥に変えられた人間だと考えていたのだ。それは貴族なのだが、人間に戻してほしいといくら神にお願いしてもむなしい。彼は、郭公がかつては貴族だったという証拠を、雛を育てるときのその方法に見ていた。郭公は、雛の教育を自分の手では行なわない、というのだ。その代わりに、セキレイを雇って、餌やりからなにからその世話をさせ、そのあいだ、自分自身は森の周囲を飛びまわり、もう一度貴族に戻してほしいと、神様に訴えつづける。

レッフはコウモリのことを忌み嫌っていた。半分は鳥だが、半分はネズミだとみなしたからだ。次から次へ餌食となる人間を求め、人間の頭部を襲って、脳のなかに罪深い欲望を吹きこむこともできるコウモリのことを、彼は悪霊の使いと呼んだ。しかし、そんなコウモリにさえ、使い道はあった。一度、レッフが屋根裏でコウモリをつかまえたことがあった。網を使ったのだが、そのコウモリを家の外のアリ塚の上に置いた。次の日には、白骨だけしか残っていなかった。レッフは見事な手さばきで骸骨を拾い集め、叉《さ》骨《こつ》をとり出して、それを自分の胸のところに飾った。そして、残りの骨は細かくすりつぶし、ウォトカに混ぜて愛人に飲ませた。こうすれば、向こうはもっともっと彼を求めてくるようになるというのだった。

レッフは、人間が鳥を観察するときには注意を払わねばならず、その行動から結論を導きだすべきだと教えてくれた。もしも夕焼けのなかを、大群をなして飛んでいたら、それも種類がさまざまならば、悪霊が呪われた魂をつかまえようとして鳥の翼に乗っかっているのに決まっていた。カラス、ミヤマガラス、コクマルガラスが畑に集まっているときには、その会合は魔王が仕切っているのがふつうで、魔王はカラスたちに他の鳥に対する憎しみを焚きつけようとしているのだ。翼の長い白いカラスの出現は豪雨のしるしだし、春先にガンが低空を飛ぶと、それは雨がちな夏と不作を意味した。

鳥が眠っている明け方に、ぼくたちはよく巣への接近を試みたものだ。レッフはやぶや灌木に気をつけながら、それをとび越え、前を歩いた。ぼくはそのすぐ後ろからつづいた。そして、朝日が森や畑のいちばん奥まったあたりにさえ届くころ、ぼくたちは前日に仕掛けた罠にかかって、じたばたする鳥をつかまえた。レッフは、なだめすかすように話しかけたり、殺すぞと脅したりしながら、注意深く、罠から外した。それから、鳥を肩にかけた大きな袋におさめ、鳥はそうはさせじと、もがくのだが、最後には力つき、おとなしくなった。袋のなかに押しこまれた囚われの鳥は、レッフの背中の袋を震わせ、揺すり、ふたたび生気を取り戻す。ぼくたちの頭上では、鳥たちが囚われの友人や家族のまわりを旋回して、ぴーちくぱーちく悪態をついた。レッフは灰色になった眉毛の下から、その鳥たちを見上げ、大声で相手をののしった。鳥たちがあまりしつこいと、レッフは袋を下ろして、先の尖った石をパチンコにあてがい、狙いを定めて、それを放った。彼が的を外すことはなかった。とつぜん、動かなくなった鳥が空からばさっと落ちてきた。レッフはその死骸には目もくれなかった。

正午に近づくと、レッフは歩みを早め、たびたび額の汗を拭うようになる。一日のなかで最も大切な時間がすぐ近くまできていた。一帯で「低能」と綽名されていたルドミラという女が、二人だけしか知らない遠く離れた森の空き地で彼を待っていたのだ。ぼくは、鳥がもごもご動く袋を肩にかけ、彼のあとから得意げにとことこ歩いたものだ。

森は、いよいよ深く、前に進むのがこわいようになる。ヘビの色をしたクマシデの、ぬるぬるした、縞模様の幹がまっすぐ、雲に向かってそそり立っている。レッフによればその一本一本が人類の歴史をその誕生から記憶しているという菩提樹は、肩をいからせて立っていて、その幹は神さびた灰色がかったコケの花づなで飾られた鎖かたびらに似ていた。カシの木は、餌をさがす飢えた鳥の首のような枝を幹から張り出し、陰気な枝で太陽をおおい隠し、松やポプラや菩提樹に影を投げかけていた。ときおり、レッフは立ち止まって、朽ちかけている樹皮の裂け目や木の瘤《こぶ》や節に、動物の棲んだ痕跡を静かに見る。そういった瘤や節には奇妙な黒い孔がびっしりあいていて、なかからは白い生木がむきだしになって光っていた。カバの若木が細くて折れそうな新芽をつけて、ひょろっとした小枝や芽をおずおずとたわませている林を通り抜けた。

葉が重なってできた薄くすき透ったカーテン越しにぼくたちの存在に気づいた鳥たちは、恐れをなし、翼をばたつかせながら止まっていた枝から飛び去った。鳥のさえずりは、光る雲のようにぼくたちにまつわりついて、低くうなりつづけるミツバチの合唱と混じり合って区別がつかなかった。レッフは両手で顔を覆いながら、もっと密集した林の方へと難を逃れ、ぼくもまた、鳥の入った袋と罠を入れた籠をしっかり握り締め、うるさくてしつこいハチの群れを片手で払いのけながら、そのあとを追って走った。

ルドミラの「低能」とやらは、ふしぎな女で、ぼくはこの女がだんだん怖くてたまらなくなった。立派な体つきをしていて、そんじょそこらの女よりも背が高い。一度も鋏を入れたことがないと思われる髪の毛は、肩に流れるように落ちかかっていた。胸は大きく、おなかのあたりまで垂れていて、力強そうな筋肉質のふくらはぎをしていた。夏場は色あせた麻袋を着ているだけなので、乳房から赤い股毛までまる出しで、そんな様子で歩きまわっていた。気が乗るとちょっかいを出してくるのだと、男や若者たちからよく噂を聞かされた。村の女たちは、ルドミラを何度も罠にはめようとしたが、レッフが自慢げに話したように、ルドミラはしっぽを風になびかせ、その意志に反して彼女をつかまえるなんてことはだれにもできなかった。ムクドリのように下草のあいだに姿をくらませ、だれもいなくなってから這い出てくるというのだ。

ルドミラの隠れ処を知るものは一人もいなかった。ときどき、農民たちが草刈鎌をかついで畑に出かける明け方、ルドミラの「低能」が遠くから色っぽく手を振るのを見かけたそうだ。そんなとき、農民たちは立ち止まり、ものうく腕を伸ばしてルドミラに手を振り返したものだった。働こうという意欲はおのずから失せた。それこそ、おかみさんや母親が手鎌や鍬を持ってそばまで来て声をかけるまで、男たちは正気にかえることができなかった。女たちはたびたびルドミラに犬をけしかけた。村でいちばん大きく獰猛な犬が放たれたことがあったが、その犬はそのまま戻ってこなかった。それからルドミラが姿をあらわすときには、いつも縄にくくりつけたそいつがいっしょだった。残りの犬は、それを見ると、しっぽを巻いて逃げ出したものだ。

ルドミラの「低能」は、男と暮らすように、この大きな犬と同居しているという噂だった。ルドミラはいつか、犬の毛に体中をおおわれ、オオカミのような耳と四本の足を持つ子どもを何人も産み、その怪物たちが森のどこかに住むことになるだろうと、予言するものもいた。

レッフは、ルドミラについて、こういった噂話を何度も口にすることはなかった。一度だけ、彼女がまだとても若く、無邪気だったころ、両親の一存で、顔が醜い上に、残酷なことで有名な、村の聖歌歌手のところの息子と結婚させられそうになったことがあると話してくれたことがあった。ルドミラはそれを拒み、へそを曲げた許婚者《いいなづけ》は、彼女を村の外におびき出し、酔っぱらった農民たちを仕向けて、意識がなくなるまでレイプさせたのだった。それ以来、ルドミラは人が変わった。精神に異常を来したのだ。だれも彼女の家族のことを覚えているものはおらず、彼女は利発ではないということで、「低能」という綽名になった。

彼女は森に住み、農民たちを茂みのなかにおびき寄せ、彼らをたっぷりと楽しませたので、それからの農民たちは、太った、体臭の強い自分のおかみさんを顧みることさえできなくなった。だれひとりとして、ルドミラを満足させられるものはいなかった。ひとりでは間に合わず、次から次へと何人もが必要だった。そんなルドミラだったのだが、レッフの愛人といえば彼女しかいなかった。レッフは彼女のために恋の歌をこしらえた。歌のなかのルドミラはふしぎな色をした鳥で、はるかな世界へと自由に、しかもすばやく飛び立って、どんな生き物よりも明るく、美しい鳥だった。レッフにとって、ルドミラは鳥類と森の、異教的で、原始的な王国に属しているようにみえていた。そこでは、すべてがかぎりなく豊かで、野生的で、栄華を誇り、そして永遠につづく衰微、死、そして再生のサイクルのなかに神々しく君臨し、ただそれは人間の世界とは相容れず、禁断の世界なのだ。

毎日、正午になると決まって、レッフとぼくとは森の空き地に向かった。レッフはルドミラと会うことを楽しみにしていた。そして、そこに着くと、レッフはフクロウの啼き声を真似た。ルドミラの「低能」とやらは、矢車草や芥子《けし》の花を髪にさした姿で、背の高い草のあいだからぬうっと立ち上がった。レッフは彼女の方に嬉しそうに駆け寄り、二人はまるで周囲の草のように体を泳がせながら、ともに立っていた。それは、一本の根っこから伸びる二股の木のようで、手を伸ばしあっているのだった。

ぼくは空き地の外れにあるシダの葉陰から二人を見守った。袋の鳥は、ふいに静かになったことで落ち着きを失い、さえずり、もがき、興奮のあまり翼をばたつかせて、ぶつかりあった。男と女はおたがいの髪や目に唇を寄せ、頬と頬をこすり合わせた。体の触れ合いや体臭にうっとりとしたような面持ちで、二人はゆっくりと手遊びをはじめた。レッフは、あちこちに胼胝《たこ》のできた大きな両手を、女の滑らかな腕に這わせ、女は女で、男の顔を自分の方に引き寄せる。そして、背の高い草のなかにすーっと二人はともに倒れこんだ。こうなったら、空き地の上空を旋回している鳥がいくら好奇心を示しても、草のそよぎと、その下になった二人の体の一部しか見えなくなった。これはあとからレッフに聞いた話だが、草むらに寝転んでいるあいだ、ルドミラは、苦労つづきだった自分の半生を語り、手を変え品を変えして、風変わりで自由奔放な感情をむきだしにしながら、女心が歩んできた紆余曲折の道のりを明かしてくれたのだという。

暑苦しい一日だった。風はそよとも吹かず、梢《こずえ》はぴんと空を向いていた。バッタやトンボが低い羽音をたてて飛んでいる。チョウチョは、陽に灼けて白くなった空き地の上空に流れる、目に見えない微風に乗って、宙に浮いている。キツツキは木をつっつくのをやめ、郭公は歌うのをやめている。ぼくは眠気を催した。それから、人の声で目が覚めた。男と女がまるで大地に同化するかのように、立ったままひしと抱きあい、ぼくには分からない言葉で話していた。二人は別れるのが辛そうだった。ルドミラの「低能」とやらは、手を振った。レッフはまだ物足りなそうな笑みを唇に浮かべ、何度も彼女の方をふり返りながら、ぼくのところへやってきた。何度もよろけそうになった。

帰り道に、ぼくたちはさらに罠を仕掛けた。レッフは疲れて、あまり口を利かなかった。夜になり、鳥たちが鳥籠のなかで眠るころになって、ようやく彼は陽気に戻った。落ち着かない感じで、彼はしきりにルドミラのことを話した。彼の体は震え、ひとりでくすくす笑っては目を閉じる。その白い、にきびだらけの頬が真っ赤に火照った。

ときには何日も、ルドミラの「低能」があらわれないことがあった。そんなとき、レッフは物言わぬ怒りにとりつかれた。しかつめらしい顔をして鳥籠の小鳥を眺めては、なにかひとりごとを言うのだ。そしてじっくりと観察したあと、おもむろに丈夫そうな鳥を選び出し、それを手首にくくりつけて、いやな匂いのするカラフルなペンキを用意するのだ。それは、さまざまな材料を混ぜ合わせて作ったもので、色に納得がいくと、レッフは小鳥をひっくり返して、翼と頭と胸を虹色に塗り、その色とりどりで、けばけばしいさまは、野の花でこしらえたブーケも顔負けだった。

それから、ぼくたちは森の深くまで入っていった。レッフはペンキを塗った鳥をとり出し、ぼくにそれを手に持って、ぎゅっとやるようにと言いつけた。小鳥はさえずりだし、頭上を神経質に飛んでいた、同じ仲間の小鳥たちの群れを惹きつけた。囚われの鳥は、仲間たちの声を聞きつけ、鳥の群れの方に体をつっぱらせて、大きな声でピーチクパーチクやり、ペンキを塗った胸に閉じこめられたその小さな心臓は激しく動悸を打った。

十分なだけの数の鳥が上空に集まってきた。レッフはその鳥を放すようにと合図した。解放された鳥は、喜び勇んで、雲を背にして空高く虹色の点となって舞いあがり、待ちかまえている茶色の群れのなかに飛びこんだ。一瞬、鳥の群れは戸惑いを覚えたようだ。ペンキを塗った鳥は、群れの端から端へと飛びまわり、自分も仲間だということを説得しようとむだな努力を続ける。しかし、その派手な色にどぎまぎした仲間たちは、納得がいかない様子で、その鳥のまわりを飛んだ。ペンキ塗りの鳥は、群れの隊列に加わろうと必死になればなるほど、しだいに遠くへ遠くへと追いやられていってしまう。そして、群れから一羽一羽と激しい攻撃を加えるものがあらわれるのが見えた。まもなく、カラフルな一羽は空に居場所を失い、地上に落下したのだった。ペンキ塗りの鳥を見つけたとき、それは、たいがい事切れていた。レッフはちゃっかりとその鳥が受けた傷の数を調べた。その極彩色の翼には一面に血がにじんでいて、ペンキは溶け出し、レッフの手を汚した。

ルドミラの「低能」は戻ってこなかった。レッフはむっつりとふさぎこんで、鳥籠から鳥を次々にとり出しては、ますますごてごてと色を施し、空に放っては仲間に殺させた。ある日、彼は大きなカラスをつかまえた。そして、その翼には赤いペンキ、胸には緑のペンキ、そしてしっぽには青いペンキを塗った。大ガラスの群れがぼくたちの家の上空にあらわれたとき、レッフはその派手な鳥を放った。そのカラスが群れに加わったとたんに、死に物狂いの戦いがはじまった。この取りかえっ子はあらゆる角度から狙われた。黒や赤や緑や青の羽根がひらひらとぼくたちの足元に落ちてきた。カラスたちは空で狂ったようになった。そして、いきなりペンキ塗りのカラスは耕されたばかりの土に落ちてきた。それはまだ生きていて、くちばしを開き、むなしく翼を動かそうとした。目はほじくられ、着色を施した翼には鮮血が流れていた。そいつは、もう一度、飛びあがろうと試みたが、地面に足を取られ、もうそれだけの力は残っていなかった。

レッフは痩せ細り、家にいることが多くなり、自家製のウォトカをあおり、ルドミラのことを歌にして歌った。ときには、ベッドの上にまたがるようにして坐り、埃だらけの床の上に身をのり出して、長い棒でなにかを描きはじめた。しだいに、輪郭がはっきりしてきた。それは髪の長い、巨乳の女だった。

ペンキを塗る鳥が一羽もいなくなってしまうと、レッフは上着の下からウォトカの瓶を覗かせながら、野原をほっつきまわるようになった。ときどき、ぼくは沼地で彼の身になにか起こるのではないかと気にかけながら、そばにくっついて歩いたのだが、彼は歌を歌っているようだった。深くて哀愁を帯びた男の声が立ち上って、わびしさを漂わせながら、沼地の上へと、まるで重々しい冬の霧のように広がった。歌は渡り鳥の群舞とともに空高く舞ったが、それが森の底知れぬ深みに達したあたりでは、すっかり遠い歌声へと変わっていた。

村々では、みんながレッフを笑いものにした。ルドミラの「低能」が彼に呪いをかけ、腰が煮えたぎって、その火が彼を狂わせているのだと噂した。レッフは、彼らを口汚くののしり、鳥を送りつけて、目をほじくらせるぞと脅した。一度など、ぼくにとばっちりがきて、顔面をぶん殴られた。彼女を怖がらせたのはぼくで、ルドミラはぼくのジプシーのような目を怖がっていたのだと怒鳴った。それから二日間、レッフは具合を悪くして寝こんだ。ようやく起きあがったとき、レッフはナップサックに荷造りをし、パンをひとかたまり持って森に入った。ぼくは、新しい罠を仕掛け、新しい鳥をとりつづけるように命令された。

何週間かが過ぎた。レッフの言いつけに従って仕掛けた罠にかかるものといえば、せいぜい細くて薄いクモの糸くらいだった。コウノトリやツバメはもう旅に出てしまっていた。森は見棄てられたようになった。ヘビやトカゲばかりがうじゃうじゃしていた。籠の留り木に身を落ち着けた鳥たちは、羽毛を立ててふくれあがり、翼は薄墨色になって、じっと動かなくなった。

それから、どんよりした一日がやってきた。輪郭もなにもない雲が厚い羽根布団のように空をおおい、血の気のうせた太陽を隠した。風は畑の上を吹き荒れ、草の葉は縮み上がった。地面に伏せるように縮こまった家々は、カビが粉をふいて、黒や茶色に変色し、ふぬけたような刈り株に周囲をかこまれた。かつて警戒心のない鳥たちが転げまわっていた下草のなかでは、灰色の、ひょろひょろと伸びたアザミを風が非情に責めさいなみ、穂を引きむしった。そして、ジャガイモの腐った茎はあちこちへ吹き飛ばされた。

そこへいきなり、ルドミラの「低能」が、縄につないだ大きな犬を引き連れてあらわれた。その素振りは奇妙だった。レッフのことを根掘り葉掘り尋ね、ぼくがもう何日も前に出ていって、行き先も分からないと言うと、犬や小鳥が見ている前で、家の端から端まで行ったり来たりしながら、しくしく泣き、げらげら笑った。レッフの古い帽子を見つけると、それを頰に押しあて、泣きくずれた。それから、とつぜんその帽子を床に投げつけると、足で踏みつけた。レッフがベッドの下に残していったウォトカの瓶を見つけた彼女は、それをぐいっと飲み、それからふり返って、ちらっとぼくの方を見て、放牧地までいっしょに来るようにといった。ぼくは逃げようとしたが、ルドミラはぼくに犬をけしかけてきた。

放牧地は墓地の方角へとまっすぐにのびていた。牝牛が何頭かそれほど遠くないところで草を食んでいて、五、六人の若い農民が焚き火をしていた。ぼくたちは、連中に気づかれないように、急いで墓地のなかを通り抜け、高い壁をのり越えた。だれからも見えない、壁の裏側で、ルドミラの「低能」は犬を木につなぎ、ベルトでぼくに脅しをかけながら、ズボンを脱ぐように言った。ルドミラはかぶっていた袋を、自分も体をよじらせながら脱ぎ捨てて、素っ裸になって、ぼくをぐいっと引き寄せた。

しばらくとっくみあいを続けたあと、ルドミラはぼくの顔を自分の顔に引き寄せて、股を開いたところに伏せをしろと言った。ぼくは体をふりほどこうとしたが、ルドミラはベルトでぼくを打った。どこかの牛飼いがぼくの悲鳴を聞きつけた。

ルドミラの「低能」は、農民たちが近づいてくるのに気がつき、両脚をもっと大きく広げた。男たちはゆっくりとやってきて、彼女の体をじろじろ見た。

そして、みんなはひとことも言わずにルドミラをとり巻くと、うちの二人がズボンを下ろした。残りの連中は心を決めかねて突っ立っている。ぼくに注意を払うものはいなかった。犬は大きな石を投げつけられ、横になって怪我をした背中を舐めていた。

背の高い牛飼いが女の上にまたがり、女は男の下で体をよじりながら、男が動くたびに大きな声をあげた。男は平手でルドミラの胸に平手打ちを加え、体をのり出して乳首を噛み、おなかを揉みしだいた。彼が終わって立ちあがると、次の男が代わった。ルドミラの「低能」は両手と両足で男を引き寄せ、うめき声をあげながら、体を震わせた。残った連中は近くにしゃがんで、くすくす笑い、冷やかすようにそれを見ていた。

墓地のうしろから、馬鍬やシャベルを持った村の女たちが一団となってあらわれた。先頭に立つ何人かの若い女たちが大きな声で叫び、手を振り上げていた。牛飼いたちはズボンをひっぱり上げたが、逃げようとはしなかった。それどころか、男たちは抵抗するルドミラを組み伏せた。犬は縄をひっぱって、うなり声をあげたが、頑丈なロープは弛まなかった。女たちがだんだん近づいてきた。ぼくは安全な距離を保って、墓地の壁近くに腰を下ろしていた。そのときはじめて、レッフが牧草地を横切って走ってくるのに気づいた。

きっと村に戻って、なにが起ころうとしているかを知ったに違いない。女たちはかなり近くにまで来ていた。ルドミラの「低能」が立ち上がる間もなく、最後の男が墓地の壁のところまで逃げた。女たちはルドミラをぐいとつかんだ。レッフはまだずっと遠くだ。疲労が激しく、彼は走るスピードを落とすしかなかった。足がもつれて、何度も途中でつまずいた。

女たちは、ルドミラの「低能」を草の上にうつぶせにしておさえつけた。手足の上に馬乗りになって、馬鍬で彼女を打ち、爪を立てて皮膚をひき裂き、髪の毛をひきちぎり、顔に唾を吐きかけた。レッフは押しのけてなかに割って入ろうとしたが、女たちが通せんぼをした。戦おうとしたが、女たちに叩きのめされ、めった打ちにあった。レッフが戦うのをやめると、何人かの女が彼をあお向けにして、その上にまたがった。それから女たちは、凶器とも言えるシャベルでルドミラの犬を殴り殺した。農民たちは壁の上に腰掛けている。連中がぼくの方に近づいてきたとき、ぼくは後ずさりして、いつでも墓地のなかに逃げこめる体勢を整えた。お墓に囲まれていれば安全だろう。村人たちはそこに棲むという幽霊や食人鬼を怖れていた。

ルドミラの「低能」は、血を流して倒れていた。青い打ち身が全身に浮いていた。ルドミラは大声を出してうめき、海老反《えびぞ》って、がたがた震え、必死に逃げようとしたが、むだだった。女たちのひとりが、こげ茶色の肥えの入ったコルク栓つきの瓶を持って近づいた。野次馬たちの耳ざわりな笑い声や、行け行けという大きな声とともに、女はルドミラの股のあいだにひざまずくと、彼女のさんざん凌辱され、暴行を受けた割れ目に瓶をまるごとぶちこんだ。すると、ルドミラは獣のようにうなり、吠えた。他の女たちは平気な顔をしてそれを見ていた。いきなり、女のひとりがルドミラの「低能」の股間から突き出ている瓶の底をありったけの力で蹴りこんだ。くぐもった音とともに、ガラスが体の中で砕けた。いまや女たちが寄ってたかって、ルドミラを蹴りはじめた。女たちのふくらはぎやブーツに血がとび散る。最後の女が蹴り終わったところで、ルドミラはもう息絶えていた。

鬱憤を晴らすと、女たちは大声でしゃべくりながら村に帰っていった。レッフは、顔から血を流しながら、立ちあがった。弱った足でふらふらになりながら、口から何本か歯を吐いた。べそをかきながら、レッフは女の死体に身を投げかけた。ずたずたにされたルドミラの体に触れ、ふくれあがった唇の間からなにかをつぶやきながら、彼は十字を切った。

ぼくは、体を丸め、がたがた震えながら、墓地の壁の上に坐っていた。そこから動く勇気がなかったのだ。空は色を失い、暗くなっていった。犯したすべての罪に慈悲を乞うているルドミラの「低能」とやらのさまよえる魂のことを、死者たちが囁きあっている。そこへ月がのぼった。その冷たく、青白く、しょぼくれた光が、ひざまずく男の暗いシルエットと、死んで地面に横たわるルドミラの明るい髪の毛とを照らしていた。

ぼくは眠っては起き、眠っては起きをくりかえした。風が墓地の上で荒れ狂い、十字架の腕の部分には濡れ葉がはりついた。幽霊たちがうめき、村の方からは犬の遠吠えも聞こえた。

次に目を覚ましたとき、レッフはまだルドミラの遺体のそばにひざまずいていた。丸くなった背中を見れば、泣きじゃくっているのが分かった。声を掛けてみたが、返事がなかった。ぼくは怖くて、家に帰る気がしなかった。ここを離れようと思った。ぼくたちの頭上では、鳥の群れが弧を描き、あっちからもこっちからも、そのさえずりや、こっちを呼ぶ声が聞こえた。

6

大工とそのおかみさんは、ぼくの黒髪が自分たちの畑に稲妻を呼びこむものと決めつけていた。たしかに、暑くて乾燥した夜など、大工がぼくの髪を火打石や骨で作った櫛で触れると、青味がかった黄色い火花が、ぼくの頭上をまるで「悪魔のシラミ」のように跳びはねた。村には、嬉々とした嵐がとつぜんやってくることがよくあって、火事を起こしたり、人間や家畜を殺したりした。稲妻はよく天上から下される炎のいかずちだとされていた。そのため、村の人たちはそのような火を人間の力で消すことはできないと信じて、消そうともしなかった。稲妻にやられた人間も救うことはできないというのだ。稲妻が家に落ちれば、それは地中深くにめりこんで、そこでじっと鳴りをひそめて力を蓄え、七年ごとに同じ場所に新しい稲妻をひき寄せるといわれた。稲妻に襲われて焼け落ちた家からなにかを救い出しても、魔性にとりつかれているのは同じで、やっぱり新しい稲妻をひき寄せる。

蠟燭や灯油ランプのかぼそい炎が家のなかでちらちらと明滅するたそがれ時になると、しばしば空は重苦しくたれこめる雲におおわれ、それはワラ葺《ぶ》きの屋根の上空を斜めに横切っていった。村人は黙りくって、窓の蔭からおそるおそる外を覗き、高まる雷鳴に耳を澄ませた。罅《ひび》の入ったタイル貼りの竈《かまど》の上にうずくまっている老婆たちは祈るのをやめて、今度はいったいだれが全能の神に酬われ、いったいだれが遍在する魔王に罰せられ、火事や破壊、死や障害をもたらす病に見舞われるのはだれかを、ああでもないこうでもないと考えるのだった。ぎしぎしいうドアのうめき、嵐にたわむ木々の溜息、風の口笛、それらが、村人たちにとっては、遠い昔に亡くなった罪人たちが煉獄の無常に苦しめられ、あるいは地獄の劫火にじりじりと焼かれながら発する呪いの言葉のように聞こえるのだった。

そんなとき、大工は肩に分厚い上着をひっかけ、何度も十字を切りながら、ぼくの足首に精巧な南京錠のついた鎖を巻きつけて、その反対側を、重くすりへった馬具に縛りつけた。それから、嵐が吹きすさび、稲光が走るなか、ぼくを荷車に乗せ、狂ったように牛に鞭をあてながら、村から出て遠くの畑まで行き、そこにぼくを置き去りにした。ぼくは木や人間の住んでいるところから、はるか遠いところに捨てられた。鎖と馬具につないであれば、ぼくが村に戻ってくることはあり得なかった。

ぼくはたったひとりで、ぶるぶる震えながら、荷車の遠ざかる音を聞いていた。すぐそばで稲光がし、とつぜん、遠くにある家々の輪郭を浮かびあがらせたが、たちまち、そんなものはまるで存在していなかったかのように見えなくなった。

しばらくのあいだ、驚くべき凪《なぎ》があたりを支配して、植物や動物の生は静まり返った。それでも、人っ子ひとりいない畑や木の幹はうめき声をあげていたし、草原からも不平不満の声が聞こえてきた。ぼくのまわりには、森の狼男たちがゆっくりと這い寄ってくる。半透明の悪魔たちが、蒸気をたてている沼地から翼を羽ばたかせて飛んでくる。落ち着く場所のない墓地の食人鬼たちは、骨をかたかたいわせながら空中でぶつかり合う。ぼくは、その連中のかさっとした感触を感じた。その凍てついた翼が肌に触れるとぞっとしたし、その翼が立てる風は、氷のように冷たかった。怖くなったぼくは、もう考えるのをやめた。雨に濡れた馬具を鎖ごと引きずりながら、ぼくは地べたに這いつくばり、一面の水たまりのなかにざぶざぶ入っていった。頭上で、神様はのっぺりと広がり、宙に浮いて、その永遠の時計で恐るべきスペクタクルの時間を計っていた。神とぼくのあいだでは、陰気な夜が深まっていった。

いまはもうその暗闇に触れることができた。ぼくの顔や体に塗りつけられた、凝結した血の塊を手にとるように。ぼくはそれを口にふくみ、ごくりと呑み下して、むせかえった。暗闇はぼくのまわりに新しい道筋を示し、平らな畑を底知れない裂け目に変えた。越えられそうもない山を築き、丘を平地にし、川や谷間を埋めた。暗闇の淵に抱かれると、村も森も道端の聖像も人間も消えるしかなかった。既知の境界線をはるかに越えたところに、悪魔が坐りこんで、雲の背後から硫黄色の稲光を投げつけ、轟く雷鳴を放ってきた。その雷鳴のひとつひとつが大地を根っこから揺り動かし、雲をどんどん下降させ、ついには滝のように降りそそぐ雷雨がすべてをひとつの沼地に変えたのだ。

何時間もが過ぎ、夜明けが来て、骨のように白い月が蒼ざめた太陽に場を譲ったころ、大工が荷車でやってきて、ぼくを連れ帰った。

夕立があった午後、大工は病気になった。おかみさんは、亭主のために苦い汁を用意するのにばたばたしていて、ぼくを村から連れだす余裕がなかった。最初の雷鳴が轟いたとき、ぼくは納屋の干し草の蔭に身を隠した。

とつぜん、納屋は気味悪い雷鳴にみしみしいった。まもなく、壁からぼっと火が上がり、その長い炎が松脂《まつやに》の浸みこんだ床板に燃えうつった。風にあおられ、火は音をたてて燃えひろがり、その先端は母屋や牛舎にまで伸びていった。

ぼくはわけも分からず、中庭にとび出した。周囲の家では、住人たちが真っ暗ななかで大騒ぎしていた。村じゅうが騒然として、方々からがなりたてる声が聞こえた。大慌ての群衆がぞろぞろと斧や馬鍬を持って、燃えさかる大工の家の納屋の方へ駆けてきた。犬が吠え、赤ん坊をかかえた女たちは、風が臆面もなく正面から吹きあげるスカートのすそを下ろそうとして懸命だった。生き物という生き物が外に走りでた。しっぽを上げ、狂ったように、大声で鳴く牝牛は、斧の柄やシャベルの刃につつかれて走りだし、仔牛はひょろひょろした震える足で立ち、母親の乳房にしがみつこうとしたが、むだだった。柵を踏み倒し、納屋の戸を破り、動転するあまり家の壁さえ目に入らず、それに激突しながら、牡牛は重い頭を低くたれて突進した。われを忘れたメンドリは羽をばたつかせて宙を飛び交った。

しばらくたって、ぼくは逃げ出した。ぼくの髪の毛がこの稲妻を納屋や家々にひき寄せた、そして村の連中に見つかればかならず殺されるものと思いこんでいたからだ。

雨まじりの強風と闘い、石につまずき、溝や水浸しの穴に足をすくわれながら、ぼくは森にたどり着いた。森のなかを通過している鉄道の線路のところまで走り抜けた頃には、夕立はやみ、その代わりにぽたぽた垂れる雨だれの音が夜を埋め尽くした。近くの茂みのなかに、ぼくは安心できる穴を見つけた。そこにうずくまって、コケのうちあけ話に耳をすまして、夜通しそこで待った。

汽車はこのあたりでは明け方に通るはずだった。この線路は、ひとつの駅から二十キロほど先にあるもうひとつの駅まで、主として材木を運ぶために作られたものだった。材木を積んだ貨車は、小さな、ゆっくり走る蒸気機関車がひっぱっていた。

汽車が近づいてきたとき、ぼくは最後の貨車を追っかけて走り、貨車の低いステップにとび乗って、安全な森の奥まで乗せていってもらった。かなりたって、平坦な土手のところまで来たところでとび降り、汽車の見張人にも見咎められずに、茂ったやぶのなかに跳びこんだ。

森を抜けているうちに、舗装された道に雑草が茂っているのを見つけた。どう見ても長いあいだだれも通ったことがなさそうだ。その道をたどっていくと、つきあたりに、頑丈そうなコンクリートの壁で補強された、無人の砲撃拠点があった。

そこは完全に静まり返っていた。ぼくは木蔭に隠れ、閉まった扉に石を投げつけた。石がはね返ってきた。反響音がしたあとは、ふたたび静まりかえった。ぼくは壊れた弾薬ケースや金属のスクラップや空罐《あきかん》の上を踏みつけながら拠点のまわりを一周した。盛り土の高いところにも登った。いちばんてっぺんまで上がると、ひしゃげた罐が落ちていて、もう少し先に大きな入口が見つかった。その入口に体をのり出してみると、腐ったような湿気のある異臭が漂っていた。なかから、なにかくぐもったきいきい声が聞こえた。ぼくは、古いヘルメットを拾って、入口から投げこんでみた。きいきい声が無数に聞こえた。ぼくは土くれを穴のなかへ次々と投げこみ、弾薬ケースにはまっていた箍《たが》やら、コンクリートの塊やらを投げて追い討ちをかけた。きいきい声はいよいよ大きくなる。なかに生きた動物がいて、パニックをおこしているのだ。

ぼくはぴかぴかの金属板を一枚見つけ、それに太陽の光を反射させて、内側を照らした。いまや内側がはっきり見えた。入口から二、三メートル下がったところで、黒くうごめくドブネズミの群れが、荒れ狂う海のように押し寄せては引いていく。その表面は不規則なリズムで痙攣するように動き、無数の目がぎらぎら光っていた。光があたると、濡れた背中や毛のないしっぽが見えた。たびたび、波しぶきのように、何十匹かのひょろ長い、痩せっぽちのネズミが建造物のつるつるすべる内壁をよじ登ろうとしてぴょんぴょんはねるのだが、けっきょくは、仲間の背中の上に落ちるだけだった。

この波打つ群れを見ていると、ネズミどもがおたがいに飛びかかりながら、獰猛に肉片や皮膚を食いちぎっては殺しあい、共食いをしているのだった。血しぶきは、ネズミの闘争本能をいっそうあおるだけだった。どのネズミもこの生きているひとかたまりの群れのなかから這い出し、その頂上に立とうとしていた。壁をよじ登ろう、肉片を食いちぎろうと必死なのだ。

ぼくはあわててその入口をブリキの蓋でおおい、森を抜ける旅へと急いだ。途中、野イチゴを心行くまで食べた。夕暮れまでにどこかの村に着きたいと思った。

午後遅く、太陽が沈む頃、やっと農場の建物が見えた。近づくと、柵の向こうから犬が何匹かとび出してきて、突進してきた。ぼくは柵の手前でうずくまり、元気に両手を振って、カエルみたいに跳びあがり、叫びながら石を投げた。犬どもはびっくりして立ち止まり、ぼくがなにもので、何をしようとしているのか分からないでいた。やっぱり人間は犬ではない。連中には見通せない世界を人間は手に入れられるのだ。犬たちがきょとんとして、鼻を横に曲げ、ぼくを見つめているあいだに、ぼくは柵をとび越えた。

犬の吠え声とぼくの叫び声を聞きつけて、家の主人が出てきた。その男を見たとき、ぼくは、前夜、逃げ出したのと同じ村に自分が戻ってきていることにすぐ気がついた。なんという運命のいたずらだろう。その農民の顔には見覚えがあった。というか、それどころではなく、しょっちゅう大工の家で顔を合わせていた男だった。

その男は、すぐにぼくに気がついて、作男に大声でなにかを命じた。作男は大工の家に向かって駆けだし、もうひとりの作男は、紐をひっぱって犬を落ち着かせようとしながら、ぼくを見張っていた。大工が、彼のおかみさんを従えてやってきた。

最初の一撃で、ぼくは柵の上からはたき落とされ、どさっとその足元に落ちた。彼はぼくを立たせ、倒れないようにしっかりつかまえて、何度もぼくを殴った。それから、まるでネコみたいに、ぼくの首根っこをつかんで、農場までひきずっていった。納屋は焼け落ち、焦げくさい臭いを放っていた。そこへ着くと、大工はぼくを堆肥の上に突き飛ばした。そこでもう一回、ぼくは頭を打たれて気を失った。

意識が戻ったとき、大工はかなり大きな袋を用意して、ぼくのすぐそばに立っていた。病気になった猫を何匹も、彼がこんなふうな袋に入れて、溺れさせるのを見たことがあった。ぼくは彼の足元に体を投げ出したが、この大工はひとことも言わずにぼくを蹴散らし、黙々と袋の用意を続けた。

とつぜん、ぼくは大工がむかし、パルチザンが戦利品や軍需品を古い砲撃拠点に小分けにして隠していることを、おかみさんに話していたのを思い出した。ぼくは彼のところまでもう一度這っていき、もしぼくを溺れさせないでくれたら、逃走中に見つけた、古いブーツや軍服や軍人のベルトがいっぱいつまっている砲撃拠点を教えると約束した。

大工は、信じられないというような素振りを見せたが、興味をそそられたようだ。ぼくの横にしゃがみこんで、ぼくをがしっとつかまえた。ぼくは、それらのものがどれほど高価なものか、分からせようとして、努めて冷静に提案をくり返した。

夜が明けると、彼は牛車に牡牛をつなぎ、ぼくを縄で彼の手に縛りつけて、大きな斧を提げ、ぼくを連れて出発した。おかみさんや近所のみんなには内緒だった。

途中で、ぼくはなんとか自由になる方法はないものかと考えをめぐらせた。縄は頑丈だった。現地に到着すると、大工は荷車を止め、そしてぼくたちは砲撃拠点の方に歩いていった。熱い屋根の上に登っていった。ぼくは入口の場所を忘れたみたいにしらばっくれて時間を稼いだ。そして、ようやくそこまでたどり着いた。大工はしめしめと言わんばかりに、ブリキの板を横にのけた。悪臭が鼻をつき、なかから、明るさに目がくらんだネズミが、ちゅうちゅう鳴いた。大工は入口の上に体をのり出したが、目が暗闇に馴れていないのか、しばらくはなにも見ることができなかった。

ぼくはゆっくりと入口の反対側にまわりこんだ。これで大工とぼくのあいだには間隔ができ、ぼくを縛っている縄がピンと伸びた。この瞬間に逃げださないと、ぼくは殺され、底へと投げ落とされるだろうと分かっていた。

恐怖に震えながら、ぼくはいきなり縄をひっぱった。あまり強くひっぱったので、手首が骨ごとちぎれるかと思うほどだった。ぼくがだしぬけに動いたので、大工は前のめりになった。彼は立ち上がろうとして、大声を上げ、手を振りながら、鈍い音を立て砲撃拠点の奈落へと落ちていった。ぼくは蓋がのっかっていた、でこぼこしたコンクリートの縁のところでふんばった。縄はいよいよ強く張りつめ、入口のぎざぎざした端にこすれ、そしてぷつんと切れた。同時に、下から人間の悲鳴と意味の伝わらない、もごもごいう叫びが聞こえた。かすかな震動がコンクリートの壁に伝わった。ぼくはおそるおそる入口の方に這い寄り、ブリキの板に反射させた太陽光を内側に向けた。

大工のごつい体がほんの一部分しか見えなかった。顔と、両腕の半分は、ネズミの海の表皮に隠れて見えなくなっていた。あとからあとから押し寄せる波のようなネズミが、彼の腹や足に這い上がっていった。男は完全に見えなくなり、ネズミの海はますます激しく波打った。ネズミの動く塊は、茶色がかった赤い血に染まっていく。ネズミたちは、人間の体に近づこうとして先を争っていた。あえぎながら、しっぽを小刻みに震わせ、半ば開いた口元には歯が覗いた。そして、目はまるでロザリオの数珠玉のように陽光を反射させていた。

ぼくは、まるで体が麻痺したみたいに、この光景を見ていた。入口の端から自分の身を引きはがすこともできず、入口をブリキの板でおおう気力もなかったのだ。とつぜん、ネズミの激しく動く海が二つに分かれ、翼のように指を大きく開いた手が、ゆっくりとあわてることなく、泳ぐみたいに浮上してきた。手も指も肉が落ちて骨だけになっていた。そして、遅れて男の腕全体があらわれた。一瞬、それはネズミがちょこまかと動きまわっている上に、そそり立った。しかし、とつぜん、うねるようなネズミの勢いで、大工の青みがかった白い骸骨が、表面に押し上げられた。完全に肉が削げ落ちたところもあれば、真っ赤になった皮膚と灰色の布が切れ切れになっているところもあった。肋骨のすきまや、腋の下や、むかし腹があった部分には、がりがり亡者の齧歯《げっし》類が、筋肉や腸の切れっ端のおこぼれにあずかろうと激しく争っていた。狂ったような貪欲さで、ドブネズミたちは、布や皮膚や形もない胴体の肉片をたがいに引き裂き、奪い合った。人体の中心をめがけてとびこんでも、食い荒らされたもうひとつの穴からとびだすしかない状態だった。死体は次なる襲撃にさらされて奥へと沈んでいった。そして、次にそれがうごめく血塗れのヘドロの表面にあらわれたときは、完全な骸骨と化していた。

すっかり取り乱したぼくは、大工の斧をひっつかんで、そこから逃げた。荷車のところまで一息でたどり着いた。なにも知らない牡牛はのんびりと草を食んでいる。ぼくは御者台にとびのって、手綱を引いたが、この動物はご主人の言うことしか聞こうとしなかった。ぼくは、うしろをふり返り、いまにもネズミの大群が追いかけてきはしないかと思い、鞭で牛をつついた。牛は不審な様子で、ぐずぐずしていたが、二、三回、鞭をあてると、大工を待たなくてもいいと納得したようだった。

荷車は不機嫌そうに動き出し、長いあいだ人が通ったことのないらしい古い轍《わだち》を進んだ。車輪は道端の木の枝を引きちぎり、小道に伸びている雑草を踏みつけた。ぼくは道をよく知らなかったが、とにかくあの砲撃拠点から、そして大工の村から、できるだけ遠ざかろうとした。森を抜け、そして空き地を抜け、ぼくは狂ったように全速力で進んだ。最近だれかが通ったような跡のある道はことごとく避けた。夜が来ると、ぼくは荷車を茂みのなかに隠して、御者台で眠りについた。

それから二日間、ぼくは旅を続け、一度は製材所で前哨部隊と鉢合わせしそうになった。牛は痩せ細り、横腹もげっそりした。しかし、ぼくは十分に遠くまできたと安心できるまで、前へ前へと進んだ。

小さな村が近づいてきた。ぼくは静かに荷車を村に乗り入れ、最初に見た家の前で止まった。ひとりの農民が、ぼくを見るなり十字を切った。ぼくは荷車と牡牛を差し出す代わりに、宿と食べ物が欲しいと言った。その農民は頭をかき、おかみさんや隣人と相談して、牛の歯と、ぼくの歯を疑わしそうに確かめたあと、やっと首を縦に振ってくれた。

7

村は鉄道の線路からも川からも遠く離れていた。年に三回、供出が義務づけられている食糧と物資を調達しに、ドイツ軍の部隊が来るのだった。

ぼくはこの村の長でもある鍛冶屋にあずかってもらっていた。彼は村の人たちから一目置かれる存在だった。おかげで、ぼくはかなりよいもてなしを受けられた。しかし、ときたま酒の席になると、ぼくはこの村に災厄をもたらすだけで、もしドイツ軍がジプシーの小僧のことを知ったら、村全体が処罰を受けるだろうという話になった。しかし、こういったことを鍛冶屋に面と向かって口にできる人間などおらず、ふだんは、ぼくはのうのうと暮らしていた。たしかに、鍛冶屋は、ほろ酔いかげんのときとか、ぼくが邪魔なときには、好んでぼくの顔にびんたを食らわせたが、それはその場だけのことだった。二人の作男はぼくのことなど鼻にもかけず、二人でいがみあっている方がよさそうだった。その息子も、女ぐせが悪いので有名だったが、ほとんど農場にはいなかった。

毎朝早く、鍛冶屋のおかみさんは、ぼくに熱々のボルシチをコップに一杯と、干からびたパンをひとかけくれた。そのパンをボルシチにつけると、がぜん風味が増したが、ボルシチの方は風味を失った。そのあと、ぼくは自分の「ながれ星」に火を点し、他の牛飼いの先を越して、牛たちを牧草地まで追っていった。

夜になると、鍛冶屋のおかみさんは祈りを唱え、主人の方は竈《かまど》にもたれて鼾《いびき》をかき、作男たちは家畜の世話をし、息子は村をほっつき歩いた。おかみさんは、ぼくに旦那の上着を渡して、シラミをとるようにと言った。ぼくは部屋のなかでいちばん明るい所に坐り、縫い目にそってあちこちを折り曲げて、血をたらふく吸った、白くて、もぞもぞうごめく虫を追いかけまわした。そいつをつかまえると、テーブルの上に置き、指の爪でつぶすのだ。シラミがとりわけ多いときには、おかみさんもいっしょになって、ぼくが何匹かを置くと、彼女がその上に瓶を転がした。シラミはぷちっと音をたてて潰れ、ぺしゃんこになった死骸が黒っぽい血の小さな池のなかに浮かんでいた。埃だらけの床に落ちたシラミは、四方八方へと逃げ出した。それを足で潰そうとしても、それはほぼ不可能だった。

鍛冶屋のおかみさんは、ぼくに対して、シラミや南京虫とあれば、かたっぱしから殺させようとしたわけではなかった。とくに大きく、元気いっぱいのシラミを見つけたときには、彼女は用心深くそれをつかまえ、そのときのためにとっておいたカップに確保した。ふつう、そういったシラミが一ダースを越えたあたりで、彼女は、そのシラミを取り出し、パン生地に練りこんだ。それから、人間と馬の尿を少々と、大量の肥やし、クモの死骸、そしてネコの糞をひとつまみ加えた。この調合は腹痛には最上の薬だと考えられていた。鍛冶屋が周期的な腹痛に見舞われたが、そんなとき、彼はこの丸薬をいくつか服用させられた。これを飲むとかならず吐き戻したが、おかみさんが言うには、これで病気はすぐに退散し、病気は克服できたことになる。嘔吐で体力を失い、アシのように震えながら、鍛冶屋はいろりのそばのマットに横たわり、鞴《ふいご》のようなあえぎ声をあげたものだった。それから、彼はぬるま湯と蜂蜜を与えられ、これでようやく落ち着いた。しかし、それでも痛みと熱が引かないとき、おかみさんはさらに薬を用意した。馬の骨を細かな粉に挽いて、南京虫と畑のアリを混ぜたものをコップ一杯加える。南京虫とアリは喧嘩をはじめるが、これを何個かの鶏卵と混ぜ、灯油を少し加えるのだ。病人はこれをひと息でごくりと飲み干さなければならない。そうすれば、ご褒美にウォトカをグラス一杯とソーセージひとかけがもらえた。

ときおり、鍛冶屋のところには、ライフル銃や拳銃を持った、ふしぎな客が馬に乗ってあらわれた。家じゅうを捜索してから、連中は鍛冶屋といっしょにテーブルに腰掛けた。おかみさんとぼくとで、自家製のウォトカと、ひとつながりになった腸詰と、チーズ、ゆで卵とロースト・ポークのわき腹肉を用意した。

この武装した男たちはパルチザンだった。連中は、なんの前触れもなく、たびたび村にやってきた。さらに、このパルチザンたちのあいだでは内輪もめが絶えなかった。鍛冶屋はおかみさんに、パルチザンは二つに分裂しているのだと説明していた。「白色」はドイツとロシアの両方を敵にまわし、「赤色」は赤軍を助けようとしていた。

いろいろな噂が村には流れた。「白色」分子は私有財産を維持し、地主をそのままにしておきたがっているということだった。ソビエトにサポートされている「赤色」は農地改革のために戦っていた。どちらも村に対して、いっそうの協力を要請してきていた。

「白色」パルチザンは地主たちと協力して、「赤色」を助けていると思われる連中に報復を加えた。「赤色」パルチザンは貧乏人に味方をして、「白色」になんらかの援助を与えている村に制裁を加えた。裕福な農家に対する迫害がその特徴だった。

村はドイツ人部隊からも捜索を受け、パルチザンの訪問があったどうかを尋問され、見せしめとして村人が一人か二人射殺された。こんなとき、鍛冶屋はぼくをジャガイモの置かれた地下室に隠した上で、食糧品や余分の穀物をきちんと届けるからといって、ドイツ軍の司令官を懐柔しようとした。

ときには、パルチザンの分子が村で鉢合わせして、おたがいに攻撃し、殺し合うこともあった。そうなると村は戦場と化し、機関銃が火を吹き、手榴弾が爆発し、家々は炎上し、見棄てられた牛や馬はさわぎたて、半裸の子どもたちは泣き叫んだ。農民たちは祈りを唱える女を抱きかかえて、地下室に身を隠した。ほとんど目が見えず、耳も聞こえず、歯のない老婆たちは、祈りをぶつぶつと唱え、関節炎にかかった手で十字を切りながら、機関銃の射ち合いのまっただ中に歩いていき、戦闘員に呪いを浴びせ、天に復讐を訴えた。

戦闘のあと、村はゆっくりと活気を取り戻した。しかし、こんどはパルチザンが捨てていった武器や軍服やブーツをめぐって、農民や少年たちのあいだで、争奪戦が起こった。それに、どこにパルチザンの死体を埋め、だれが墓穴を掘るかでも、口論が起きた。口論が何日も続くうちに、死体は腐敗し、昼間は犬どもが匂いを嗅ぐし、夜中はネズミの餌食になった。

ある晩、ぼくは鍛冶屋のおかみさんに起こされ、急いで逃げるようにと言われた。ベッドをとび出る間もないうちに、男たちの声と武器のがちゃがちゃいう音が家の周囲で聞こえた。ぼくは頭から袋をかぶり、屋根裏に身を隠した。板の割れ目にしがみついていると、庭の大部分が見えた。

男が断固とした声で鍛冶屋に出てくるようにと命令した。二人の武装したパルチザンが半裸の鍛冶屋を中庭にひきずり出し、彼は寒さに震えながら、落ちそうになるズボンをひっぱりながら立っていた。背の高い帽子をかぶり、星を並べた肩章をつけた一団のボスが鍛冶屋に近づき、なにごとかを尋ねる。全部は聞こえなかったが、「おまえは祖国の敵を助けた」というようなことを言っていた。

鍛冶屋はバンザイをさせられ、キリストと三位一体の御名においてそんなことはないと誓った。一発殴られただけで、彼は倒れた。彼はゆっくりと立ち上がりながら、否定しつづけた。男たちのひとりが柵から棒杭を引き抜き、それを、ぐるぐる振りまわして、鍛冶屋の顔を狙った。鍛冶屋は倒れ、今度は、パルチザンたちが重たいブーツでその全身を蹴りはじめた。鍛冶屋はうめき声を上げ、痛みに身をよじったが、連中はやめようともしない。彼の上に身を乗り出して耳をひねったり、急所を踏みつけたり、かかとで指を踏みつぶしたりした。

彼がうめくのを止め、ぐったりと体を沈ませると、パルチザンは二人の作男とおかみさん、そして抵抗する息子をひきずり出した。納屋の戸を開け放し、彼らを荷車の引き手の上に投げとばした。引き手をおなかの下にあて、まるで穀物の袋を逆さにしたようにぶら下げたのだ。それからパルチザンは男女の着物を剝ぎ取り、両手を両足に縛りつけた。そして、袖をたくしあげた連中は、鉄道の信号線を切り取った鋼鉄の笞《むち》で、のたうつ体をひっぱたきはじめた。

張りつめた尻にあたる笞打ちの音が大きく響き渡った。みんなは体をねじり、身を縮めたり、ふくれたりしながら、まるで虐待される犬のように吠えた。ぼくは恐怖に震え、冷たい汗をかいた。

笞が雨あられと降りそそいだ。おかみさんだけが泣き叫びつづけた。パルチザンは、彼女の肉が落ちて、湾曲した太もものことで、ジョークを飛ばしあった。女がどうしてもわめくのをやめないので、連中は彼女をひっくり返して仰向けにした。真っ白な乳房が両側に流れ落ちた。男たちは激しく女を打った。胸といわず腹部といわず降りおろされる笞の勢いはどんどん強まり、いまでは体じゅうに血が流れて黒ずんでいた。引き手にかけられた体は、そろってだらりとなった。拷問者たちは上着をはおって、家のなかに入り、家具を壊し、目に入るものはすべて略奪した。

連中は屋根裏にも入ってきて、ぼくを見つけ出した。首ねっこをつかんでふり向かせ、拳でぼくを殴り、髪の毛をひっぱった。ぼくをジプシーの捨て子だとたちまち決めこんだようだった。大きな声で、ぼくの扱いについて話し合った。すると、ひとりが、ここから二十キロほど離れたところに駐屯しているドイツ軍の前哨部隊にぼくを引き渡すべきだと決めた。そうすれば、すでに強制供出が遅れているこの村のことを前哨部隊の指揮官が少しでも疑わなくなるというのだ。もうひとりの男も同意し、たったひとりのジプシー小僧のために村全体が焼き払われるかもしれないと、あわててつけ加えた。

手足を縛られて、ぼくは外に運びだされた。パルチザンは二人の農民を呼び寄せて、ぼくの方を指さしながら、なにごとかを注意深く説明した。農民たちはへつらうようにしてうなずき、素直にそれを聞いていた。ぼくは荷車に乗せられ、横木に縛りつけられた。二人は御者席にのぼり、ぼくを乗せて出発した。

パルチザンの連中は、何キロかのあいだ、鞍の上で揺られながら、鍛冶屋のところから奪った食糧を分けあい、この馬車を護衛した。森の鬱蒼としたところに入ると、パルチザンはもう一度二人に話しかけたあと、馬に鞭をあて、森のなかに消えていった。

太陽に灼かれ、不自然な格好に疲れはてて、ぼくはうとうとしていた。ぼくは一匹のリスになって、暗い木の洞《うろ》にうずくまり、皮肉をこめた目で下界を眺めている夢を見た。すると、こんどは長い、跳躍力のある足を持ったキリギリスになり、広大な大地を横切っていた。ときどき、まるで霧の中にいるかのように、御者二人の声や、馬のいななきや、車輪のきしる音がぼんやりと聞こえてきた。

お昼ごろ、鉄道の駅に着くと、ぼくらはたちまち、色褪せた軍服と使い古されたブーツをはいたドイツ兵に包囲された。農民たちは兵士にお辞儀し、パルチザンが書いたメモを手渡した。歩哨が将校を呼びに行くあいだに、何人かの兵士が荷車に近づき、ぼくを見つめながら、なにやら気づいたことを口にしあっていた。そのなかで、かなり年配の兵士がひとり、明らかに暑さに参った様子で、汗に眼鏡をくもらせながら、荷車にもたれかかり、無表情な、潤んだような青い目で、ぼくを見つめていた。ぼくは彼に笑いかけたが、彼は応じなかった。ぼくは彼の目をまっすぐに覗きこんだ。そうすることで彼に呪いがかけられるのではないかと思った。たしかにそれで彼は気分が悪くなったようだったが、気の毒になって、ぼくは視線を落とした。

若い将校が駅舎からあらわれ、荷車の方に近づいてきた。兵士たちは、すぐさま軍服を正し、気をつけの姿勢をとった。農民たちは、どうしていいか分からず、兵士たちの例に倣おうとしたのか、一列に並んで権威に従った。

将校は兵士のひとりに、きぱきぱとしてなにかをいうと、その兵士は列から前に進み出て、ぼくの方に近づき、ぼくのふさふさした髪の毛を乱暴に撫で、まぶたを裏返して、目のなかをのぞきこみ、膝やふくらはぎの傷を調べた。それから彼は将校に結果を報告した。その将校は、眼鏡をかけた年配の兵士の方に向き、命令を下してから、立ち去った。

兵士たちは散っていった。駅舎からは、陽気な音楽が聞こえてきた。機関銃が据えつけられた、高い時計塔の上では、見張りたちがヘルメットをかぶりなおしている。

眼鏡をかけた兵士はぼくに近づき、荷車にくくりつけられていた縄を物も言わずに解き、その一方の端を自分の手首にまきつけ、手の動きで、ぼくについてこいと命令した。ぼくは二人の農民の方をふり返った。二人はすでに荷車に乗り、馬に鞭をあてていた。

ぼくたちは駅舎を通り過ぎた。途中、その兵士は倉庫に立ち寄り、そこで小さなガソリン罐《かん》を渡された。それから、二人はずっと線路の上を歩いて、正面の森の方に向かった。

ぼくは、この兵士がぼくを撃ち殺した上で、ガソリンをかけ、ぼくを焼いてしまうように命令されていると確信した。こういったことを何度も目にしていたからだ。パルチザンが密告者だと告発された農民を撃ち殺したときの手口をよく覚えている。犠牲者は大きな穴を掘るように命令され、あとで本人の死体はそこへ投げこまれたのだった。深傷《ふかで》を負ったパルチザンが森に逃げこもうとするところを、ドイツ人どもが撃ち殺したときのことも覚えている。あとで、その死体からは高く炎が立ちのぼった。

ぼくは痛い思いをすることを恐れた。撃たれるととても痛いのは確かだし、ガソリンで焼かれれば、なおさらのことだろう。しかし、ぼくにはなにもできなかった。兵士はライフルを持ち、ぼくの足に結《ゆ》わえた縄を手首に巻きつけている。

ぼくは裸足だったので、太陽に灼かれて熱くなった線路の枕木で火傷《やけど》をしそうだった。だから、枕木を避けて、先のとがったバラストの上をぴょんぴょん歩いた。何度か線路の上を歩こうともしたが、足にくくりつけられた縄のせいで、なかなか体のバランスが保てなかった。小さな歩幅を、大股で歩く兵士の規則正しい足並みに合わせるのも一苦労だった。

兵士はぼくから目を離さず、線路の上を歩こうとする曲芸みたいな歩き方を見て、かすかに笑みを浮かべた。その微笑はあまりにも短く、なにも意味してはいなかった。どうせ彼はぼくを殺すつもりなのだ。

ぼくたちは、すでに駅の構内を離れていて、最後のポイントのところへとさしかかっていた。あたりは暗くなりかけており、ぼくらが森に近づいた頃には、太陽はもう梢《こずえ》の蔭に隠れようとしていた。兵士は立ち止まり、ガソリンの罐を置き、ライフルを左の腕に持ち替えた。彼は、線路わきに坐り、深い溜息をつきながら、両足を盛り土の上へ投げ出した。静かに限鏡をはずし、厚い眉の上から袖で汗を拭って、それからベルトにさげていた小さなシャベルを外した。胸ポケットから煙草をとり出し、火を点けて、用心深くマッチの火を消した。

彼は黙って、ぼくが縄を解《ほど》こうとするのを見ていた。縄がこすれて、足首の皮膚が剝がれそうだったのだ。すると、彼はズボンのポケットから小さなジャックナイフをとり出し、それを開くと、ぼくのそばまで寄ってきて、片手でぼくの足をつかみ、もう一方の手で注意深く縄を切った。切り取った縄は、エイッと軌道の方へ放り投げた。

ぼくは感謝の気持ちを表わすように笑ったが、兵士の方は笑いを返してこなかった。ぼくたちは、二人で坐りこみ、その兵士は煙草をくゆらせ、ぼくは紫煙が輪になって立ちのぼるのを見ていた。

ぼくは、人間には色んな死に方があることを考えた。それまでに印象深かった死に方が、二つだけあった。

それがいつのことだったかもよく思い出せる。戦争がはじまったばかりの頃で、爆弾が両親の家から通りをひとつへだてた建物に落ちた。わが家の窓は吹き飛ばされた。壁が落ち、地面の震動が伝わり、見知らぬ瀕死のひとびとの声が聞こえるのに、ぼくらは生きた心地がしなかった。ドアや、天井や、壁掛けの絵がまだ必死にしがみついている壁の茶色い表面が、すべて無のなかへと転落していくのを見た。まるで通りに向かって雪崩を打つように、豪華なグランド・ピアノが、蓋がぱたぱた開いたり閉じたりしながら落ちていった。やたらにごつい、不恰好な肘掛椅子が落ちていった。腰掛やクッションも落ちていった。さらに、そのあとを追っかけるようにして、悲鳴とともにばらばらになったシャンデリアが、よく磨かれたポットややかんが、きらりと光るアルミニウム製の溲瓶《しびん》が落ちていった。ばらばらにちぎれた本のページは、まるで恐怖におびえる鳥の群れのように、ぱたぱた羽ばたきながら落ちていった。浴槽が水道管から引きちぎられながら落ちていくさまは壮絶だった。階段の手摺や欄干や雨どいが、もつれたり、ぐるぐる巻きになったりするさまなどは、奇術というしかなかった。

埃がおさまり、ぱっくり割れたアパートはおずおずとその内臓をさらけ出した。ぐにゃぐにゃした人間の体が、壊れたフロアや天井のささくれ立った裂け目の上に、まるでその裂け目をおおう絨毯かなにかのように投げ出されていた。その人体が、赤い染料に染まり始めたところで、べとべとする敷物に、破れ紙や石膏やペンキの破片がへばりつくさまは、まるで食糧に飢えたハエのようだ。周囲ではまだなにもかもが進行中だ。心穏やかでいられるのは、死者ぐらいのもののようだ。

それから、落下した梁《はり》に体をはさまれたり、柱や水道管に串刺しにされたり、崩壊した壁に体の一部をもがれたり、潰されたりした人たちのうめき声や悲鳴が聞こえた。そこへたった一人の老婆が、深い陥没のなかから出てきた。がむしゃらにレンガにしがみついていたのだが、歯のない口を開いてなにかを話そうとしたとたん、声が出なくなった。半裸の状態で、萎《しな》びた乳房があばらの浮いた胸から垂れ下がっていた。やっと爆弾が落ちた箇所の端までやってきて、陥没したアパートと道路のあいだの瓦礫の山にたどり着いたとき、老婆はそのてっぺんに仁王立ちになった。それから後方によろけ、瓦礫の向こうに消えていった。

人間は、ひとの手にかかって、見る影もなく死んでいくこともある。レッフのところで暮らしていた頃だから、それほど昔のことではないが、パーティーの席上で二人の農民が喧嘩をはじめた。家の中央で、二人はぶつかり合って、おたがいに首をつかみ、埃まみれの床の上に倒れた。狂った犬のように相手に噛みつき、衣類や肉片を食った。二人のごつごつした手や膝や肩や足は、それぞれに意志をもって動いているようだった。つかんだり、ぶったたいたり、ひっかいたり、ねじったり、まるで荒々しいダンスを踊るように跳びまわるのだった。素手の拳が金鎚のように頭蓋骨を打ち、その勢いで骨が砕け散った。

そのあと、輪になって冷静に様子を見守っていたパーティーの客たちは、ぐしゃっという音と、しわがれたあえぎ声を聞いた。片方が長いあいだ上にのしかかっていた。もう一方の男は、ぜいぜいいいながら、しだいに弱っていくようだったが、それでも頭を持ち上げて、勝ち誇る相手のつらに唾を吐きかけた。馬乗りになった男は、これに我慢がならなかった。彼は、ウシガエルのように勝ち誇って膨れ上がり、大きなストロークで、相手の頭を潰しにかかった。ものすごい力だった。頭はもうたげるだけの力も失せ、大きくなる血の池に溶けていきそうだった。男は事切れていた。

ぼくはいまや、自分が前にパルチザンに殺されたうす汚れた犬になったような気がしていた。連中は、はじめその頭を撫で、耳の後ろを掻いてやっていた。犬は歓喜にむせび、愛情と感謝の念をこめて吠えた。それから連中は、犬に骨を投げてやった。犬は見栄えのしないしっぽを振って、チョウチョをびっくりさせ、花を踏みつけながら、その骨を追った。そして、犬が骨をつかんで得意そうにそれをかざしてみせたときだった。パルチザンは犬を撃った。

兵士はベルトを引きあげた。その動きがぼくをひきつけ、ぼくは一瞬考えるのをやめた。

それから、森までの距離と、もしもいきなりぼくが逃げ出した場合に、この兵士がライフルをとり上げ、撃つまでの時間を測ろうとした。森まではどうにも遠すぎた。森に行くまでの砂地の畝の上で、自分は死ぬことになるだろう。せいぜい雑草が生い茂っているあたりまでたどりつければいい方で、そこだとぼくはまだ視界に入ったままだし、速くは走れないだろう。

兵士は立ちあがり、ううんと体を伸ばした。沈黙がぼくたちを包んだ。柔らかな風がガソリンの匂いを吹きはらい、マヨラナと樅の木の樹脂の香りを運んできた。

兵士は、もちろん、後ろからぼくを撃つこともできると、そう思った。ひとは、だれかを殺すときに、目をまともに見たがらないものだ。

兵士はぼくの方にふり向き、森の方を指さし、手で合図をした。「逃げるんだ、はやく！」と言っているかのようだった。終わりは近い。ぼくは分からなかったふりをして、兵士ににじり寄った。兵士は触れられるのを恐れるかのように、ぐいっと後ずさりして、怒ったように森を指さし、もう一方の手で、自分の目をおおった。

これはきっとぼくをだまそうとする策略なのだと思った。ぼくを見ないふりをしようとしている。ぼくは根を生やしたようにその場に立ちつくしていた。兵士はじれったそうに、ぼくの方をちっと見て、声を荒げてなにかを言った。ぼくは兵士にへつらうように笑いかけたが、これは相手をいっそう怒らせただけだった。もう一度、兵士は腕を森の方に突き出した。やっぱりぼくは動かなかった。すると兵士は、ボルトをとり除いたライフルをレールに渡しかけて、自分もレールのあいだに横たわった。

ぼくはいま一度距離を計算した。今度こそ、危険は少ないようだ。ぼくが遠ざかりはじめると、兵士ははじめてにっこりと笑みを浮かべた。盛り土の端まできたとき、ちらっと振りかえった。兵士はまだ横たわったまま動かず、日向ぼっこをしている。

ぼくはあわてて手を振り、ウサギのように、盛り土を一気に跳びおり、そのまま、冷んやりする蔭の多い森の茂みのなかへとまっしぐらに向かった。棘に肌を切り裂かれながらも、ひたすら遠くへ遠くへと逃げ、ついには息が切れて、湿っぽい、傷を癒してくれそうなコケのなかに倒れこんだのだった。

横になって、森の物音に耳をすましていると、線路の方角から、二発の銃声が聞こえた。兵士は死刑執行を実施したように見せかけたのだ。

鳥たちがはっと目を覚まして、木の葉のなかでがさごそ音をたてはじめた。ぼくのすぐそばでは、小さなトカゲが木の根っこからとび出してきて、ぼくのことをじっと見た。手で叩き潰すこともできたが、疲れていてそんな気分ではなかった。

8

秋の訪れが早くて収穫が期待はずれに終わったあと、きびしい冬がはじまった。いきなり、何日間ものあいだ雪が降りつづいた。気候の変化を読みきっていたひとびとは、急いで自分たち人間や家畜の食糧を確保して、家や納屋のすき間をワラでふさぎ、強風から守るために煙突やワラ葺《ぶ》きの屋根を補強した。そして、寒波がやってきて、すべてを雪に包んで固く凍らせた。

だれもぼくを家に置きたがらなかった。食べ物は乏しく、ひとりでも多いと負担が大きくなる。それに、ぼくにやれるような仕事はなにもなかった。雪が軒まで降り積もった納屋からでは、糞尿を運び出すこともできなかった。ひとびとはメンドリや仔牛やウサギや豚やヤギや馬といっしょに冬ごもりをするわけで、人間と動物はたがいのぬくもりで体を暖めあったのだが、ぼくにはその空きもなかった。

冬はゆるむ気配をみせなかった。空はどんよりと鉛のような雲におおわれ、ワラ葺き屋根に重くのしかかっている。ときおり、ひときわ黒い色をした雲が、まるで気球のように駆けていき、悪霊が罪人のうしろにくっついてまわるように、陰気な影がそのあとを追った。外を覗こうとするひとびとは、凍りついた窓に息を吹きかけた。そして、不吉な影が村の上空を流れるのを見ると、みんなは十字を切り、ぶつぶつと祈りを唱えた。黒雲に乗った悪魔が一帯をわがもの顔にしていることは明らかで、悪魔が居座るかぎり、最悪の事態しか考えられなかった。

ぼろ着をはおり、ウサギの毛皮と馬のなめし革を巻きつけて、ぼくは村から村へと渡り歩いた。暖を取れるとしたら、鉄道線路の上で見つけた空罐《あきかん》から作った「ながれ星」の温もりだけだった。背中にかついだ袋のなかは、燃料でいっぱいで、機会あるごとに補給を怠らなかった。袋が軽くなると、森へ行き、木の枝を折り、樹皮をはぎ、泥炭やコケを掘りおこした。袋がいっぱいになると、満ち足りて安心した気持になって、「ながれ星」を振りまわし、その温もりを味わいながら、旅をつづけた。

食糧の調達には苦労しなかった。しんしんと雪は降りつづき、ひとは罐詰状態だったから、雪に穴を掘って氷室と化した納屋にたどりつくのは容易なことで、上出来のジャガイモやビートがみつかった。それをあとから「ながれ星」で焼くのだ。形のない、ぼろぎれの塊のようなぼくが雪のなかをのろのろと動くところを覗くものがいたとしても、どうせ幽霊かと思って犬をけしかけるのが関の山だった。犬は、暖かな家のなかにあるねぐらを喜んで離れるはずもなく、深い雪のなかをてれてれとやってくるだけだ。なんとかぼくのところまで来たとしても、ぼくは燃えさかる「ながれ星」で簡単に犬を脅しつけ、追い払うことができた。すっかり冷え切り、疲れはてた犬は、すごすごと家に帰った。

ぼくは長い端切れでくくりつけた、大きな木靴をはいていた。靴の幅が広いのと体重の軽さが幸いして、雪の上でも、腰まで沈むこともなく、うまく動きまわれた。目のところまでしっかりと身を包み、ぼくは田舎道を気ままにほっつき歩いた。出会うものといってはカラスぐらいだった。

ぼくは森で、木の根元の洞《うろ》にもぐりこみ、雪の吹きだまりを屋根代わりにして眠った。「ながれ星」には湿った泥炭と腐った葉をつめこんだ。かぐわしい煙があがり、ほら穴は暖かくなった。火は夜通し燃えつづけた。

何週間か穏やかな風が吹いたあと、ようやく雪は解け、農民連中が戸外に出はじめた。ぼくはどうすることもできなくなった。休養十分な犬が農家のまわりをうろつき出した今となっては、食物を盗むこともままならず、ぼくはいつも用心していなければならなかった。ドイツ軍の前哨基地から安全なくらいに離れた、僻地の村を捜さなくてはならなかった。

森をさまよっていても、湿った雪がぽたぽた垂れてきて、「ながれ星」の火が消えそうになった。二日目、ぼくはひょんな叫び声に立ち止まった。草やぶの蔭にうずくまり、動こうにも動けないまま、ざわめく木々に聞き耳をたてた。叫び声がまた聞こえた。頭上では、なにかに怯えて、カラスたちが羽をばたばたさせた。木から木へと、こっそり身を隠しながら、音がする方へと近づいていった。細い、ぬかるんだ道に、ひっくり返った荷車と馬の姿が見えたが、人の気配はなかった。

馬はぼくを見ると、耳をぴんと立て、頭をもたげた。ぼくはもっと近寄った。馬は、骨の一本一本が見えるほど痩せ細っていた。やつれた筋肉は、繊維のひと筋ひと筋が濡れそぼった綱のようにぶら下がっている。馬はぼんやりとした、血走った目でぼくを見ていたが、その目は今にも閉じそうだった。頭を弱々しく動かし、カエルが鳴くような声がひょろひょろの首からのぼってきた。

足の一本がけづめの上のところで折れていた。折れた骨のささくれが突き出していて、馬が足を動かすたびに、骨は皮膚を裂いてむき出しになった。

カラスが風にのって昇ったり降りたりしながら、傷ついた獣の上をぐるぐる旋回し、執拗に見張りをつづけている。ときたま、そのうちの一羽が木にとまり、解けかけてびしょびしょの雪の塊を地面にばさっと落としてきた。ジャガイモのパンケーキがフライパンの上で裏返しになるときのような音がした。すると、そのたびに、馬は力なく頭をあげ、目をあけて、周囲を見まわした。

荷車のまわりを歩くぼくを見て、馬はそのしっぽを招くように振りまわした。ぼくが近づくと、馬は重々しい頭をぼくの肩に置き、頬をすり寄せてきた。乾いた鼻孔を撫でてやると、鼻づらを動かし、ぼくにすり寄ってくる。

ぼくはかがみこんで、馬の足を調べた。馬は、医師の診断を待つように、ぼくの方に頭を向けた。ぼくは馬をはげまして、一、二歩、歩くように仕向けた。馬はやってみるのだが、うめいてよろめき、どうにもならなかった。馬は、だめだというように、恥じてうなだれた。ぼくは馬の首に腕をまわし、まだまだしっかりと脈搏っているのを全身に感じ取った。ぼくは、なんとかして自分についてくるように言い聞かせた。森にとどまることは、死ぬことに他ならなかった。ぼくは、暖かい厩舎や干し草の匂いのことを話し、きっとだれか人間が君の骨を接いでくれるし、薬草で痛いのを治してくれるはずだと言い聞かせた。ぼくは、あとは春が来るのを待つばかりとなった、雪の下に広がる青々とした草原のことも話した。近くの村まで連れ帰って、飼い主に返してやれれば、ぼくと村人との関係だって改善される。それこそ農場に置いてもらえるかもしれないんだ。馬は、ぼくの言うことが嘘じゃないかどうかを確かめようとするように、ちらちらとぼくのことを見ながら、話に耳を傾けていた。

ぼくは一歩後ろにさがり、小枝でやさしく叩いて、馬を歩かせようとした。傷ついた方の足を高くあげた馬は、体を傾け、ぎこちなくはあったが、なんとか歩かせることができた。歩みはゆっくりだし、痛いのは痛いらしかった。ときたま、足が前に動かず、立ち往生してしまうこともあった。そういうとき、ぼくは腕を馬の首にまわして抱き寄せ、折れた足を持ちあげた。すると、ふとなにかを思い出し、忘れかけていた考えにふたたび動かされるように、馬は歩きだした。彼は足を踏みはずし、バランスを失って、よろめいた。折れた方の足に重心を乗せるたびに、骨のささくれが皮膚の下からあらわれ、雪と泥のなかを、骨がむき出しになった足で歩くことになった。馬が苦痛のあまりいななくたびに、ぼくは情けない気持ちになった。足に履いた木靴のことは忘れ、自分もまた一歩歩くごとに苦痛のうめきを洩らしながら、ささくれだった脛骨《けいこつ》を支えにして歩いているような気がした。

泥まみれになって疲れ果てた姿で、ぼくは馬とともに村に着いた。たちまち、うなり声をあげる犬の一群に囲まれた。「ながれ星」で、いちばん獰猛そうなやつらの毛を焦がし、近づけないようにした。馬は感覚をなくし、へなへなと崩れ落ちそうだった。

農民たちはぞろぞろと家から出てきた。うちのひとりが、まさかという喜びに顔をほころばせた。二日前に逃げ出した馬の飼い主だったのだ。彼は犬を追いはらい、折れた足を調べたあと、こいつは殺すしかないといった。いくらかの肉となめし皮と薬用にする骨をとるくらいしか、役には立たないというのだ。実際、この地方では、骨はなにより貴重だった。ひとが重病にかかると、粉に挽いた馬の骨と薬草のせんじ薬を混合したものを毎日飲む療法にすがった。歯痛の場合には、馬の歯の粉末とカエルのもも肉から作った湿布を用いた。馬のひづめを焦がしたものは二日間で風邪を治し、馬の座骨はてんかん患者の体に置くと、発作を抑えるとされていた。

ぼくは、農夫が馬を調べるあいだ、わきに立っていた。そして、次はぼくの番だった。その男はぼくを注意深く観察し、これまでどこにいて、なにをしてきたかを尋ねてきた。ぼくはできるだけ言葉に注意し、疑われそうな話は避けて答えた。彼は同じことを何度もくり返し言わせ、ぼくがこの地方の方言をなかなかうまくしゃべれないのを笑った。彼はぼくがユダヤ人かジプシーの孤児ではないのかと、何度も念をおした。ぼくは思いつくかぎりのすべてのもの、すべての人を引き合いに出して、自分が良きキリスト教徒であり、しごとに忠実な働き手だということを誓った。そばでは、何人もが、胡散臭そうにぼくを見ていた。とはいえ、ぼくは中庭と畑を担当する作男として雇ってもらえることになった。ぼくはひざまずき、彼の足にキスをした。

翌日、農夫は、二頭の大きな、丈夫そうな馬を厩舎から連れ出した。彼は馬を耕作用の鋤《すき》につなぎ、柵のそばで辛抱強く待っている、びっこの馬の方にその二頭をけしかけた。それから、輪っかにした縄をびっこの馬の首に投げかけ、残りの端を鋤に結びつけた。丈夫そうな二頭は耳を横に向けて、これから餌食となる相手を無関心そうに見た。やられる側の馬は息を荒げ、縄で首を締めつけられて横を向いた。ぼくは、どうすればこの命を助けられるかを思いあぐね、立ちすくんでいた。そもそも、こんなことのために馬を農場に連れ戻ってきたのではないのに、どうして分かってもらえないのだろう……　縄の位置を確かめようとして農夫が馬に近づくと、びっこの馬はとつぜん頭をまわし、男の顔をぺろりと舐めた。男は相手の顔を見ないで、力いっぱい、その鼻面に平手打ちを加えた。馬は愕然として、穴があったら入りたそうに顔をそらせた。

ぼくは農夫の足下に体を投げ出してでも、馬の命乞いをしたかったが、そのとき、馬のなじるような目つきに気がついた。彼はぼくをまっすぐに見据えていた。死にかけている人間なり、動物なりが、その死を引き起こした人間の歯を数えたら、その人間がどうなるかを思い出した。その馬が、諦めきった剣呑な目でぼくを見ているかぎり、ぼくはひと言でも言葉を発するのが恐ろしかった。ぼくは待った。しかし、馬はぼくから目を外らさなかった。

いきなり、農夫は手に唾を吐きかけ、結びこぶのついた鞭をつかんで、二頭の丈夫な馬のしりを打った。その二頭は激しく前に突進し、縄はぴんと張り、死刑囚の首を締めつけた。馬はかすれた息をたて、引き倒され、まるで風を受けて倒れる木柵のようにばさっと横倒しになった。二頭の馬はさらに数歩前進し、彼は柔らかい土の上を無理に引きずられた。息をあえがせる二頭の馬が立ち止まったとき、農夫はあわれな馬のところに来て、何度か馬の首や膝を蹴った。馬はもう動こうともしない。丈夫な馬たちは死をかぎつけ、大きく見開かれた、死に行くものの目に見つめられるのを避けようとするように、ぴりぴりしたようすで足を踏みならした。

ぼくは、残りの一日、農夫が馬の皮を剝ぎ、胴体を切り刻むのを手伝った。

何週間かが過ぎたが、村の連中はぼくに構わないままでいてくれた。ときたま、子どもたちがぼくをドイツ軍の本部に突きだすか、この村にジプシーのガキがいることを兵士たちに知らせるべきだと言った。女たちは路上で会ってもぼくを避け、用心深く子どもの頭を手で覆った。男たちは黙ってぼくを無視し、ときおり、ぼくに向かって唾を吐いた。

村の連中は、言葉を注意深く選んで、ゆっくりと、慎重に話した。彼らは、塩を節約するように、言葉を慎むことを倣《なら》いとしていて、しまりのない舌は、人間にとっていちばんの敵だとみなした。早口にしゃべる者は、邪悪で、不正直で、てっきりユダヤ人かジプシーの占い師にしこまれた人間だと考えられた。彼らはおし黙って腰掛けているのが常で、その沈黙が破られることがあっても、意味のないひとことだけだった。話したり、笑ったりするときも、だれもがかならず片手で口をおおい、不運をもたらす人間に歯を見せないようにした。彼らの舌を解きほぐし、リラックスさせるものはといえば、ウォトカぐらいのものだった。

ぼくの主人は、村では一目おかれる人物で、しょっちゅう近くの結婚式やお祝いに招待されていた。そのうちの子どもたちが元気で、先方のおかみさんや義母《おかあ》さんから反対されない場合、ぼくも連れていってもらえた。そのような宴席で、ぼくは都会訛りを披露するように、そして、戦争前にぼくが母親や乳母から学んだ詩やお話を朗読するように命じられた。柔らかで、まだるっこい、田舎風な話し方に比べて、ぼくの都会風の話し方は、機関銃の発射音のように、カサコソいう硬質の子音がいっぱいで、なんだか漫画のように聞こえるらしかった。その余興の前に、ぼくはウォトカをひと息で飲むように主人から強要された。ぼくをつまずかせようとする足にひっかかりそうになりながら、ぼくはほうほうの体《てい》でようやく部屋の中央までたどり着くのだった。

ぼくはだれの目も覗きこまず、歯も見ないようにして、さっそく余興にかかった。物凄いスピードで詩を朗読すると、農民たちは驚いたように目を大きく見開き、ぼくは頭がおかしく、早口はなにかの欠陥だと決めつけた。

動物寓話や韻を踏んだ物語を聞かせると、みんなは腹の皮をよじらせて笑った。ヤギの国の都を求めて世界中を旅するヤギ、ひとまたぎ七里の靴をはいた猫、牡牛のフェルディナント、白雪姫と七人の小人、ミッキーマウス、ピノッキオなどの話を聞いては、客たちは食べ物を咽喉につまらせ、ウォトカを吹き出しながら笑うのだった。

出番が終わると、ぼくはテーブルからテーブルへと呼ばれ、詩をくり返させられ、新たに乾杯を迫られた。断わると、無理やり酒を咽喉に流しこまれた。夜中になるとぼくはいつもへべれけになり、なにが起きているのか分からなくなっていた。まわりの連中の顔が、ぼくが暗唱した動物の姿をとりはじめ、今でもよく覚えている絵本の生き生きとした挿絵みたいに動き出した。まるで、井戸に落ちて、ふかふかしたコケに覆われた、なめらかで、湿っぽい壁面を下っていくような感じだった。井戸の底には水の代わりに、安心して横になれ、すべてを忘れられる、暖かで安全なベッドがあった。

冬は終わりに近づいていた。ぼくは毎日、農夫について森に薪を採りに行った。暖かな湿気が大気を満たし、羊毛のようなコケが繁茂して、半分凍った灰色のウサギの皮のように大きな枝から垂れさがっている。それは水に濡れ、樹皮の裂け目に黒っぽい水滴を垂らしていた。小さなせせらぎが四方に流れ出し、ぬかるんだ木の根元で、跳ねたかと思えば、ぐいっと潜りこみ、まるでやんちゃな子どもが、ところかまわず、跳ねまわるかのようだ。

近くの家で美しい娘のために大きな披露宴が催された。よそゆきの格好をした農民たちは、きれいに掃除され、そのために飾りをつけられた納屋の前庭でダンスに打ち興じた。花婿は古くからのしきたりに従って、客の全員にキスをしてまわった。一方、花嫁は乾杯の連続で酔いがまわり、泣くかと思えば笑いだし、おしりをつねったり、胸に手を置いてきたりする男たちに対しても無反応だった。

部屋にだれもいなくなり、客が庭で踊りだすと、ぼくは余興をしたお駄賃の食べ物を求めて食卓に向かった。酔いどれたちにからまれるのはごめんだったので、部屋の隅の暗がりに坐っていた。そこへ、二人の男が仲良さそうに肩を組んでやってきた。二人とも顔見知りで、村でも裕福な部類の農民だった。何頭かの牝牛に、馬車につなぐ馬を一組、そして村の一等地を所有していたのだ。

ぼくは隅に置かれた空の樽の背後にすべりこんだ。二人は食べ物がいっぱい載ったテーブルわきの長椅子に腰掛け、ゆっくりと話した。おたがいに食べ物をすすめながらも、慣習に従って、目をみつめあうのを避け、しかつめらしい顔をしている。すると一方の男がポケットに手を伸ばした。一方の手でソーセージをとりながら、もう一方の手では、長く尖った刃のついた小刀をとり出したのだ。そして力いっぱい、なんの疑いも抱いていない相手の背中にそれを突き立てたのだった。

男は後ろを振りかえろうともせず、付けあわせといっしょにソーセージを食べながら部屋を出た。刺された男はなんとかして立ちあがろうとし、どんよりした目であたりを見まわした。ぼくを見ると、なにか言おうとしたが、口から出てくるものといえば噛みかけのキャベツだけだった。もう一度立ちあがろうとしたが、よろけて、長椅子とテーブルのあいだにずるずると崩れ落ちた。ぼくはまわりにだれもいないことを確かめ、震えがくるのを必死で抑えながら、ネズミのようにあわてて、半ば開いたドアから納屋まで駆けた。

夕闇のなかで、村の若者は娘をひっかけては、納屋に引きずりこんでいた。干し草の上で尻をむき出しにした男は女たちを組み敷き、その女たちは翼を広げた鷲のように両脚をつき出していた。酔っぱらいたちは脱穀場を千鳥足で横切り、おたがいに悪態をついたり、嘔吐したりしながら、恋人たちをからかい、いびきをかいて寝ている連中をたたき起こした。ぼくは納屋の裏の板をこじ開け、そのすきまからやっと逃げ出した。主人の家の納屋まで走りに走り、ぼくの寝床になっている厩舎の干し草の山に急いでよじ登った。

刺された男の遺体は結婚式が終わってもすぐには場所を移されなかった。母屋の袖にあった小部屋に安置され、遺族は居間に集まった。そのあいだ、村の老婆が死体の左腕をまくりあげ、茶色い薬でそれを洗った。甲状腺腫にかかっているらしい男女が、ひとりずつ交代で部屋に入ってきた。膨れ上がった醜い肉の袋が顎の下にぶら下がり、首まで広がっていた。老婆は、ひとりひとりを遺体のところへ案内し、傷口の上にかがんでなんだかややこしい身振りをしてから、こんどはだらんとした手を持ちあげ、顎の下の膨らみに七度触らせた。患者は、恐怖に青ざめながら、老婆とともに「この手が行くところに病気もついて行くように」とくり返した。

この処置のあと、患者たちは死者の遺族に治療費を払った。死体はそのまま部屋に残された。左手は胸の上に置かれ、神聖な蠟燭が硬直した右手に握らされた。四日目になり、部屋の悪臭が強まったとき、司祭が呼ばれてきて、埋葬の準備がはじまった。

葬式のあとしばらく、その農家のおかみさんは、殺人の行なわれた部屋の血痕を洗い流そうとしなかった。血痕は、森に永遠に埋まっている黒いさび色をしたキノコのように、床やテーブルにこびりついて、はっきりと見えた。だれもが、この血痕が犯罪の目撃者となり、遅かれ早かれ、殺人者をその意志に反してここへ連れ戻し、死へと導くものと信じていた。

しかし、殺人者は、その顔をぼくはよく覚えていたが、たびたび、彼が殺人を犯した同じ部屋で食事をし、ふるまわれた食事をむさぼり食った。この血痕をなぜこの男が恐れずにすむのか、ぼくには理解できなかった。男が血痕の上を歩きながら、落ち着きはらってパイプをふかしたり、ウォトカをぐいっと飲み干したあと、酢漬けのキウリをかじったりする姿に目を奪われながら、ぞくぞくする思いに駆られたものだった。

そんなときには、ゴムを引いた状態のパチンコのように、体ががちがちに強ばった。地球がひっくりかえるような大事件が起こるのではないかという予感に震えていたのだ。血痕の下で暗い裂け目が口を開き、あとかたもなく彼を呑みこむとか、その男が舞踏病にとりつかれて踊りだすとかだ。しかし、恐れを知らない殺人者は、染みの上を平然とのし歩いた。夜になってから、あの血痕が復讐の力を失ったのではないかと思うこともあった。染みそのものが今ではなんだか色褪せていた。仔猫がそれを汚し、家のおかみさんもいつかの決意を忘れ、何度もモップをかけてしまったのだ。

他方、正義の執行はえてしてして時間のかかるものだということも、ぼくは知っていた。村でこんな噂を聞いたことがあった。墓から転がり出したしゃれこうべが、咲き誇る花壇の花々を用心深く避けながら、十字架のすきまを縫うようにして坂道を下っていったというのだ。堂守の男がシャベルでそれをとりおさえようとしたが、それはスルッとそばをすり抜けて、墓地の門の方へと向かった。森番もそれを見て、ライフルを撃って止めようとした。しかし、しゃれこうべは、あらゆる障害を物ともせず、村へと抜ける道をころころと転がっていった。それは絶好の機会をうかがっていて、ある農家の馬のひづめの下に、みずからを投げ出した。馬はとつぜん駆け出して、荷車をひっくり返し、乗っていた農民を即死させた。

この事故のことを聞いた村人は、なんだか怪しいと感じて、事件を詳しく調べてみた。しゃれこうべは、事故にあった男の長兄の墓からとび出したものだということが分かった。十年前に、この兄は父親の財産を継ごうとしていた。弟とそのおかみさんはこの幸運を明らかに妬んでいた。ところが、ある晩、この兄が急死した。弟とおかみさんはそそくさと埋葬をすませ、親戚のひとびとが遺体に別れを告げることも許さなかったのだ。

とつぜんの死をめぐっては、さまざまな噂がとびかったが、これといったことは分からずじまいだった。なりゆきで財産をうけ継いだ弟は、しだいに金持ちになり、村では一目置かれるようになった。

事故を起こしたあと、しゃれこうべは転がるのを止め、道端で静かにしていた。よく調べてみると、さびのついた大きな釘が、骨に深く突き刺さっているのが見つかったということだ。

こうして、何年もたってから、被害者は加害者を罰し、正義は勝利をおさめた。雨であれ風であれ火事であれ、犯罪が残した汚れを消し去ることはできないと信じられたのは、こういうことがあったからだ。正義というものは、力強い腕によって空中に振りあげられた大きなハンマーのようなものなのだ。なんの疑いも抱いていない鉄床《かなとこ》に物凄い力で振りおろされる前に、それはいったん空中で停止しなければならない。村人はよく話していた。どんなに小さな埃でも太陽に照らされれば目に見える、と。

村の大人たちは、ふだんぼくに構わないでいてくれたが、子どもたちには用心しなければならなかった。彼らはいっぱしの狩人で、ぼくはその絶好の獲物だったのだ。ぼくのところの主人でさえ、ガキどものそばに近づくなと警告した。ぼくは家畜を他の子どもたちから遠く離れた牧草地の外れまで連れていった。そこは草が生い茂っていたが、牛が隣の畑に入り、穀物をだいなしにしたりしないよう、たえず見張っていなければならなかった。しかし、ここなら襲撃を恐れる必要もなく、人目につかない。牛飼いが忍び寄ってきて、不意を襲われることもあるにはあった。それこそ袋叩きにあって、畑に逃げこまなければならないのだった。しかし、そんなときには、もしもぼくが目を離したすきに牝牛が穀物をだめにしたら、うちの主人がおまえたちにお仕置きをすることになるぞと、大声で怒鳴ってやった。この脅しは案外効果的で、連中は自分の牛の方に戻っていった。

それでも、不意討ちのことを考えると気を許すことはできなかった。牛飼いたちのちょっとした動きやひそひそ話、ぼくに向かってのちょっとした行動の気配が、陰謀を感知させて、ぼくを不安にした。

村の子どもたちのもうひとつの遊びは、森のなかで見つけた軍用品、なかでも小銃の薬包とか、その形から一帯で「石鹸」と呼ばれている地雷に集中していた。弾薬の隠し場所を見つけるには数キロほど森のなかに分けいり、下草のあいだを捜すだけでよかった。武器類は、数か月前まで抗争がつづいていた二派のパルチザンが残していったものだった。「石鹸」はことのほか豊富だった。それは逃走する「白色」パルチザンが置いていったのだと言うものもいたし、「赤色」派から捕獲したものだが、「白色」パルチザンは戦利品をまるごとは持ってはいけなかったのだと言うものもいた。

森には壊れたライフル銃も見つかった。子どもたちは銃身をとりはずし、短く切り、木の枝を削った柄をとりつけてピストルに改造した。火薬はライフルのそれを使えばよく、それも草やぶのなかで簡単に見つかった。薬包はゴムバンドにくくりつけた釘で爆発させた。

お手軽な代物ではあったが、こんな拳銃でも人は殺せた。村の子どもが二人、喧嘩をしているあいだに、たがいに撃ちあって大怪我をした。ほかにも手製の拳銃が暴発して、指がぜんぶと耳の片方がちぎれた少年もいた。なんといっても気の毒だったのは、近くの農家の息子で、全身が麻痺し、使いものにならなくなった少年だ。だれだかが彼の「ながれ星」の底に何発分かの弾薬を入れ、いたずらを謀ったのだ。そうとは知らない少年は、朝、「ながれ星」に火をつけ、股ぐらのあいだでそれをぶらぶらさせた。そうしたら薬包が炸裂した。

「火薬かぶせ」という撃ち方もあった。薬莢から弾丸をとり、火薬をいくらか外にこぼす。それから弾丸は半ば空洞になったところにぎゅっと押しこみ、残りの火薬は弾丸をおおうようにしててっぺんに置く。こんなふうに手を加えた薬包は板のすき間に置くか、先っぽを残して土に埋めるかして、そして標的を狙う。先端の火薬に着火して、それが雷管のところまで届くと、弾丸は十メートルかそれ以上の距離を飛ぶ。「火薬かぶせ」の熟練者たちは飛ばしっこをして、だれのがいちばん遠くまで飛ぶかだとか、先っぽと底に置く火薬の割合はどれくらいがベストかを賭けた。無鉄砲な少年になると、薬莢を手に持ったまま弾丸を発射させて、女の子たちの気をひこうとした。薬莢や起爆装置が、男の子のだれかに当たったり、見物人に当たったりしたことも何度かあった。美男子で知られる男の子が、その名前をいうだけでひとを笑わせるような体の部分に信管を装着してしまったこともあった。それからは、たいていひとりで村を歩いていて、人目を避け、くすくす笑う女たちに近づこうともしなかった。

しかし、いくら事故があってもだれも思いとどまらなかった。大人も子どもも弾薬や「石鹸」や小銃の銃身や槓桿《こうかん》を、生い茂った下草のなかで何時間もかけてシラミ潰しにさがしまわっては、見つけたそれをたえず取り引きしあった。

時限信管は最高の掘り出しものだった。木の銃床のついた手製の拳銃に、弾薬を二十発おまけにつけて、やっと交換できた。時限信管は、「石鹸」から地雷を完成させるのにどうしても必要だった。この信管を「石鹸」のかたまりに差しこんで、火をつけ、急いで逃げだせば、その爆発は村の家という家の窓を揺るがすほどだった。結婚式や洗礼式のときには信管は大いに重宝された。炸裂音がたいした余興になり、女たちは地雷の爆発を待ちかねて、金切り声をあげた。

ぼくが時限信管と三つの「石鹸」を納屋に隠し持っていたことはだれも知らなかった。お世話になっている家のおかみさんから言われて、タイムの葉を摘んでいるあいだに、森で見つけたのだった。それは新品で、すごく長い導火線がついていた。

ときどき、まわりにだれもいないとき、ぼくは「石鹸」と信管をとり出し、手にのせてみたものだった。このふしぎな物体には、途方もないなにかがあった。「石鹸」はそれだけではあまり燃えない。しかし信管を差しこんで火を点けると、導火線を炎が伝わり、家を一軒吹きとばすような爆発を起こすのに時間を要しない。

このような信管や地雷を発明した連中の顔を、ぼくは頭に思い浮かべようとした。それはドイツ人に決まっていた。村では、ドイツ人の力にはだれも逆らえないという噂ではなかったか？　ドイツ人は、ポーランド人やロシア人、ジプシー、それにユダヤ人の脳みそを喰らいつくすから、というのが理由だった。

いったいなにが、このようなものを発明する能力を人間に与えたのだろう。なぜ村の農民にはそれができないのか？　ある目の色、ある髪の色をした人間にだけ他のひとびとを凌ぐ大きな力を与えているものはなにかを考えた。

農民が使うような鍬や草刈鎌や鋤、糸車や井戸、さらにはのろまな馬や病気の牡牛がまわす粉挽き機はあまりにも単純で、どんなうすのろでも発明できそうだし、使い方もしくみも単純だ。しかし、地雷に圧倒的な力を吹きこめる信管の作り方は、どんなに利口な農民の能力をも超えていた。

ドイツ人にそのような発明ができ、そのドイツ人が肌の浅黒く、黒い目をした、長鼻で黒髪の人間をこの世から一掃する決心をしたのなら、ぼくが生き残る可能性は確実に低い。遅かれ早かれ、ぼくはふたたび連中の手に落ち、そのときは前のように運よくいかないだろう。

ぼくは自分を森に逃がしてくれた眼鏡のドイツ兵のことを思い出した。彼はブロンドで青い目をしていたが、格別に利口そうだったわけではなかった。小さな、僻地の駅に詰めていて、ぼくのような虫けらを追いつめることになんの意味があるだろう？　村のボスの言っていたことが本当なら、ドイツ人どもが小さな駅舎を守ることにかまけているときに、いったいだれがいろいろな発明をしているのだろう？　あんなに貧相な駅のなかでは、どんなに利口な人間でもたいした発明はできないだろう。

ぼくは、夢うつつでいるときに、自分がしたいと思う発明を思い描いて楽しんだ。たとえば、火を点ければ古い皮膚を新しいのに取り替えられ、目や髪の色を変えられる人体用の信管。村にあるどんな家よりもすばらしい建物をこしらえられる建築材を一日で調達できる信管。悪霊の目から人を守ることのできる信管。それができれば、だれもぼくを恐れなくなり、ぼくの人生はもっと楽になり、快適なものとなるだろう。

ドイツ人のことを考えると分からなくなる。なんとむだなことをしているのだろう。こんなに貧乏で残酷な世界に、それを支配するだけの価値があるのだろうか？

ある日曜日、ぼくがちょうど道路のところに立っていると、村の子どもたちが教会から戻ってきた。逃げるには遅すぎたので、ぼくは知らんぷりを装い、恐怖心を隠そうとした。横を通り過ぎるとき、なかのひとりがぼくに殴りかかってきて、ぼくは、深いぬかるみに突き倒された。他の連中はぼくの目を狙って唾を吐き、命中するとげらげら笑った。そして「ジプシーの芸当」を見せろと要求した。ぼくはなんとかそこを切り抜けて逃げ出そうとしたが、円陣はぼくににじり寄った。みんな、ぼくよりも背が高く、まるで鳥をとるかすみ網が、じわじわと覆いかぶさるようだった。ぼくはなにをされるのか、気が気でなかった。連中の重そうな日曜日用のブーツに目をやったとき、自分は裸足だし、連中より速く走れることに気がついた。ぼくはなかでいちばん大きい少年に狙いを定め、重たい石を拾いあげると、その顔に投げつけた。石が当たって顔はくしゃくしゃに歪み、少年は血を流して倒れた。他の連中も驚いて腰が引けた。そのすきに、ぼくはその少年の上をとび越え、畑を横切って村に逃げ帰った。

家に着いたとき、ぼくは主人にことのあらましを話し、保護を求めようとして、その姿をさがした。家族はだれもまだ戻ってきてはいなかった。年老いた、おかみさんの方の歯のないお婆ちゃんだけが中庭をうろついていた。

ぼくはへなへなとなって、足の力が抜けた。男たちやら少年たちやらの一群が村から近づいてきた。棍棒や棒切れを振り、しだいに足早になった。

万事休すだ。怪我をした少年の父親か兄がそのなかにはいるはずで、情け容赦はしないだろう。ぼくは台所に駆けこんで、赤々と燃えている石炭をいくつか「ながれ星」のなかにすくい入れ、納屋まで走って、なかから戸を閉めた。

頭のなかは、おびえた鶏のようにひっちゃかめっちゃかになった。連中はいまにもぼくをひっとらえるだろう。

そのときとつぜん、ぼくは信管と地雷のことを思い出した。急いでそれらを掘りおこし、固く結んだ「石鹼」のすきまに信管をつっこんで「ながれ星」でそれに火をつけた。手はぶるぶる震えていた。信管の先端がシュッと音をたて、赤い点が導火線にそってゆっくりと横に這い、「石鹼」へと近づいた。ぼくは、それを納屋の隅の壊れた鍬や除草具が積み上げてある下に押しこんで、狂ったように裏の壁板を一枚引きはがした。

群衆はすでに中庭に入ってきていて、叫び声が聞こえた。ぼくは「ながれ星」をつかんで、すきまをくぐり抜け、裏手に茂っている小麦畑に出た。そこへ飛びこむと、体をかがめて姿を見られないようにしながら、まるでモグラのようにして森へと掘り進んだ。

畑の真ん中あたりまで来たかと思われたとき、爆発の衝撃で地面が揺れた。ぼくはふり返った。悲しそうにもたれ合っている二つの壁を残して、納屋はあとかたもなくなっていた。壁と壁のあいだでは、粉々になった破片がとびかい、干し草が渦を巻いている。上空には灰塵がキノコのように立ちのぼっている。

ぼくは森の外れまで来るとそこでひと休みした。主人の農場が火事にならなかったのを見てほっとした。聞こえるのは、がやがやうるさい人の声だけだった。あとをつけてくるものはだれもいない。

もう農場に戻れないことは分かっていた。ぼくは下草のなかを注意深くくぐりぬけるようにして、森の奥へ奥へと歩きつづけた。下草のなかには、まだまだたくさんの薬莢や「石鹸」や信管が隠されていた。

9

ぼくは森のなかを数日間うろつきながら、いくつかの村に近づくことを試みるには試みた。最初に目にしたひとびとは、家から家へと走りまわりながら、叫んだり、両手を振ったりしていた。なにが起きたのかは分からなかったが、近づかない方が利口なように思えた。また別の村では銃声を聞いた。パルチザンかドイツ軍が近くにいるという証拠だ。あきらめ気味になって、ぼくはさらに二日間、あてもなく歩きつづけた。とうとう空腹が限界に達し、へとへとになったぼくは、次の村に入ることに決めた。そこは、なんとか腰を落ち着けられそうな村だった。

草やぶから出たと思ったら、ぼくは小ぶりの畑を耕している男とぶつかりそうになった。ばかでかい手足をした男だった。赤い顎ひげが顔じゅうをおおって目のあたりまでのびており、長くてもじゃもじゃの髪は、アシの葉がもつれたように突っ立っている。薄い灰色の目はまじまじとぼくを見た。ぼくは、地方の方言を真似ようとしながら、眠る場所とわずかばかりの食べものをあてがってもらえれば、牛の乳をしぼったり、厩舎を清掃したり、家畜を牧草地に連れていったり、薪割りをしたり、鳥をとる罠《わな》をしかけたり、人間や動物の病に対して呪文をかけたり、いろいろできると話した。その農夫は用心深くぼくの話に耳を傾け、それから、ひとことも言わずにぼくを家に案内した。

そのうちには子どもがいなかった。おかみさんは近所の連中ともめたあと、ぼくを家に入れることに同意した。寝場所には厩舎があてられ、仕事が定められた。

村は貧しかった。家はみんな丸太でできていて、両側は漆喰と泥とワラですきまをふさいであった。壁は地中に深く沈んでいて、その上にワラ葺《ぶ》きの屋根がのっかり、てっぺんにヤナギと漆喰で作られた煙突があった。納屋を持っている農民はわずかで、それも壁を一枚減らすために、母屋と背中合わせに建てられている。ときおり、近くの駅からドイツ軍の兵士がやってきては、手当たりしだいに食糧を取り立てていった。

ドイツ軍が近づいてきて、森へ逃げるだけの時間がないとき、ぼくは納屋の下に巧みにこしらえられた地下室に隠された。その入り口はとても狭く、少なくとも三メートルの深さはあった。それを掘るときには、ぼくも手伝った。そして、家の主人とおかみさん以外にはだれもその存在を知らなかった。

それは食糧貯蔵庫をかねており、そこにはバターやチーズの大きな塊や、スモークハムに腸詰、自家製の酒、そのほか珍味がたっぷりと蓄えられていた。地下室の底はいつも涼しかった。ドイツ兵が食糧を求めて家じゅうをくまなくさがし、畑の豚を追いかけまわし、どたどた走りまわって鶏をつかまえようとしているあいだ、ぼくは坐ってご馳走の香りをたっぷりと味わっていた。ドイツ兵が地下室の入口をおおう板の上に立つこともままあった。ぼくはくしゃみをしないように鼻をつまみ、耳なれない言葉に耳を傾けていた。ドイツ軍のトラックの音が遠くに消えると、ぼくはすぐに地下室からひっぱり出され、ふだんの日課に戻るのだった。

キノコのシーズンが始まっていた。飢えた村の連中は大喜びで、しこたま拾いあつめようと森に入っていった。人手はひとりでも多いほうがよく、ぼくもかならず連れられていった。他の村からも大勢やってきて、この小さな収穫を求めてほっつきまわっていた。ぼくがジプシーに見まちがえられそうなことに気がついた主人は、ドイツ兵に密告されるのを恐れて、ぼくの黒い髪の毛を剃ってしまった。外へ出るときには、顔が半分隠れるくらいの大きな古帽子をかぶり、そうすればあまり目立たなかった。それでも、他の農民たちの疑い深い視線が気が気でなく、ぼくはなるたけ主人のそばにへばりついているようにした。ぼくは十分なほど彼の役に立っているし、まだしばらくは、置いてもらえるつもりでいた。

キノコ狩りに出かける途中、ぼくたちは森のなかを走る鉄道線路を横切った。煙を吐く機関車が一日に何度か長い貨車をひっぱって通過した。貨車の屋根の上からは機関銃が突き出ており、蒸気機関車の前のデッキにも置かれていた。ヘルメットをかぶった兵士が空や森を双眼鏡で見張っていた。

それから、新しいタイプの汽車がこの路線に登場した。錠のかかった家畜用の貨車に生きている人間がぎゅうぎゅう詰めになっているのだ。駅で働いている何人かがニュースを運んできた。これらの列車は、囚われの身となり、死を宣告されたユダヤ人やジプシーを運んでいるのだった。どの貨車にも二百人あまりの人間が押しこまれ、少しでも空間をあけるためにバンザイをさせられていたので、植わっているトウモロコシのようだった。老若男女、小さな子どもや赤ん坊までがいた。隣り村の農民がしばしば収容所の建設に駆り出され、ふしぎな話を持ち帰った。ユダヤ人は、汽車を降りたあと、グループに選《よ》り分けられ、それから身ぐるみ剝がされて、所持品をすべて没収されるというのだ。髪も刈られ、どうやらマットレスにするらしかった。ドイツ軍は彼らの歯まで調べ、金歯があれば、すぐに引き抜いた。ガス室と焼却炉では、次々に送られてくる大量の人間を処理しきれなかった。ガスで殺された何千人もは、焼かれることもなく、収容所のまわりに穴を掘ってそこへ埋められた。

農家の連中はこの話を感慨深げに聞いていた。彼らはついに主からの罰がユダヤ人に下ったのだと言った。キリストを十字架にかけて以来、もっと昔に下っていてもおかしくなかった天罰だった。神はけっして忘れなかった。これまでユダヤ人の罪を見過ごしてきたとしても、主はけっして彼らを許してはいなかった。いま、主は正義を下す道具としてドイツ人を使っている。ユダヤ人は自然に死んでいく権利を否定されたのだ。火によって滅び、この地上にあって、地獄の責苦に苦しまなければならない。祖先の恥知らずな犯罪のために、ひとつしかない真の信仰に反駁したために、キリスト教徒の幼児を無慈悲に殺し、その血を飲んだために、彼らは正当な罰を受けているのだ。

村の連中はぼくをいよいよ不審な目で見た。「おい、このジプシーのユダヤ人」と彼らは叫んだ——「小僧、こんどはおまえが焼かれる番だな」。ぼくは、自分には関係がないふりをした。何人かの牛飼いがぼくをつかまえて、火の方にひっぱっていき、神の意志だと称して、ぼくの足を焼こうとしたときもそうした。ぼくは連中をひっかき、嚙みついて抵抗した。ぼくは、他のひとびとがドイツ軍によって作られた、どんなに大きな機関車よりも強力な内燃機関を具えつけた、特別製の竈《かまど》で焼かれているときに、こんなありふれたキャンプファイヤーの火で焼かれるつもりはなかった。

ぼくは、神はぼくをも罰するのだろうかと思いながら、夜も眠れずに起きていた。神の怒りが、ジプシーと呼ばれる、黒髪で黒い目をした人間のためだけにとっておかれている、だなんて、そんなことってあるのだろうか？　ぼくの父親は、まだよく覚えていたが、明るい色の髪の毛に青い目をしていた。しかし、母は黒い髪に黒い目をしていた。それはどうしてなのだろう？　ジプシーやユダヤ人も色が黒く、同じ最期が約束されているのに、この両者のあいだにはどんな違いがあるのだろうか？　戦争が終わったあとには、おそらく明るい髪に青い目をした人間だけがこの世に残るだろう。そうすれば、両親はブロンドなのに、たまたま色黒に生まれあわせた子どもたちはどうなるのだろうか？

ユダヤ人を運ぶ列車が日中、あるいは夕方に通過するとき、農民たちは線路の両側に整列して、機関手や火夫や二、三人の監視兵に愛想よく手を振った。錠のかかった貨車の上の方にあいた小さな四角い窓越しに、ちらっちらっと人間の顔が覗いた。そのひとびとは、自分らがどこへ向かっているのかをさぐり、外から聞こえる声の主がどんな連中かを知ろうと、肩車をしてもらっているのに相違なかった。農民たちの友好的なしぐさを見て、貨車のなかにいるひとびとは歓迎されていると思ったに違いない。ユダヤ人の顔が見えなくなったあとも、たくさんの細くて青白い腕が振られ、絶望的な合図が送られてきたものだった。

おしあいへしあいする人間たちの奇妙なうなりは、うめき声でも、泣き声でも、歌でもなかった。汽車を見ながら、その音に聞き耳を立てる農民たちは好奇心のかたまりだった。汽車が通り過ぎてからも、飽きもせず窓から手を振っている腕だけは、暗い森を背景に、いつまでも目で追うことができた。

夜になると、火葬場に連れていかれるひとたちが、自分の小さな子どもを放り出すことも、たまにあった。子どもの命を助けられるかもしれないという希望に駆られた行動だ。ときには床板をこじ開け、意志を固めたユダヤ人がその穴からとびおり、敷石やレールや信号機の張りつめたワイヤーに体を打ちつけた。車輪に切り刻まれ、ばらばらになった胴体が盛り土を転がって、背の高い草むらに落ちた。

日中、線路のまわりをうろつく農民連中は、こうした死体を見つけては、またたくまに死体から衣類や靴を剝いだ。洗礼も受けていない、病んだ血に汚されてはならないと言って細心の注意を払いながら、彼らは犠牲者の洋服の裏地を引きちぎっては、金目の物を物色した。そうした略奪品をめぐっては、口論と喧嘩が絶えなかった。あとには、身ぐるみ剝がれた死体がレールとレールのあいだに置き去りにされ、一日に一度通る、ドイツ軍の偵察車がそれを発見するというしくみだった。ドイツ人はその辱められた体にガソリンをぶっかけ、すぐさま焼いてしまうか、あるいは近くに穴を掘って埋めた。

ある日、ユダヤ人を乗せた汽車が夜のあいだに次から次へと何台も通過したという知らせが村に伝わった。農民たちはいつもよりも早目にキノコ狩りを切り上げ、ぼくらはみんなで線路に向かった。ぼくたちは線路の両側を一列になって歩き、草むらをのぞきこんで、信号線や盛り土の端に血の痕はないかどうか目を凝らした。何キロか歩いてみたがなにもなかった。そのとき、農家の女のひとりが野バラの茂みのなかで枝がへし折れているのに気づいた。棘だらけの茂みを広げると、五歳くらいの小さな少年が地面に腹ばいになっていた。シャツもズボンもずたずただった。黒い髪の毛は長く、黒い眉毛は弧を描いていた。眠っているか、死んでいるかのどちらかに見えた。男たちのひとりがその子の足を踏みつけた。少年は身を起こし、目を開いた。大勢の人間がかがみこむようにしているのを見て、その子はなにかを言おうとしたが、その口から出てきたのはピンクの泡だけで、それはゆっくり顎から首へとしたたり落ちた。黒い目を恐れて、農民たちはいそいで脇へのき、十字を切った。

背後で声がするのを聞き、少年はふり返ろうとした。しかし骨が折れているに違いなく、彼はうなるだけで、口からは大きな血の泡が覗いていた。少年はふたたび倒れて、目を閉じた。農民たちは遠くから怪しげに少年を見守っていた。女たちのひとりが這い出て、彼が履いているくたびれた靴に手をかけ、それをもぎとった。少年は動き、うめき、ごぼごぼと血を吐いた。少年は目を開き、農民たちを見た。その視界に入った農民たちは、これはいけないと身を退け、あわてて十字を切った。少年は再び目を閉じ、動かなくなった。二人の男が少年の足をつかんで、仰向けにひっくり返した。少年は死んでいた。二人は少年の上着とシャツと下着をとり、それから少年を線路の真ん中へと運んだ。ドイツ人の偵察車がこれを見逃すはずはない。

ぼくたちは家に帰った。ぼくは歩きながら後ろを振りかえった。少年は線路の白っぽい砂利の上に横たわっている。黒い髪の毛だけが、まだ見えていた。

あの子は死ぬ前になにを考えたのだろうかとぼくは考えようとした。汽車から放り出されるとき、彼の両親なり友人なりは、きっとだれかが手を差し伸べてくれて、巨大な焼却炉で死ぬという危険からは逃れられるだろうと言い含めたに違いない。少年はおそらく、自分はだまされた、裏切られたと感じただろう。それくらいなら、ぎゅうぎゅうに詰めこまれた貨車のなかで父親や母親の暖かな体にしがみつき、背中を押されるのを感じ、生温かく饐《す》えたような匂いをかいでいた方がよかったと思っただろう。人間の気配があれば、自分はひとりではないと納得できたし、みなが口々に言う、この旅はただの勘違いだという気休めに耳を傾けていることもできたのだ。

ぼくは少年の悲運をかわいそうに思いはしたが、心の底には少年が死んでよかったという安心感もひそんでいた。少年を村にかくまったところで、だれの得にもならないはずだった。それこそ、ぼくたちみんなの生命を脅かすことになるだろう。もしドイツ軍がユダヤ人の捨て子のことを聞きつけたら、村に押し寄せるだろう。一軒一軒を捜索し、少年を見つけ、ついでに地下室にいるぼくのことも見つけるだろう。そして、けっきょくは、ぼくも汽車から落ちたことにされて、二人仲良くその場で殺され、それから村全体が罰せられることになるはずなのだ。

ぼくは布の帽子を顔まで引きおろし、列のしんがりにくっついてとぼとぼ歩いていた。大きな焼却炉を作り、それからユダヤ人やジプシーをつかまえてそのなかで焼くよりも、目や髪の色を変える方がずっと簡単なことではないだろうか?

キノコ狩りがいまや日課となった。籠いっぱいのキノコが、至るところで乾かされ、ロフトや納屋にもたくさんのキノコが蓄えられた。森には次から次へとキノコが顔を出した。毎朝、空っぽの籠を持ってみんなは森に散らばった。萎《しお》れかけている花から蜜をとった重そうなハチが、聳え立つ木々に守られて、風のない、穏やかな下草のあいだを、秋の陽光を浴びながら、ものうげに飛んでいた。

しゃがみこんでキノコ狩りにいそしむ村人たちは、キノコの大きな群生を見つけるたびに、上機嫌で声をかけあった。すると、ハシバミやビャクシンの茂みやカシやシデの枝から声を出す小鳥たちの柔らかな不協和音がそれに応じた。薄気味の悪いフクロウの鳴き声が聞こえてくることもあったが、どこかの木の幹にできた深く隠れた洞《うろ》のなかからなので姿を見ることはできなかった。赤味がかったキツネが、ヤマウズラの卵を平らげたあと、深いやぶのなかに走りこむこともある。マムシが自分自身を勇気づけるように音をたてながら、ぴりぴりした様子で這っている。まるまる太ったウサギがやぶのなかにぴょんと跳びこむこともあった。

森の交響楽が途切れるのは、機関車の蒸気を吐く音や、貨車のがたがたと鳴る音、ブレーキのきしる音によってだけだった。ひとびとは棒立ちになって線路の方を眺める。鳥はおとなしくなり、フクロウは洞の底にひっこみ、威厳を持って灰色のマントにくるまる。ウサギは立ちあがり、長い耳をぴんと立て、それから安心して、ふたたび跳びはじめる。

それから数週間、キノコの季節が終わるまでのあいだ、ぼくたちはたびたび線路に沿って歩いた。小さな楕円形をした黒い灰の山と焼け焦げた骨が、ばらばらになって、砂利のなかに踏みつけられているところを、何度か通りかかった。男たちは唇をすぼめて立ち止まり、それをじっと見た。汽車を飛びおりたユダヤ人の死体は、かりに焼いてあったとしても人間と動物の両方を汚染する恐れがあると言って、足を使って灰の上に土をかぶせるひとたちがたくさんいた。

一度、ぼくは籠から落ちたキノコを拾いあげるふりをして、この人間の残骸を手につかんだことがあった。それは指にくっついて、ガソリンの匂いがした。目に近づけて見てみたが、人間の残骸という気がしなかった。しかし、その灰は、木や乾いた泥炭やコケを燃やしたあとの竈に残った灰とは違っていた。ぼくは恐ろしいと感じた。指にくっついた灰を払いながらも、燃やされた人間の亡霊がぼくのまわりをうろつき、ぼくたちみんなをじっくり観察して、顔を覚えておこうとしているように思えた。亡霊がぼくを絶対に見逃さず、後ろからついてきて、夜になってもぼくにつきまとい、ぼくの血管に病気をしみこませ、脳に狂気を注ぎこむことは、ぼくにも分かっていた。

汽車が通過するたびに、醜く、復讐心に燃えた顔つきの亡霊が大挙して世界に送りこまれてくるのを見た。農民たちは、焼却炉から立ちのぼる煙は天に向かってまっすぐ昇っていき、神の足元に広がる柔らかな絨毯となって、その御足はけっして汚れることがないと言った。ぼくは神の御子を殺したことの償いのためにこんなにたくさんのユダヤ人の命がはたして必要なのだろうかと思った。この世界はやがて、ひとを焼くための、ひとつの大きな火葬場になるだろう。司祭さんだって、すべては滅び、「灰から灰に」帰する運命にあると言っていたではないか？

盛り土に沿って歩いていると、レールのあいだにたくさんの紙くずや帳面やカレンダー、家族写真や印刷された証明書類や古いパスポートや日記などが落ちていた。村人のほとんどは読み書きができなかったので、コレクションにするには写真が当然いちばんだった。奇妙な格好をした年配の人たちが体をこわばらせて坐っている写真がたくさんあった。上品な身なりをした両親が子どもたちの肩に手を置いて立っている写真もあった。みんな微笑を浮かべ、村のだれもがこれまで見たこともないようなタイプの衣装を身につけている。ときには、美しい娘の写真や、ハンサムな若い男の写真が見つかった。使徒のような顔をした老人の写真や、消え入りそうな笑みを浮かべている老婦人の写真もあった。公園で遊んでいる子どもたちや、泣いている赤ん坊、キスをしている新郎新婦などの写真もあった。こうした写真の裏には、別れや誓いや祈りの言葉が走り書きしてあった。恐怖からなのか、汽車の震動のせいなのか、筆跡は震えていた。それらの言葉は、朝の露に洗い流されたか、あるいは太陽の光に晒されたのか、多くの場合は消えかかっていた。

農民たちはこういったものを集めることにやたら熱心だった。女たちは男の写真を見ながら、くすくす笑って囁きあい、男たちは娘たちの写真について淫らなジョークを口にしては、品定めをしあった。村の連中は写真を収集しては、それを売り買いし、家のなかや納屋にそれをぶら下げた。家のなかには、ひとつめの壁に聖母の絵、二つめにはキリストの肖像画、三つめには十字架、そして四つめにはたくさんのユダヤ人の写真をかけているというところがいくつもあった。農民たちは、作男が娘の写真を交換し、興奮した目でそれを眺め、おたがいに淫らな遊びに耽っている場面によく出会わした。村で美少女と噂される娘が写真のなかのハンサムな青年にかなわぬ恋をし、おかげで許婚者《いいなづけ》には目もくれなくなったという話もあった。

ある日、キノコ狩りの出先からひとりの少年が、線路のそばでユダヤ人の娘が見つかったという知らせを持ち帰ってきた。片方の肩をくじき、かすり傷を負っているだけで、その娘は生きているというのだ。汽車がカーブのところで速度をゆるめたとき、床の穴から飛びおりたので、大怪我をせずにすんだのだろうと、みんなは想像した。

だれもがこの奇跡を見物にやってきた。娘は何人かの男に半ば担がれるようにして、ふらふら歩いてきた。やつれた顔からは血の気が引いていた。濃い眉毛に真っ黒な目をしている。長くて漆黒の髪はリボンで結ばれ、それを背中に垂らしていた。ドレスは裂けていて、白い体に打ち身や擦り傷が見えた。怪我をした腕を健康な方の手でかばおうとしていた。

男たちは娘を村長の家に連れていった。野次馬が集まり、娘を注意深く見守った。娘はひとことも分からないようだった。だれかが近づくと、娘は祈りを唱えるときのように両手を組み、だれにも理解できない言葉を口走った。すっかり怖れをなした少女は、青白い目玉に、真っ黒な瞳を浮かべた目をきょろきょろさせた。村長は幾人かの村の長老たちを呼び集め、このユダヤ娘の第一発見者である「虹」という綽名のおやじもまじえて会議を開いた。けっきょくは、公式的な規則に従って、娘は次の日、ドイツ軍の前哨基地に差し出すことに決まった。

農民たちはゆっくりとそれぞれの家に散っていった。しかし、肝の据わったやからが何人かそこにとどまり、娘を眺めては冗談をとばした。半分目の見えない老婆たちは、娘に向かって三度唾をはきかけ、声をひそめて、孫たちに気をつけろと言った。

「虹」のおやじは娘の腕をとり、自分の家に彼女を連れて行った。彼を変人扱いにする人間もいるにはいたが、彼は村でも好かれる人物だった。天の兆候、とくに虹に興味を持っていた。それが「虹」という綽名の由来だ。夜になると隣人を迎えて、何時間でも虹について語ることができた。部屋の片隅で彼の話に耳を傾けながら、ぼくは虹が長い弓型をした草からできていて、ストローのようになかが空洞になっていることを学んだ。一方の先端は川か湖に浸かり、そこから水を吸いあげる。そして、その水は一帯に広く撒き散らされる。魚やその他の生き物も水ごと吸いあげられ、遠く離れた湖や池や川で同じ種類の魚が発見されるのはそのためだという。

「虹」のおやじの家は主人の家と隣り合わせだった。彼の納屋はぼくが寝床にしている納屋と背中合わせで同じ壁を分かちあっていた。おやじの連れ合いは、かなり前に死んだということだが、「虹」のおやじは、まだ若いにもかかわらず、二人目の奥さんを迎えるふんぎりがつかないでいる。隣人たちは、あまりにも虹を見すぎた人間は、目の前におしりを突き出されても見えないのだと、からかったものだ。ひとりのお婆さんが「虹」のおやじのために料理をし、彼が畑で働いているあいだとか、ときどき気晴らしにお酒に浸っているあいだ、子どもたちの世話をした。

ユダヤ人の娘は「虹」のおやじの家で一夜を過ごすことになった。その晩、ぼくは、おやじの納屋から聞こえる物音と叫び声に目をさました。最初、ぼくは怖かった。しかし、壁に節穴があったので、そこからなにが起きているのかが見えた。きれいに掃除された打穀場の真ん中に、娘は何枚か袋を敷いて寝かされていた。脇には、薪割り台に置かれた灯油ランプが燃えている。「虹」のおやじは娘の枕元に坐っていて、二人とも動こうとはしなかった。それから、彼がすばやく娘の肩からドレスを脱がせようとした。肩口のストラップが外れた。娘は逃げようとしたが、おやじは長い髪の毛の上に膝を下ろし、膝と膝で顔を固定した。彼は体を寄せていった。それから、もう一方のストラップを引きちぎった。娘は叫び声をあげたが、動かなくなった。

「虹」のおやじは娘の足の方に這い寄り、両足で娘の足をはさみこんで、手際よく一気に娘のドレスを剝ぎ取った。娘は起きあがって、動く方の手でドレスを握っていようとしたが、おやじが彼女を押し倒した。娘はいまや素っ裸だ。灯油ランプの明りが、彼女の体に影を投げ落とした。

「虹」のおやじは娘の横に坐り、大きな両手で娘の体を撫でた。彼の大きな体が邪魔をして、娘の顔はよく見えなかったが、静かにすすり泣くのが聞こえ、それがときどき悲鳴へと変わった。おやじはゆっくりと膝丈のブーツを脱ぎ、ズボンを下ろして、ぼろぼろのシャツ一枚になった。

おやじはぺたんとなった娘にまたがり、肩や胸や腹にやさしく手を這わせた。娘はうめき、鼻を鳴らし、おやじの触れ方が乱暴になると、自分だけの言葉で意味の分からないことを口走った。おやじは両肘で体を持ちあげ、少し体を下ろしていって、一気に股を押し開き、ぐいっと娘に押しかぶさった。

娘は体をのけぞらせ、金切り声を上げ、なにかをつかもうとするように指を開いたり、閉じたりしつづけた。それから奇妙なことが起きた。「虹」のおやじは、娘の股のあいだに両足をこじ入れ、娘の上になっていたのだが、そこから離れようとしていた。彼が体を持ち上げるたびに、娘は痛そうに悲鳴をあげた。彼もうなっては悪態をついた。彼はもう一度彼女の股ぐらから体を引き離そうとしたが、どうやら難しかった。ウサギやキツネが罠にかかったみたいに、彼女のなかのふしぎな力が、彼のことをつかまえて離さなかったのだ。

おやじは娘に乗っかったまま、体をがたがた震わせていた。しばらくして、また試みてみたが、そのたびに娘は苦痛に身を捩じらせた。おやじはおやじで苦しそうだった。顔から汗を拭い、罵り、唾をはいた。それからまた努力をはじめたときには、娘もそれに加勢した。両足を大きく開き、腰を持ちあげ、動く方の手で男のおなかを押した。しかし、まるでだめだった。目に見えない絆が二人を結びつけていた。

ぼくは同じようなことが犬に起きるのを何度も見たことがあった。激しく交尾したあとに、なんとかして離れようとするのだが、ときどきどうしても離れられなくなるのだ。苦痛をともなう結びつきを解こうとして一所懸命になるのだが、体はくるくるまわって離れるだけ離れて、とうとう、おしりのところだけでつながった状態になってしまう。それは、ひとつの体から二つの頭が伸び、一箇所から二本のしっぽが生えたように見える。人間の友だったはずの生き物が、自然が作り上げたばけものと化してしまうのだ。二匹とも吠え、うなり、全身を震わせる。救いを求める血走った目は、馬鍬や棒で打ちかかってくる人間を、えもいわれぬ苦痛の面持ちで見やる。砂埃のなかを転げまわり、打たれたために血を流し、なんとかして離れようと懸命になる。人間たちはげらげら笑って、犬たちを蹴り、ぎゃあぎゃあいう猫や石を犬に投げつけるのだ。犬たちはそこから逃げようとするが、頭がそれぞれ反対側を向いているので、ぐるぐるまわるだけだ。狂ったようになって、おたがい咬みあおうともする。そして、最後には諦め、人間の助けを待つことになるのだった。

村の子どもたちは、そんなふうになった犬をよく川や池に投げこんだ。二匹の犬は必死に泳ごうとするが、おたがいにひっぱりあってしまう。二匹ともなんの手立てもなく、ときたま頭を水面に浮かべて、口から泡を吹き、弱ってもう吠える気力もない。川の流れが二匹を運んでいくあいだ、おもしろがっている連中は川の土手に沿って、楽しそうに絶叫し、犬が水から顔を上げるとそこをめがけて石を投げながら、ずっとあとを追った。

こんなことで自分の犬を失いたくない人間は、無茶なことではあるが、二匹を切り離した。そんな場合、雄犬は不具になるか、出血多量で死ぬはめになる。ときには何日間も、側溝に落ちたり、柵ややぶにひっかかったりしながら、さまよったあげく、うまく離れられることもあるのだが。

「虹」のおやじは、あらためて努力をくりかえした。マリア様の名前を大声で唱えて助けを求めた。うんうんあえいでは、息を切らせた。もう一度大きく体を持ち上げて、その娘からなんとか離れようとした。娘は悲鳴をあげ、弱りきった男の顔に拳でなぐりかかり、爪でひっかき、相手の手を噛んだ。おやじは唇の血をなめとり、片腕で体を支えて、もう一方の手で思いきり殴った。パニックを起こして頭が朦朧としたのだろう。彼は娘の上にくずれ落ちて、彼女の胸やら腕やら首やらを噛んだ。そして、拳で娘の太ももを何度も打ち、まるで引きちぎろうとでもするかのように娘の体を鷲づかみにした。娘は息せき切って金切り声をあげ、咽喉が嗄《か》れてようやく静まったが、同じことをまたくりかえした。「虹」のおやじは、へとへとになるまで、娘を殴りつづけた。

二人はぴったり重なったまま、微動だにせず、押し黙っていた。動くものといえば、灯油ランプのゆらめく炎だけだった。

「虹」のおやじが助けを求めてわめきはじめた。その叫び声を最初に聞きつけたのは犬たちで、群れをなして吠えながらやってきた。次にやってきたのは、斧やナイフを手にした男たちだった。彼らは納屋の戸を開くと、なんだかわけも分からず、目をまるくして二人を見たのだった。おやじはしわがれた声で、事情を単刀直入に話した。みんなは扉を閉め、他の者を入らせないようにしてから、こういうことに詳しく、魔法が使えるという産婆を呼びにやった。

老婆はやってくると、閂《かんぬき》のようにつながった二人のそばにひざまずき、他の連中の助けも借りて、二人になにかをした。ぼくにはなにも見えなかった。最後に娘が耳をつんざくような声を放ったのが聞こえただけだ。それからは沈黙がつづき、おやじの家の納屋は真っ暗になった。明け方、ぼくは節穴のところへ走った。板と板のすき間から太陽の光が差しこみ、穀物の粉をきらきらと輝かせている。打穀場の壁に近い土間の上には、人間の形をしたものがぺたんと横たわり、頭から足まで馬の鞍に敷く毛布におおわれていた。

村がまだ寝静まっているあいだに、ぼくは牛を牧草地に連れていかなければならなかった。夕方戻ってきたとき、農民たちが昨晩のできごとを話しあっているのを聞いた。「虹」のおやじは、午前中に偵察車が通過することになっている線路のところに、娘の死体を戻したのだという。

何週間か、村はこの話で持ちきりだった。おやじ自身も酒をひっかけると、ユダヤ娘がどんなふうに彼をくわえこんで離さなかったかをみなに話して聞かせたものだった。

夜になると、奇妙な夢がぼくにとりついた。納屋の方からうめき声や叫び声が聞こえ、冷たい手がぼくに触れ、ガソリンの匂いのする、長くて柔らかい髪の毛を編んだ黒いお下げがぼくの顔を撫でた。家畜を牧草地に連れていく明け方には、畑の上にかかる霧をおそるおそる見たものだった。ときには、風に乗って小さな煤《すす》がぼくの方に漂ってきた。それは明らかにぼくを攻めてきていた。ぼくはがたがた震え、冷汗が背中を伝った。煤のかたまりは頭上を旋回し、ぼくの目をまっすぐに覗きこんで、それから空高く天上へと舞いあがっていった。

10

ドイツ軍の分遣隊が近くの森にいるパルチザンの追跡をはじめ、また食糧供出を強く迫るようになってきた。ぼくがこのまま村にとどまってはいられそうにないことはよく分かった。

ある夜、ぼくの主人はすぐ森へと逃げるように言った。抜き打ちの捜査が行なわれるとの通報があったからだ。ドイツ軍はどこかの村にユダヤ人が隠れていると耳にしたのだ。そのユダヤ人は戦争前から村に住んでいると言われ、村ではだれでも彼のことを知っていた。その祖父にあたる男は大きな土地を所有し、村でもたいへん愛される人物だった。村人が言うには、彼はユダヤ人だが、なかなかしっかりした男だった。ぼくは夜遅く家を発った。曇ってはいたが、雲は散りはじめ、星もすきまから覗き、月は煌々とその姿をあらわした。ぼくは茂みに身をひそめた。

夜が明けると、ぼくは穀物の穂が揺れる方角をめざし、村には近づかないようにした。穀物の分厚い葉に爪先がこすれてひりひりしたが、それでも畑の真ん中にたどり着こうとした。前に進むのにも用心が必要だった。歩いたあとにあまりたくさんの茎をなぎ倒してしまうと、ぼくのいることがばれてしまう。ようやく、穀物畑の茂った深みのなかに分け入った。朝の冷気に震えながら、ぼくはボールのようにまるまって、眠ろうとした。

目が覚めると、四方から荒っぽい声が聞こえた。ドイツ軍が畑を包囲していた。ぼくは地べたにしがみついた。兵隊たちが畑を横切って進んできて、茎をなぎ倒す音が大きくなった。

彼らはすんでのところでぼくを踏みつけるところだった。驚いて、彼らはライフルをぼくに向けた。ぼくが立ちあがると、いつでも撃てるように兵士は発砲の体勢を整えた。兵士二人はともに若くて、新しい緑色の軍服を着ている。背の高い方の兵士がぼくの耳をつかみ、二人はぼくのことを話題にしながら笑った。ぼくがジプシーかユダヤ人かを話しあっているらしかった。ぼくはそれを否定した。これがいっそう二人を面白がらせ、二人は冗談を言い合った。ぼくたち三人は村に向かって歩きだした。ぼくが前を歩かされ、すぐ後ろから二人がへらへら笑いながらついてきた。

表通りに入った。恐怖におびえる農民たちが窓の後ろから様子をうかがっていた。ぼくの姿を認めると、あわててなかにひっこんだ。

二台の大きな茶色のトラックが村の真ん中にとまっていた。軍服のボタンをはずした兵士がまわりにしゃがんで、水筒の水を飲んでいた。ほかにもたくさんの兵士が畑から戻ってきて、銃を積み重ねると、坐りこんだ。

何人かの兵士がぼくを取り囲んだ。ぼくを指さし、笑ったり、しかつめらしい顔をしたりしていた。なかのひとりがぼくに近づいてきて、体をかがめて、まじまじとぼくの顔を見つめ、にっこりと愛情溢れる笑みを浮かべた。ぼくが笑みを返そうとしたとき、ふいにその兵士はぼくのみぞおちを殴った。ぼくは息もつけずに倒れ、あえぎ、うめいた。兵士たちはどっと笑いだした。

近くの家からひとりの将校があらわれ、ぼくに気づいて近寄ってきた。兵士たちは気をつけの姿勢をとった。輪のなかでぼくもひとりで立ちあがった。将校はぼくを舐めるように見て、それから命令を出した。二人の兵士がぼくの腕をつかみ、ぼくを一軒の家までひっぱっていき、ドアを開けて、なかに放りこんだ。

薄暗い部屋の中央に男がひとり横たわっていた。小柄で、やつれはて、黒ずんだ顔をしていた。もつれた髪の毛が額に落ちかかり、銃剣の傷が顔全体を真っ二つに裂いていた。両手を後手に縛られ、深い傷が破れた上着の袖から大きく口を開いていた。

ぼくは隅っこにうずくまった。男はぼくをぎらぎらする黒い目で見つめた。ふさふさと垂れさがる眉毛の下から覗く目は、まっすぐぼくに向かってくるようだった。ぼくは怖くなって、思わず目を逸らせた。外では車のエンジン音が響いていた。ブーツや武器や水筒がかたかた鳴った。号令があたりに響き渡り、トラックが音をたてて走りだした。

ドアが開き、農民と兵士がぞろぞろと家のなかに入ってきた。彼らは怪我をした男の両手をつかんで引きずり出し、荷馬車の荷台に放り上げた。折れた指の付け根が、ぐらぐらするワラ人形のようにだらしなくぶら下がっていた。ぼくたちは背中合わせに坐らされた。ぼくは御者たちの背中が見える場所に坐らされ、男の方は荷馬車の後部、遠ざかる道の方に向けられていた。兵士は馬車を動かす二人の農夫の横に坐った。農夫たちの会話から、近くの町の警察に連れていかれるのが分かった。

何時間もかけてがたごと進んだが、往来の激しい街道で、そこにはトラックが通り抜けた真新しい轍《わだち》が残っていた。そのあと街道を外れて、森に入り、鳥やウサギを驚かせながら進んだ。傷を負った男はげんなりしたようにうなだれている。生きているのかどうかもはっきりしなかった。ロープで荷馬車とぼくとに縛りつけられた生気のない体が感じられるだけだった。

荷馬車は二度停車した。二人の農民はドイツ兵に昼食をふるまい、兵士は代わりに煙草と黄色いキャンディを一本ずつ二人に与えた。農民たちは機嫌をとるように礼をいった。運転席の下に隠してあった瓶から酒をぐいっとあおったあと、みんなは草やぶで小便をした。

ぼくたちは無視された。ぼくはおなかもへって、元気が出なかった。暖かな、松脂《まつやに》の香りを含んだ微風が森の方から流れてくる。傷を負った男がうなり声をあげた。馬は落ち着きなく頭を揺すり、長いしっぽでハエを叩いた。

ぼくたちは先へ進んだ。荷車のドイツ兵はまるで眠っているように重々しい息をした。大きく開いた口を閉じるのは、ハエがなかに飛びこんできそうなときだけだ。

陽が沈む前に、建物の立てこんだ小さな町に乗りいれた。あちこちに、レンガ造りの壁と煙突をもつ家があった。木柵はペンキで白や青に塗られていた。樋の上ではハトが抱きあうようにして眠っていた。

何棟かの建物の前を通りすぎたとき、道で遊んでいた子どもたちがぼくに気づいた。のろのろと進む荷馬車をとりまき、子どもたちはぼくらをじっと見た。兵士は目をこすって腕を伸ばし、ズボンをひっぱり上げてから外にとび降りて、車と並んで、周囲にはまったく目もくれずに歩いた。

子どもたちの輪が大きくなった。家という家から子どもがとび出してきた。とつぜん、年かさの背の高い少年が、長い白樺の小枝で囚人を突っついた。傷ついた男は体を震わせ、身を引いた。子どもたちは調子に乗って、がらくたや石ころをぼくたちに浴びせだした。傷を負った男はうなだれた。その背中がぼくにべったりとくっつき、汗で濡れているのを感じた。石はいくつかぼくにも当たった。しかし、ぼくの方は傷を負った男と御者たちのあいだにはさまれていたから、簡単には命中しなかった。子どもたちはふざけて、さんざんぼくたちをからかった。ぼくらは、乾いた牛糞や腐ったトマトや悪臭を放つ小さな鳥の死体を浴びせられた。小さな悪ガキのひとりが、ぼくに狙いを定めてきた。馬車と並んで歩きながら、ぼくの体の決まった箇所に狙いをすませて棒きれで打ってきた。ぼくは唾を口のなかで転がして、彼のあざけり笑う顔に命中させようとしたが、うまくいかなかった。

大人たちも荷馬車のまわりに野次馬として集まった。連中は「ユダヤ人なんかやっちまえ、クソがきどももやっちまえ」と叫んで、子どもたちをさらにけしかけた。御者たちは不意の攻撃を恐れて、馬車を降り、馬と並んで歩いていた。となると、傷を負った男とぼくは格好の標的となった。ここぞとばかり、石のあられがぼくたちに降り注いだ。ぼくは頬を切り、歯は折れてぶら下がり、下唇が裂けた。ぼくはその血をいちばん近くにいるやつらに吐きかけたが、そいつらは軽々と身を翻し、次の攻撃をしかけてきた。

底意地の悪い男が、道ばたに生えているツタやシダを根こそぎにして、それを持って傷を負った男とぼくを鞭打ちはじめた。体は焼けるように痛み、その上に石が前にもましてコントロールよく命中した。ぼくは石が目に当たるのを恐れて、ぐっと顎を引いた。

とつぜん、ぼくらがちょうど通りすぎようとしていたあばら家から、小柄でがっしりした司祭がとび出してきた。破れて色褪せた法衣をまとっていた。顔を上気させ、ステッキを振りまわしながら群衆のなかにとびこんできて、連中の手やら顔やら頭やらを打ちはじめた。ハアハアあえいで、噴きだす汗にまみれ、興奮疲れでぶるぶる震えながら、暴徒を追い散らかした。

いまでは馬車と並んで歩きながら、司祭はゆっくりと息を整えていた。片手で額から汗を拭い、もう片手でぼくの手を握った。傷を負った男は明らかに気を失っていた。なにせ、彼の背中は冷え切って、まるで棒にくくりつけられた操り人形のようにぐらぐら揺れていたのだ。

荷馬車は憲兵隊の建物の前庭に入っていった。司祭は外にとどまるしかなかった。二人の兵士が縄をほどいて負傷した男を車から降ろし、壁のところに横たえた。ぼくはそのそばに立った。

間もなく、煤《すす》のように真っ黒な軍服を着た背の高い親衛隊《エスエス》の将校が出てきた。こんなにも印象的な軍服をぼくは一度も見たことがなかった。偉そうに尖った帽子の先端には、しゃれこうべと交叉した二本の骨をあしらった徽章が輝き、襟には稲妻模様が施されている。派手に鉤十字を象《かたど》った赤いバッジが袖に縫いつけられていた。

その将校は兵士のひとりから報告を受けた。それから彼は負傷した男の方に近づき、平たいコンクリートの表面に靴のかかとの音が鳴り響いた。ピッカピカに磨かれたブーツの先で男の顔をすばやくすくいあげて、明りの方に向けた。

その男は見るも無残な顔だった。鼻は押しつぶされ、面の皮が剝げているから口は隠れて見えない。目のくぼみには、ツタの切れっぱしや土くれや牛糞がこびりついている。将校は、彼のこの形のない頭の前にしゃがみこんだ。その滑らかなブーツの先端に、男の顔がうつる。将校は傷ついた男に質問なのかなんなのか、ひとこと言った。

血だらけのかたまりが、五百キロもありそうな荷物のように動く。痩せ細り、痛めつけられた体が、縛られた手を支えにして持ちあがった。将校はじりじりと後ずさりした。男の顔は今や白日にさらされ、非の打ちどころのない圧倒的な美しさを帯びていた。肌はほとんど蠟のようで、亜麻色の髪の毛は赤ん坊の髪のようにつやがあった。かつて一度、教会で、このように繊細な顔を見たことがあった。それは壁画になっていて、オルガンの音楽に包まれ、ステンドグラスから差しこむ明りにしか触れようのないものだった。

傷を負った男は少しずつ体を持ち上げて、ほとんど坐るまでになった。前庭には、重々しいマントのように沈黙がたれこめた。他の兵士たちは体を強ばらせて立ちつくし、その場の光景を眺めている。負傷した男は息を荒くしていた。口を開こうとして体に力を入れたが、突風にあおられた案山子《かかし》のようにぐらぐら揺れた。そばにいる将校の存在を感じたのか、その方向に体を傾けた。

これにぞっとしたのか、将校がしゃがむのをやめて立ちあがろうとしたとき、その男はふたたび口を動かし、ぶつぶついったかと思うと、物凄い大声で短い言葉を放った。「豚畜生」と聞こえた。そして、もんどりをうった男はコンクリートに頭を打ちつけた。

これを聞いた兵士たちは体を震わせ、唖然としたようにおたがいの顔を見合った。しゃがんでいた将校は立ちあがり、吠えるような声で号令をかけた。兵士たちはかかとを鳴らしてライフルの打ち金を起こし、男に近づき、続けざまに弾丸を撃ちこんだ。ずたずたになった体が小刻みに震え、そして静かになった。兵士たちは弾丸をこめなおし、気をつけの姿勢をとった。

平静を装った将校は、アイロンをかけたてのズボンの縫い目に細いステッキを打ちつけながら、ぼくに近づいてきた。その姿を見たとたん、ぼくは目が釘付けになった。この人間は、全身で超人的と言うしかないものをあらわしているように見えた。うすらぼやけた色彩を背景にして、彼は一点の曇りもない黒色を放っていた。世界は傷だらけの顔の男や、つぶれた目の男や、血だらけで傷だらけの変形した手足の男からできあがっていた。そうした悪臭にまみれて、不恰好を強いられた人間たちばかりに囲まれていると、彼は汚《けが》そうにも汚しようのない完璧さの典型のように見えた。すべすべした、手入れの行き届いた顔、尖った帽子の下から覗く明るい金髪、澄み切った金属質の目。物腰のひとつひとつが、巨大な内なる力によって動かされているようだ。その大理石のような言葉の響きは、程度の低い見棄てられた生き物に死の宣告を下すにはおあつらえ向きだった。ぼくはそれまでに一度だって経験したことのないような羨望で、胸がずきずき痛んだ。背の高い帽子に飾られている、しゃれこうべと交叉した二本の骨のぴかぴかの徽章には見とれるしかなかった。まっとうなひとびとが恐れをなし、忌み嫌う、ジプシーのような顔の代わりに、光沢のある毛のない頭蓋骨を持つことができれば、どんなにすばらしいことだろうと思った。

将校は鋭い目でぼくをためつすがめつした。ぼくは埃にまみれて押しつぶされた芋虫のように、だれにも害は与えないけれども、嫌悪とむかつきを起こさせる生き物になった気分だった。権力と威厳のすべての象徴に守られた、そのまばゆいばかりの存在を前にして、ぼくは自分の外見を恥じるばかりだった。彼がぼくを殺すことに対して文句を言える筋合はなかった。ちょうどぼくの目の高さにある将校用ベルトの、装飾された留め金をぼんやりと見つめながら、ぼくは彼の下す決定を待った。

中庭はふたたび沈黙に包まれた。兵士たちは次になにが起ころうとも、それを従順に待っていた。ぼくの運命がなんらかの形で決するのは分かっていたが、ぼくにはもうどうでもよかった。ぼくは、目の前にいる男の下す決定に無限の信頼を寄せていた。この将校は、そんじょそこらの人間には手の届かないような力を握っている。

あらたに短い命令が発せられた。将校は大股で歩き去り、ひとりの兵士がぼくを荒っぽく突っついて門のところまで追いたてた。目をみはるような光景が終わったのを残念に思いながら、ぼくはゆっくりと門を通り抜け、外で待っていた司祭のぷよぷよした腕のなかに、そのまま倒れこんだ。司祭はさっきよりもみすぼらしく見えた。その法衣は、しゃれこうべと交叉した骨と稲光の飾りがついた軍服に比べると、見るも哀れなものだった。

11

司祭はどこからか借りてきた荷馬車に乗せてぼくを連れ去った。戦争が終わるまで、ぼくをあずかってくれるだれかを、近くの村にさがそうと思うと言った。村に着く前に、ぼくらは田舎の教会に立ち寄った。司祭は、ぼくを荷馬車に残したまま、助任司祭の家にあがりこみ、二人の口論しあう姿が外から見えた。二人は盛んに身ぶりをまじえ、囁くように話した。それから二人でぼくの方にやってきた。ぼくは荷馬車をとび降り、助任司祭にていねいにおじぎをし、袖にキスをした。彼はぼくをじっと見て、祝福を授けてくれ、あとはなにもいわずに館に戻っていった。

司祭はそのまま先へ進み、村のつきあたりにある、一軒家とも言うべき農家の前でようやく止まった。司祭がなかへ入ったまま、あまりにも長く待たされたので、彼の身になにかあったのではないかと心配になりだしたほどだ。気むずかしそうで、しょぼくれた猟犬の大きなのが中庭を守っていた。

司祭が、背の低い、ずんぐりした農民といっしょに出てきた。犬は股のあいだにしっぽをたくしこんで、うなるのをやめた。男はぼくをじっと眺めてから、司祭と脇に退いた。二人の会話はきれぎれにしか聞こえない。農夫は見るからに困惑した様子だった。こっちを指さしながら、ぼくが洗礼も受けていないジプシーの小僧だということは一目瞭然だと叫んでいた。司祭は平然とそれを否定したが、男は耳を傾けようともしない。ぼくをあずかると、ドイツ軍がしょっちゅう村にやってくるのだし、自分に危険が及ぶ、と言う。ぼくが見つかった日には、いくらじたばたしても始まらないじゃないかというわけだ。

司祭はしだいに痺れを切らし、いきなり男の腕をつかむと、耳元になにかを囁いた。農夫はおとなしくなって、悪態をつきながらも、ぼくに家までついてくるようにと言った。

司祭はぼくの近くまでやって来て、ぼくの目をのぞきこんだ。二人は言葉もなくたがいに見つめあった。どうしたらいいのかまったく分からなかった。司祭の手にキスをしようとしたが、自分の袖にキスをしてしまい、わけが分からなくなった。司祭は笑い、ぼくの頭上で十字を切り、そして去っていった。

司祭が行ってしまったのを確かめると、男はぼくの耳をつかみ、地面からぼくを持ちあげるようにして、家のなかにひっぱりこんだ。ぼくが大声を出すと、指で脇腹をはげしくつつくので、ぼくは息がつけなくなった。

世帯はぼくを入れて三人だ。主人のガルボスは、生気のない顔をして、にこりともせず、口を半分ぽかんとあけている。それから、犬のユダは意地悪そうなこわい目をしている。そしてぼく。ガルボスは男やもめだった。ときどき、隣人との口論の最中に、親と離れ離れになったユダヤ人の娘のことが話題になった。しばらく前に逃亡中の両親からあずかった娘らしい。ガルボスの牛や豚がよその収穫を台無しにしたりすると、みんなはこの娘のことをあげつらった。ガルボスがあんまり毎日のように娘を打ちのめし、暴行を加え、よこしまな行為を強いたものだから、とうとう娘は逃げてしまったじゃないかと。そうこうするうちに、ガルボスは娘のあずかり料として受け取った金で農場を改良したという。こうした中傷を耳にするとガルボスは激怒した。ユダを解き放っては、相手に向かってけしかけるぞと脅した。そのたびに近所のみんなはドアに鍵をかけ、悪魔のような動物を窓越しに眺めたものだった。

わざわざガルボスをたずねてくるようなものはおらず、彼はひとりで椅子に腰かけていた。ぼくの仕事は、二匹の豚と牝牛一頭、十二羽のメンドリと二羽の七面鳥の世話だった。

ひと言も発せずに、ガルボスはいきなり、理由もなくぼくをぶった。ぼくの背後からまわりこんで足を笞《むち》で打つ。耳をねじり、髪の毛に指をもぐりこませて頭をこすり、ぼくが我慢できなくなってがたがた震えだすまで、腋の下や足をくすぐる。ぼくをジプシーと決めてかかり、ジプシーの昔話をするようにと命じる。しかし、ぼくに朗読できるのは戦争が始まる以前に家庭で聞き覚えた詩やおとぎ話だけだった。それを聞くと、なぜかは分からないが、彼はときどき癇癪《かんしゃく》を起した。またもやぼくを打つか、ユダを放してぼくを襲わせると脅すか、だった。

ユダはいつなんどきも気の抜けない脅威だった。やつに咬まれたらいちころだ。近所の連中はリンゴが盗まれそうになったくらいでその猛獣を解き放つと言って、ガルボスを非難した。その盗人は咽喉を咬みちぎられ、即死したのだ。

ガルボスはしょっちゅうぼくに向かってユダをけしかけた。しだいに犬は、ぼくのことを天敵だと思いこむようになったに違いない。ぼくを見ただけで、ヤマアラシみたいに毛を逆立てた。血走った目も鼻も唇もなにもかもが震え、醜い牙からは泡が垂れていた。あまりにも力まかせに向かってくるので、縄が引きちぎれるのではないかと怖かった。その反面、ぼくはユダが縄で首を吊ってくれたらいいのにと淡い希望を抱いてもいた。犬のあまりもの剣幕とぼくの怖がりようを見て、ガルボスはときどきユダの縄をほどき、襟首をつかんで先導して、ぼくを壁際まで追いつめた。うなりたて、泡をとばしている口がぼくの喉元からほんの数センチのところにあり、大きな体が野獣の怒りで震えていた。よだれを流し、泡をとばしながら、息が苦しそうだ。それでも主人は、激しい言葉を吐き、棒きれでちくちくつつきながら、犬をけしかけてきた。犬はいっそう近づき、暖かで湿った息がぼくの顔を濡らすほどだった。

そんなときには、生命が抜け出ていくような気がした。血液は、重たい春の蜂蜜が瓶の細長い首を伝ってしたたるように、とろとろとして、ゆっくり流れ、まるであの世に送りこまれるみたいな恐怖を味わった。ぼくは獣の燃えるような目と、その襟首をつかんでいる、毛むくじゃらで、染みにおおわれた手を見つめた。いつ犬の歯がぼくの体におおいかぶさってきてもおかしくない。いつまでも苦しみたくないので、ぼくはさっさと咬めとでもいわんばかりに首を前に突き出した。ガチョウの首を一気に咬みちぎるキツネの慈悲深さが、そのときは理解できた。

しかし、ガルボスは犬を放さなかった。代わりにぼくの前にどっかと腰をおろし、ウォトカを飲みながら、自分の息子たちが幼くして死んだのに、なぜおまえのような人間がのうのうと生きていられるのかと、大声で驚いてみせるのだった。そういう質問を何度もぶつけられたが、ぼくにはどう答えてよいのか分からなかった。答えられないでいると、彼はぼくを殴った。

ぼくからいったいなにを期待しているのか、なぜぼくをぶつのか、ぼくは理解に苦しんだ。せいぜい彼の邪魔にならないようにするだけだ。聞き分けよくふるまったが、彼はぼくを殴りつづけた。夜にはぼくが眠っている台所に忍びこんできて、耳元で叫び声をあげ、ぼくをたたき起こした。悲鳴をあげて跳びあがると彼は笑い、ユダはやる気満々で、鎖を鳴らしながら外でもがいていた。ぼくが眠っているあいだに、犬をそっと部屋に連れてきて、ぼろぎれで轡《くつわ》をかけ、真っ暗ななか、ユダをぼくにまたがらせることもあった。犬はぼくの上で転げまわり、ぼくは恐怖のあまり、どこにいるのか、なにが起きたのかも分からず、この巨大な毛だらけの獣と闘った。おかげで、ずいぶん爪でひっかかれた。

ある日、助任司祭が二輪馬車でガルボスに会いにきた。司祭はぼくたち二人に祝福を与えたあと、ぼくの肩や首の青痣を発見して、だれが、なぜ打ったのかと疑問を口にした。ぼくがあんまり怠けるのでお仕置きをしなければならなかったとガルボスが言うと、助任司祭は彼を穏やかに諭《さと》し、翌日ぼくを教会に連れてくるように言った。

助任司祭が帰るとすぐガルボスはぼくをなかに引きいれ、裸にしてから、顔や腕や脚といった見える部分だけは避け、ヤナギの笞でぼくを打った。いつもと同じく声をあげるのを禁じたが、急所を打たれると激痛に耐えられなくなり、鼻を鳴らして泣いた。ガルボスの額には玉の汗が浮かび、首の血管がぷくっと膨れだした。彼は厚い布をぼくの口に押しこみ、乾いた唇を舌で湿らせながら、ぼくを打ちつづけるのだった。

次の日の早朝、ぼくは教会に向かった。シャツにもズボンにも背中やおしりのあたりに血糊がこびりついていた。しかし、ガルボスはぼくがひと言でも打たれたことを囁こうものなら、夜になってユダをけしかけるからと釘を刺した。ぼくは唇を噛み、なにも言わないと誓い、助任司祭がなにも気がつかないでくれればと願った。

白む夜明けの空の下、教会前には年取った女たちがたむろしていた。その足や体は、端切れや妙ちくりんな羽織りものにくるまれていて、女たちは寒さで感覚を失った指でロザリオを繰りながら、お祈りをとめどなく唱えている。司祭がやって来るのを見ると、女たちは節だらけの杖を頼りに、よろよろと立ちあがり、足を引きずりながら、司祭の脂だらけの袖にキスしようと、われさきにと前へ進んだ。ぼくはその脇に立ち、気づかれないようにしていた。しかし、なかには目のいいお婆さんもいて、ぼくをいまいましそうに見つめ、吸血鬼だとか、ジプシーの捨て子だとか呼んで、ぼくに向かって三度唾をかけた。

この教会はいつもぼくを圧倒した。しかし、それは世界に散らばる無数の教会のひとつでしかないのだ。主はそのどこにも住んではいないが、どういうわけか、そのすべてに一度にあらわれると考えられていた。主とは、金持の農民がいつも余分な席を食卓に用意している、予期せぬ来客のようなものなのだ。

司祭はぼくに気がつき、ぼくの髪をやさしく撫でてくれた。司祭の質問に答えながら、ぼくがいまではよくいうことを聞き、ガルボスもぼくを打たなくてもすむようになったと話しているうちに、わけが分からなくなってしまった。司祭は、両親や戦前に住んでいた家のこと、むかし通ってはいたが、よくは思い出せなかった教会のことなどを尋ねてきた。ぼくが宗教や教会でのしきたりについてまったく無知だということに気づいた彼は、ぼくをオルガン奏者のところに連れていき、典礼にまつわる細かなことの意味を説明し、朝のミサと夕べの礼拝にぼくが教会の侍者として仕えるための用意をするようにと指示を与えた。

ぼくは週に二回教会に通うようになった。年寄りの女たちが這いつくばるようにして座席に着くまで後ろで待ち、それから聖水盤に近い末席に坐った。聖水盤はぼくにはとてつもなく大きな謎だった。聖水は他の水と変わらないように思えた。色も、においもない。それは、たとえば、粉になった馬の骨と比べてもなんの印象もなかった。それでいて聖水は薬草やまじないや今までに見たことのある混ぜ薬よりも、はるかに魔力を持っていると考えられている。

ぼくにはミサの意味も、祭壇に立つ司祭の役割も理解できなかった。ぼくにとってこういったものすべては魔術だった。それは、オルガの妖術よりすばらしく、優雅なものではあったが、量り知れないのは同じだった。石造の祭壇や、そこから垂れさがっている細工のこまかい布、神の魂が宿っている荘厳な聖櫃《せいひつ》には目を丸くした。それに、聖具室に納められている、ドキドキするような聖具に触れるときには、畏れ多いものを感じた。ワインが血に変わるのだという内側がぴかぴかに磨かれた聖杯にしても、司祭が聖霊に施しをおこなう金箔をはりつめた聖体皿にしても、聖体布が保存される四角くて平らな聖布嚢《のう》にしてもだ。それに比べると、ひどい臭いのするカエルや、人間の傷口から流れる腐った膿《うみ》や、ゴキブリで溢れかえっていたオルガの家は、なんとみすぼらしいものだっただろう。

司祭が教会から外出していて、オルガン奏者がバルコニーで演奏しているとき、ぼくは神秘的な聖具室にこそっと入って、そこに下がっている肩衣のすばらしさに感じ入ったものだった。この肩衣を司祭は頭から通し、すばやい動作で両腕まで下ろして、首まわりに輪を作った。ぼくは肩衣の上に重ねられる祭服《アルバ》にそって、うっとりとしながら指を這わせ、祭服の帯の房飾りをしごき、司祭が左腕からぶら下げるかぐわしい腕帛《わんぱく》の匂いをかぎ、正確に長さをそろえた肩掛《ストラ》や、司祭の説明によると、そのカラフルな色のひとつひとつが、それぞれ血、火、希望、贖罪、哀悼を象徴しているという、式服《カズラ》の限りなく美しい模様を感心しながら眺めたものだった。

魔法の呪文を唱えるときのオルガは、めまぐるしく形相を変え、見ているぼくにはそれが怖くもあったし、凄いと思ったりもした。彼女は、目をぐるぐる回し、頭をリズミカルに振り、腕や手のひらで微妙な動きをした。ところが、司祭は、説教しているあいだも、ふだんと様子に変わりがない。ただ、違う法衣を着て、違う言葉を話すだけだった。

ビブラートのかかった、よく通る声は教会のドームをしっかりと支えているようで、背もたれの高い座席に坐っている、のろまな婆さんたちもぱっちりと目をさますしかなかった。彼女たちはだらりと垂らした腕をいきなり合わせ、必死で、しなびた、収穫の遅れたエンドウの鞘に似た、皺くちゃの目瞼《まぶた》を上げる。輝きを失った婆さんたちの淀んだような瞳は、おそるおそる周囲を見渡し、自分がどこにいるのかさえ忘れたかのようで、最後には途中でとぎれた祈りを反芻しはじめるのだが、やっぱり、風に揺れる、萎《しお》れかかったヒースのように体を前後に揺すって眠りに戻るのだった。

ミサが終わりに近づくと、老婆たちは通廊に群がり、司祭の袖に触れようとして順番を争うのだった。オルガンがやんだ。玄関のところで、オルガン奏者は司祭ににこやかに挨拶をし、ぼくに片手で合図を送ってきた。ぼくは仕事に戻って、部屋を掃除し、家畜に餌をやり、食事の用意をしなければならなかった。

放牧地や鶏小屋や厩舎から戻ってくるたびに、ガルボスはぼくを家に引きいれ、はじめのうちは気まぐれに、そして少しずつ熱を入れて、ヤナギの笞で打ったり、拳骨や指でぼくをいためつけたり、いろいろと試みた。ミミズ腫れや切り傷は治るまもなく、傷口が開いては黄色い膿がにじみ出した。夜は夜で、ユダが怖くて、眠るどころではなかった。ちょっとした物音にも、床板がかすかに軋んだだけでも、びくついて身構えた。ぼくは、どう目を凝らしてもなにも見えない闇を見つめ、部屋の隅っこに体を押しつけた。家のなかや庭のどんな動きをもとらえようと神経を尖らせていたので、耳がカボチャ半分ほどの大きさになったような気がした。

やっとうとうとできたとしても、畑の向こうから聞こえる犬の遠吠えを夢に見てうなされた。犬が頭を持ち上げては月に向けたり、真っ暗ななか匂いをくんくん嗅ぐ姿を見たりして、ぼくは死が迫っているのを感じた。そんな仲間の呼び声を聞いて、ユダはぼくのベッドに忍び寄り、十分に近づくとガルボスの命令でぼくにとびかかり、好き放題にする。ユダの爪が触れただけでぼくの体には水ぶくれができ、村の治療師がまっ赤に灼けた火箸でそれを焼かなければならなくなるだろう。

ぼくが悲鳴をあげて目をさますと、ユダが吠えはじめ、家の壁に跳びかかる。ガルボスは盗賊が農場に押し入ったと思いこみ、寝ぼけまなこで台所に走りこんでくる。なんの理由もなくぼくが叫んだと分かると、息が切れるまでぼくを打ち、蹴とばすのだった。ぼくは血だらけで打ち傷を作ったままマットに横たわり、またうとうとするのだが、悪夢にうなされるのではないかと思うと、おちおち眠れなかった。

日中、ぼっとしたままうろうろしていたら、仕事を怠けたといって殴られた。ガルボスがぼくをさがしまわっているあいだ、納屋の干し草で眠っていたということもままあった。怠けているところを見つかると、いつでも同じことがくり返されるのだった。

ぼくは、ガルボスのどう考えても動機がなさそうな癇癪には、なにか神秘的な原因があるのだという結論に達した。ぼくは、マルタとオルガの呪文を思い起こした。それは病気など、魔法そのものとは関係のないものに影響を及ぼすための呪文だった。ぼくは、ガルボスの発作が起きるときの状況を、逐一、観察することに決めた。鍵になることがらをつきとめたと思えるときも、一度か二度あった。ぼくは頭を掻いたあと、立て続けに二度殴られた。ぼくの頭にすみついたシラミが、ぼくの指にきっと仕事の邪魔をされて、それとガルボスの行動とのあいだにはなにか関係があるのかもしれない。ぼくは堪らないほど痒かったが、頭を掻くのはすぐにやめた。シラミを二日間放置しておいたら、それでも殴られた。これでまた新しい手がかりを考えなければならなかった。

次に考えたのは、クローバー畑に通じている塀にうがたれた木戸と関係があるのではないかということだった。その木戸を通ったあとに、ぼくは三度ガルボスから呼ばれ、近寄ると平手打ちを食らった。なにか敵意を持った霊が木戸のところでぼくの行く手を横切り、ガルボスがぼくに反感を持たせるように仕向けているのだと結論づけた。そこで塀を跳びこえることで、木戸にすみつく邪悪な霊を避けることにした。事態は改善されなかった。ガルボスは、なぜぼくが木戸を通ってまっすぐ行かずに、わざわざ高い塀を乗り越えるのか理解できなかった。彼は自分がからかわれていると思い、前にも増してぼくをぶつようになった。

ガルボスは、ぼくが悪意を持っていると思い、たえずぼくを苛《さいな》んだ。鍬の柄でぼくの肋骨《あばら》を小突くのが楽しいらしい。イラクサや棘だらけの草やぶにぼくを投げとばし、そのあと、ぼくが刺されたところをひっかくのを見て笑った。もしこのままいいつけに従わないなら、夫たちが不貞をはたらいたおかみさんにするようにおなかの上にネズミをおしつけるぞと言って脅した。これはぼくにとっては一番の恐怖だった。おへその上にネズミの入ったガラスコップをおしつけられるさまを想像した。動きが取れなくなった齧歯類《げっしるい》が逃げ道を求めて、ぼくのおへそをかじり、内臓のなかに入りこんでくるときの言い知れぬ恐ろしさが、ありありと想像できた。

ぼくはガルボスにまじないをかける方法をあれこれと考えたが、どれもうまくいきそうになかった。ある日、足を椅子に縛りつけられ、ライ麦の穂でくすぐられたとき、オルガの話をひとつ思い出した。あのドイツ軍将校の軍服についていたのと同じような、体にしゃれこうべの模様のある蛾についての話だ。そのような蛾を見つけて、三度それに息を吹きかければ、その家のいちばんの年長者はほどなく死ぬというのだ。いまだぴんぴんしている両親の遺産を待ちかまえる若い夫婦が、幾晩もかけてこの蛾をさがしまわるのはそのためだという。

以来、ぼくはガルボスとユダが眠る夜になると、蛾が入って来れるように窓を開け、家じゅうをうろつきまわるようになった。蛾は大群をなして入ってきて、ゆらめく炎のまわりで狂ったように死の舞を踊り、たがいにぶつかりあった。炎に飛びこんで、火達磨になるものとか、蠟燭から流れる蠟にくっつくものもいた。神の摂理が彼らをいろいろな生き物に変え、彼らは生まれ変わるたびに、その種族にもっとも見合った苦しみに耐えなければならないと言われている。しかし、連中の苦しみにはあまり関心がなかった。ぼくはひたすら一匹の蛾をさがしていた。しかし、そのためには窓際で蠟燭を揺らして、蛾という蛾を招きいれなければならなかった。蠟燭の火とぼくの動きがユダを驚かせ、その吠え声がガルボスを目覚めさせた。彼は背後から忍び寄ってきた。片手に蠟燭を持ち、群れをなすハエや蛾やその他の昆虫とともに部屋じゅうを跳びまわっているぼくを見て、彼はてっきり、ぼくがなにか不吉なジプシーの儀式を行なっているのだと確信した。翌日、ぼくはみせしめのお仕置きを受けた。

しかし、ぼくはへこたれなかった。何週間もたった日の、ちょうど明け方近く、奇妙な模様のついた、おめあての蛾をとうとうつかまえた。それにそっと三度息を吹きかけ、放してやった。それはストーブのまわりでしばらくぱたぱたしていたが、やがて消えた。ガルボスもあと数日の命だろう。ぼくは彼を憐みの目で見た。彼は、病気や痛みや死の宿る地獄の辺土からいま死刑執行人がやってくる途中だなんて、夢にも思っていない。ひょっとすると、そいつはもう家のなかにいて、鎌で脆い茎を切るように、彼の生命の糸を切ろうと待ちかまえているところかもしれない。じっと彼の顔を見つめ、目に死の兆候があらわれないかをさぐっていれば、殴られても気にならなかった。なにが自分を待ちかまえているかに、彼が気づきさえすれば、それでいい。

しかし、ガルボスはいつまでもぴんぴんとして、元気なままにみえた。五日目、死神がその任務を怠たっているのではないかと疑いはじめたとき、ガルボスが納屋で悲鳴を上げるのを聞いた。ぼくは、彼が息をひきとる直前で、司祭を呼んでいるものと期待して駆けていったが、彼は祖父から受け継いだ小さなカメの死体の上にかがみこんでいるだけだった。そのカメはとても馴れていて、納屋のすみっこで生きていた。このカメが村でいちばんの長老だということがガルボスの自慢だった。

というわけで、ぼくは、彼に最期をもたらす、ありとあらゆる手段を使い果たしてしまった。そうこうするあいだにも、彼はぼくを苦しめる新しい方法を考え出した。カシの木の枝に両腕をくくりつけてぼくをぶら下げ、ユダをその木の下に放つ。そうしたことが何度かあった。二輪馬車に乗って司祭があらわれなければ、この遊びはいつまでも続いたはずだ。

この世界が巨大な石の丸天井となってぼくの頭上に迫ってくるように思えた。司祭に事情を話そうかとも思ったが、司祭はガルボスをただ戒めるだけで、けっきょくは、言いつけたことが理由でまたぶたれるだけのような気がした。村から逃げだす計画を練ったこともあったが、近くにはドイツ軍の前哨基地が多く、今度つかまって、ジプシーのみなし子と見られたら、どんなことになろうともふしぎではなかった。

ある日、お祈りをする者には神様から特別に百日から三百日まで「贖宥《しょくゆう》」なるものが与えられると、司祭が老人に説くのを耳にした。その農民がその言葉の意味を理解できないでいると、司祭は長々と解説した。おかげで、ぼくは祈りを多く捧げれば捧げるだけ、多くの日数の贖宥が与えられ、それはまたその者の人生にたちまち影響を及ぼすものだと分かった。じっさい、捧げられる祈りの数が多ければ多いほど、暮らしはらくになり、少なければ少ないほど、耐えなければならない災難や苦痛が増えるのだ。

とつぜん、この世界を統《す》べるパターンのなんであるかが、うるわしいまでにくっきりとぼくに明かされた。なぜある者は強く、ある者は弱く、なぜある者は自由で、ある者は奴隷で、なぜある者は金持で、ある者は貧乏で、なぜある者は健康で、ある者は病弱なのかが分かった。恵まれた連中は、祈ることで贖宥の最高の日数を稼ぐことの大事さをひとより先に悟ったというだけなのだ。どこか、はるか天上で地上から来る祈りのすべてが仕分けされ、だれもがひとりひとり、贖宥の日数をためておく容器を持っているのだ。

果てしない天国の牧場が容器で埋まっている光景を想像した。ある容器は大きくて、贖宥の日がつまって膨れあがっているし、ある容器は小さく、ほとんど空っぽだ。別のところにはぼくのようにまだ祈りの価値に目覚めていない人間の便を考えて、未使用のいれものが置かれているのも見える。

ぼくはなんでもひとのせいにするのはやめた。悪いのはぼく自身なのだ。あまりにも愚かなあまり、人間や動物や事物の世界を統べている法則を見つけられなかったのだ。しかし、いまになって、この人間世界には秩序があり、正義もまた存在することを知った。ひとは祈りを唱えるだけでいいのだ。それもいちばんたくさんの贖宥の日数を手に入れられる祈りに集中すればいい。そうすれば、神の助手のひとりがすぐさま新しい信者を登録し、収穫時に小麦の袋を積み重ねるように、贖宥の日を蓄えるための場所が割り当てられるだろう。ぼくは自分に自信があった。短期間に他の連中よりも多くの贖宥の日を集め、ぼくの容器はみるみるいっぱいになり、天国はぼくにはもっと大きな容器をあてがうことになるだろう。そしてそれさえもが溢れてしまって、教会ほどもある大きないれものが必要になるだろう。

ぼくはさりげなく司祭に祈禱書を見せてほしいと頼みこんだ。そして、贖宥の日数の数がいちばん大きな祈りがなんなのかにあたりをつけると、司祭に説明を求めた。司祭はぼくがある種の祈りばかりを好み、ほかの祈りに無関心なのにいくらか驚いたが、ぼくの頼みを聞きいれ、その祈りの文句をくり返し読んで聞かせてくれた。ぼくは全身全霊の力を集中してそれを暗記しようと努力した。まもなく、ぼくは完全に覚えてしまった。新しい人生をはじめる用意ができた。必要なことがらはすべて身につけ、懲罰と屈辱の日がいずれは過去のものになると知ると、ぼくは大きな喜びを感じた。これまではだれだって簡単に潰せるような虫けらだった。そのちっぽけな虫けらが、これからは近寄りがたい牡牛になれるのだ。

時間を無駄に費やしている場合ではなかった。少しでも暇があれば、ひとつでも多く祈りを唱えれば、天上での勘定において余分に贖宥の日数を稼ぐことができた。ぼくはもうすぐ神の恩寵に浴し、ガルボスに苦しめられなくてもよくなるだろう。

いまやぼくはすべての時間を祈りに捧げた。ぼくはむにゃむにゃと早口で次々に祈りを唱え、贖宥の日数をたいして稼がせてはくれない祈りも、たまに間にはさんだ。位の低い祈りをまるで軽視したと天には思われたくなかった。ひとが神を出し抜くことなんてできないのだから。

ガルボスはぼくになにが起きたのか理解できないでいた。たえず息をひそめてなにやらぶつぶつ言い、彼の脅しにもけろっとしているぼくを見て、ぼくがジプシーの呪いをかけようとしているんじゃないかと疑いだした。ぼくは彼にほんとうのことを話したくなかった。言えば、策を講じて、ぼくに祈るのを禁じるか、もっと悪くすると、ぼくよりも信仰歴の長いキリスト教徒のひとりとして、天におけるその影響力を使ってぼくの祈りを帳消しにしたり、ぼくの祈りの一部を横取りしたりして、どう見ても空っぽに違いない自分の容器に移してしまうかもしれないと考えた。

彼は前にも増してしばしばぼくをぶった。なにかを言いつけられて、それがちょうど祈りの真っ最中だったりすると、せっかく稼いでいる贖宥の日をとりこぼすのが厭で、すぐに返事をしないこともあった。ガルボスはぼくが生意気になったと思って、ぼくの性根を入れ替えようとした。彼は、ぼくが自分を過信して司祭に折檻のことを話すことを恐れてもいた。こうしてぼくの生活は、祈ることと打たれることのくり返しで費やされるようになった。

ぼくは、夜明けから日暮れまで絶え間なく祈りを唱え、稼いだ贖宥の日数を数え忘れるほどだった。しかし、贖宥の日数がどんどん積み重ねられていく光景だけは手にとるように見えていた。そして、やがては聖人のだれかが天の牧場を散歩している最中に立ち止まって、地上から祈りの群れがスズメの群れのように舞いあがってくるのを満足げに眺めることになる。そして、そのすべてが黒い髪に黒い目をした少年から出てくるものなのだ。天使たちの会合でぼくの名前が口にされ、地位の低い聖人の会合から高い聖人の会合へと場所をかえて同じことがくり返され、しだいに天の玉座に近づいていくのが目に見えるようだった。

ガルボスは、ぼくが日に日に彼に対して敬意を払わなくなっていると考えていた。いつも以上にはげしく打たれているあいだでも、ぼくは贖宥の日数稼ぎに余念がなかった。とにかく、苦痛なんて、やってきてもやがては消えるもので、反対に贖宥の方は永遠にその容器のなかに収まっている。いま現在がぼくにとってひどい状態なのは、未来を改善するためにこのようなすばらしい方法があるということにもっと早く気づかなかったせいだ。であるだけ、これからは時間を失う余裕などない。失った歳月の埋め合わせをしなければならないのだ。

ガルボスは、ぼくがジプシーのトランス状態にあると思いこみ、このままではろくなことがないと考えた。ぼくは祈っているだけだと言ってはみたが、信じてもらえなかった。

彼の恐れがまもなく的中することになった。ある日、牛が納屋の扉を破って、隣の庭に入りこみ、かなりの損害を与えた。隣人は怒り狂い、斧を持ってガルボスの果樹園にやってきて、仕返しにナシやリンゴの木をぜんぶ伐り倒した。ガルボスは酔いつぶれて眠りこけており、ユダは鎖につながれていて手も足も出せなかった。さらには留《とど》めを刺すかのように、翌日にはキツネが鶏小屋に押しいり、いちばん卵をよく産むお気に入りが何羽も殺《や》られ、同じ日の晩、こんどはユダが前足の一撃で追い討ちをかけた。ガルボスは大枚をはたいて極上の七面鳥を買い入れたばかりだったが、その自慢の七面鳥が無残に殺されたのだ。

ガルボスは弱りきっていた。自家製のウォトカを飲んで酔っぱらい、本音を口にしたのだ。彼の守護聖人の聖アントニオが怖くさえなかったら、とっくにぼくを殺していたところだという。それに、ぼくが彼の歯を数えていたということ、だからぼくを殺せば彼の寿命を何年も縮めることになるということも知っていた。もちろん、ユダが偶然にぼくを殺したというのであれば、ぼくの呪いに脅える必要もなく、聖アントニオから罰せられることもないのだと、彼はつけ加えた。

そうこうするあいだに、司祭が館で病気になった。彼はどうやらうすら寒い教会で風邪を引いたものらしい。熱にうなされ、部屋で横たわりながら、独り言を言ったり、神に話しかけたりしていた。ぼくはガルボスからの見舞いだといって、卵を届けさせられた。ぼくは柵に昇って、なかの様子をうかがった。司祭の顔は青白く、そのベッドのまわりでは、背の低い、まるまると太って、髪を束ねたお姉さんとやらがあたふたと立ち働いていて、村の女魔術師が瀉血《しゃけつ》を試みていた。ヒルを体に吸いつかせると、そいつはみるみるうちに膨らんだ。

ぼくはびっくりした。司祭は、信仰深い生活を送っているあいだに、たくさんの贖宥の日数を蓄えていたはずだ。それなのに、だれもと同じように病気で臥せっている。

新しい司祭が館に着いた。年寄りで、禿げていて、痩せこけ、羊皮紙のような顔をしている。法衣には紫色の帯を着けていた。籠を持って帰っていくところを、ぼくは呼びとめられ、どこから来たかと尋ねられた。ぼくの浅黒い肌に気がついたようだ。オルガン奏者はぼくらがいっしょなのを見て、急いで司祭に小声でなにか言った。司祭はぼくに祝福を与え、歩み去った。

それからオルガン奏者は、この司祭はぼくが教会であまり人目につくのを好まないと話してくれた。教会にはたくさんの人間が集まる。司祭自身は、ぼくがジプシーでもユダヤ人でもないと信じているが、疑い深いドイツ人はそうは考えず、教区全体がきびしい取立てを受けて苦しむことになるかもしれないというのだった。

ぼくは急いで教会の祭壇へと走った。ぼくは必死になって祈りの文句を唱えた。そして、さらに贖宥の日数が約束されている祈りだけをくり返した。時間の余裕はあまりなかった。それに、よくは分からないが、なにしろ祭壇で、神の御子の涙に潤んだ目に触れながら、聖母マリアの母親らしいまなざしに見守られて祈りを捧げるのは、他のどこで祈るのと比べても重みが違う。天国への近道が用意されているかもしれないし、線路を走る汽車のように、もっと速い乗り物を使って、特別配達人が天上へと届けてくれるかもしれない。オルガン奏者は、ぼくがひとり教会にいるのを見て、新しい司祭の言いつけを改めて思い起こさせた。それでぼくは、祭壇やなじみの聖具にしぶしぶ別れを告げたのだった。

ガルボスは家でぼくの帰りを待っていた。家に入ったとたん、ぼくは家の隅っこにある空き部屋へと引きずられていった。その部屋の天井のいちばん高い梁《はり》のところに、大きな鉤針が六十センチほどの間隔で二本打ちこまれ、それぞれの鉤には、革紐が把手として結びつけられていた。

ガルボスは椅子に昇ってぼくを高く持ち上げ、それぞれの手で把手をつかむように言った。それからぼくをぶら下がらせておいて、部屋のなかにユダを連れてきた。出ていくと、外から鍵がかかった。

ユダはぼくが天井からぶら下がっているのを見ると、いきなりジャンプして、ぼくの足に咬みつこうとした。足を持ち上げたので、ぎりぎり食いつかれずにすんだ。もう一度助走をつけてやりなおしたが、今度も大丈夫だった。さらに何度かくり返したが、けっきょくはあきらめて横になり、待機に入った。

ぼくはユダから気が抜けなかった。だらりとぶら下がると、足は地上から二メートル足らずで、ユダなら容易に跳びつける高さだ。どのくらいこんなふうにぶら下がっていなければならないのか、ぼくには分からなかった。ガルボスは、ぼくが落っこちてユダの餌食になればもうけものと思っているのだろう。そうすれば、この数か月、彼の口の奥にある黄色い、親知らずまで含めて、ガルボスの歯を数えてきた努力が、すべて水の泡と化してしまう。ガルボスはしょっちゅうウォトカで酔っぱらい、口を開けていびきをかくので、そんなとき、ぞっとするような歯を苦心して数えたというのに。これが彼に対するぼくの武器だった。あまりいつまでもぼくをぶってくるようなとき、ぼくは自分の歯の数を彼に思い起こさせた。それが信じられないなら自分で数えてみればいい。ぼくは、彼の歯のことなら、どんなにぐらぐらしていようと、腐っていようと、歯茎のなかにほとんど隠れていようと、一本一本まで知っていた。もしぼくを殺したら、ガルボスはほんの二、三年しか生きられないのだ。しかし、ぼくがここから落ちて、待ちかまえているユダの牙にかかった場合には、彼は一点のやましさも感じる必要はない。恐れることはなにもないし、守護聖人の聖アントニオだって、ぼくの事故死ということで、彼に完全な赦しをさえ与えるかもしれない。

ぼくの肩は感覚を失ってきた。ぼくは重心を移動させ、両手を開いては閉じ、ゆっくりと両足の力を抜き、危険を覚悟で床の近くまで下ろした。ユダは隅っこで眠ったふりをしている。しかし、ぼくはそれが向こうの思う壺だということを知っていた。向こうだって同じだ。ぼくにはまだ余力があって、彼がぼくに跳びつくよりも前に足を持ち上げられることを知っていた。だから、ユダはぼくが疲れきるのを待っていたのだった。

体の痛みは二方向に走っていた。ひとつは手から肩や首にかけてで、もうひとつは足から腰にかけてだ。それらは別々の痛みで、体の中心に向かって、まるで二匹のモグラが両側から地下を掘り進むようだった。両手の痛みはまだ耐えられた。体重を片方の手からもう一方へと移し変え、休ませている手の筋肉をほぐし、それから重心を移し変えて、もう一方の手に血が戻ってくるまで、片手でぶら下がっていればいい。それにひきかえ、両脚とおなかのあいだからくる痛みはしつこかった。いったん、おなかに痛みが居つくと、それはしぶとくそこに留まった。材木の節の裏側に居心地のよさそうな場所を見つけて、永遠に留まる木喰い虫のようだ。

うす気味悪く、鈍い、全身を貫くような痛みだ。ガルボスがぼくに警告する際によく例に挙げたひとりの男が感じたのも、こんなふうな痛みだったに違いない。その男は、村の有力な農民の息子を裏切って殺したのだが、その父親は古くからのやり方で息子の殺人者に制裁を加えることに決めた。二人の従兄たちに手伝わせて、父親は息子を殺した男を森にひっぱっていった。そこで父親たちは四メートルほどの杭を、一方の端を巨大な鉛筆みたいに削って鋭く尖らせた。それを地面に寝かせ、先の尖っていない方の端を木の幹にくさびで留めた。それから一頭の頑丈な馬に犠牲者の足を一本ずつくくりつけ、男の股ぐらの高さを、待ちかまえている木の尖端と同じにした。軽く後ろから押された馬は、先の尖った杭に向かってその男をひきずっていった。木の尖端は、がちがちにこわばった男の体に食いこんでいった。木の先っぽが犠牲者の内臓までぐさりと入りこむと、男たちは串刺しになった男ごと杭を持ちあげ、あらかじめ掘っておいた穴に押し立てた。そして、そのまま男がゆっくりと死んでいくがままにしたのだという。

いま、天井にぶら下がっているぼくには、その男が、むくんだ胴体の脇に垂れている腕を、無関心を装う空に向けて持ち上げようとしながら、夜に向かって遠吠えをする姿が見え、その叫びが聞こえるような気がした。男は、パチンコで木から撃ち落とされ、ばさっと落ちたところに先の尖った枯れ草があったときの鳥に似ていたに違いない。

いつまでも無関心を装いながら、ユダが下で目を覚ました。欠伸し、耳の後ろを掻き、しっぽのノミを漁《あさ》る。ときたま横目でこっちを見たが、ガニ股にしたぼくの足を見て、うんざりした様子で顔を背けた。ぼくが裏をかかれたのは一度きりだった。やつが寝たのはほんとうだと思い、ぼくは足を伸ばした。ユダは、待ってましたとばかりに床を蹴って、バッタのようにジャンプした。足の片方を持ち上げるのが間に合わず、ぼくはかかとの皮膚をひきむしられた。恐怖と激痛のあまり、ぼくは危なく落ちるところだった。ユダは勝ち誇ったように舌なめずりをして、壁際へと退いた。やつは薄目を開けてぼくを見張り、次の機会を待った。

もう限界まで来ているような気がした。ここは跳びおりて、ユダから身を守る場合の算段をはかることにした。拳を上げるまもなく喉笛を食いちぎられることは分かっていたが、それでもだ。時間がもったいない。そのとき、ぼくはとつぜん祈りのことを思い出した。

ぼくは体重を一方の手から別の手へ移し、首を動かし、両足を上下に動かしはじめた。ユダはぼくに力が残っているのを見て、がっかりした様子を見せた。最後に、彼は壁ぎわまで戻り、知らぬふりをした。

時は過ぎ、祈りの数は増大した。何千という贖宥の日がワラ葺《ぶ》きの屋根を通り抜けて天へと昇っていった。

午後遅く、ガルボスが部屋に入ってきて、汗びっしょりのぼくの体と、床に溜まった汗の池を見た。彼は鉤針から荒っぽくぼくを降ろし、犬を蹴散らした。その晩、ぼくは歩くことも腕を上げることもままならなかった。マットレスに横たわり、そのままの格好で祈った。贖宥の日を何百何千となく稼ぐことができた。これで天には畑の小麦よりもたくさんの贖宥の日が蓄えられているに違いない。いつだって、どんな瞬間だって、報告は天へと伝えられなくてはならないはずだった。ひょっとすると、まさに今、聖人たちがぼくの人生の根本的な改善について話しあっているところかもしれない。

ガルボスは毎日毎日ぼくを吊り下げた。朝のこともあれば、夕方のこともあった。そして彼がキツネや泥棒を恐れていなかったら、そしてユダが中庭に必要でなかったら、夜にだってそうしたことだろう。

結果は、毎度毎度同じだった。ぼくに余力があるあいだ、犬は静かに床に体を伸ばして、眠っているか、のんびりとノミを取るふりをしている。腕や足の痛みがひどくなってくると、やつはぼくの体内でなにが起きているのかを感じとったかのように、そわそわしだした。汗が噴き出して、張りつめた筋肉を伝って小川のように流れ、ぴちゃぴちゃと規則的な音を立てて床に落ちた。足を伸ばそうものなら、ユダは決まって跳びかかってきた。

何か月かが過ぎた。ガルボスは酔っぱらってばかりで、働く気をなくしていたので、いよいよ農場ではぼくが必要になった。彼はとくにぼくに使いみちがないと感じたときしか吊さなくなった。そして、酔いから醒めて、おなかを空かせた豚の鳴き声や、もうもういう牛の鳴き声を聞くと、彼はぼくを鉤針からおろし、働きに行かせた。ぼくの腕の筋肉は宙吊りに馴れ、何時間でも余裕をもって拷問に耐えられるようになっていた。いまでは、腹痛は遅れてやってくるようになっていたが、さしこむ痛さが厄介だった。また、ユダはぼくに跳びつく機会はぜったいに見逃さなかった。いまではぼくの油断につけこめるとは思えなくなってきているに違いなかったが、それでもだ。

把手にぶら下がっているあいだ、ぼくは、他のことはそっちのけで、祈りに専念した。力が弱ってくると、落っこちる前に、あと十や二十の祈りはくり返せるはずだと自分に言い聞かせた。それだけの祈りを終えると、さらにもう十か十五の祈りを約束した。いつだろうとなにかが起こる、そして、余分に唱えて得た何千という贖宥の日が、この瞬間にも自分の命を救ってくれると信じていた。

ときには苦痛や言うことをきかなくなった腕の筋肉から注意を逸らすために、ぼくはユダをからかって遊んだ。まず、いまにも落ちるかのように見せかけて、ぶらんぶらんと体を揺すった。犬は吠え、ジャンプして、怒りをむき出しにした。やつが寝てしまいそうになると、叫んだり、唇を鳴らしたり、歯ぎしりをしたりして彼を寝かせなかった。ユダにはなにが起きているのか理解できなかった。ぼくの我慢も限界だと思って、狂ったように跳びかかってくるが、闇のなかで壁に体をぶっつけては、扉のところに置いてある椅子をひっくりかえす。痛くてうめき声をあげ、ぜえぜえと息をはき、ついにはおとなしくなってしまう。その機会をとらえて、ぼくは足を伸ばす。部屋のなかに疲れきった動物のいびきがこだまするあいだ、ぼくはここまで辛抱したことに対して褒美を与えて、元気を取り戻した。千日分の贖宥に対して片方の足を伸ばすというご褒美、十の祈りに対して片腕を休めるというご褒美、そして十五の祈りに対して、大きく体重を移動させるというご褒美。

ときどき思いがけないときに、掛け金をはずす音がして、ガルボスが入ってきた。ぼくがまだ生きているのを見て、ユダに悪態をつき、犬が悲鳴をあげ、小犬のようにくんくん言い出すまで、犬を蹴ったり打ったりした。

そのあまりの剣幕に、神がみずからこの瞬間に彼をつかわしたのではないかと思ったぐらいだった。しかし、彼の顔を見るかぎり、そこに天啓の跡は認められなかった。

もう前ほどにはぶたれなくなった。吊り下げには多くの時間がかかったが、農場にも手間をかけなければならなかった。なぜ彼はいつまでもぼくを吊すことをやめなかったのだろう。何度やっても埒《らち》が明かなかったのに、それでも犬がぼくを殺すことをほんとうに期待していたのだろうか？

ぶら下げられたあとは、回復に時間がかかった。筋肉は紡ぎ車の糸のように伸びきって、なかなか正常な長さにまで戻ろうとしなかった。動くのもままならなかった。ぼくは、自分が花の重みを支えようとするヒマワリの硬直した弱々しい茎になったような気がした。

仕事をぐずぐずしていると、ガルボスはぼくを蹴り、怠け者を家に置いておく気はないし、ドイツ軍に身柄を引き渡すぞと言って嚇《おど》かした。ぼくは、自分がどんなに役立つかをアピールしようとして必死に働いたが、彼は絶対に満足しなかった。酔っぱらうと決まって、ぼくを鉤針に吊し、その下にどこまでも辛抱強いユダを待機させたのだ。

いつしか春も終わりに近づいていた。ぼくはもう十歳になり、毎日毎日の積み重ねでどれほどたくさんの贖宥の日が蓄えられたか、だれも想像がつかないだろう。教会の大祭日が近づいていて、村人は祭りの衣装を準備するのに大忙しだった。女たちは野生のタイムやモウセンゴケ、菩提樹やリンゴの花、それに野生のカーネーションで花輪を作った。これを教会で祝福してもらうのだ。教会の本堂や祭壇は、ブナやポプラやヤナギの緑の枝で飾られていた。この祭りのあと、これらの枝はとても重宝された。野菜や麻や亜麻の畑に植えるとその成長を早め、作物を疫病から守る効用があったからだ。

祭りの当日、ガルボスは朝から教会に出かけた。ぼくはぶたれた痕が痛んだので、農場に残った。教会の鐘の音が切れ切れに、畑を通り越して聞こえてきた。日なたをうろついていたユダさえもがこれには立ち止まり、聞き耳を立てた。

聖体祭《コルプス・クリスティ》だった。神の子の御体を、他のどんな祭日にもまして感じることができる日だと言われていた。その日は猫も杓子もが教会に行く。罪人も正義の人も、日ごろから祈り続けている人も祈らない人も、金持も貧乏人も、病人も健康な人も。しかし、ぼくは同じ神の被造物でもよりよい生活なんて望めそうもない犬とともに、ひとり残された。

ぼくはくよくよせずに決心をした。ぼくが蓄えた祈りが、多くの若い聖人たちの祈りにさえ引けを取らないことは確かだ。そして、これらの祈りはまだ目に見える結果をもたらしてはいないが、正義を掟とする天国ではきっちり見てもらえているに違いない。

なにも恐れることはなかった。ぼくは、畑と畑を隔てている畦道を通って、教会に向かって出発した。教会の中庭は、すでによそゆきを着た村人や、派手な飾りつけをした馬車や馬でぎっしり埋めつくされていた。ぼくは人目につかない隅っこにしゃがみこんで、そでの扉から教会に忍びこむ隙をうかがっていた。

そのときとつぜん、教会の女中に見つかってしまった。今日の儀式に選ばれていた若い侍者のひとりが中毒をおこしたというのだ。ぼくはすぐに祭服室に行き、服を着換えて、代役をつとめることになった。新しい司祭がそう決めたのだという。

熱気が押し寄せてきた。ぼくは空を見た。ついに天国のだれかがぼくに気がついた。収穫期にジャガイモが高く積みあげられるように、ぼくの祈りが山積みされるのが見えた。もう少しの辛抱で、ぼくは神のもと、その祭壇、神の司祭がお守りくださる安全地帯へとたどりつけるだろう。これはほんのはじまりだ。これからは今までとはちがった、楽な生活が始まる。嘔吐で空っぽになった胃のなかを、それでも絞り出すまでひとを揺さぶってきた恐怖とも、これでおさらばだ。芥子《けし》のさやが風でポンと開くようにあっけない。もうガルボスにぶたれることも、吊り下げられることも、ユダの恐怖もない。新しい人生が、目の前に広がっていた。そよ風の心やさしい息吹きに揺れる黄色い麦畑のようにスムーズな人生がぼくを待っていた。ぼくは教会へと駆けこんだ。

なかに入るのは容易ではなかった。派手に着飾った群衆が教会の中庭にはあふれ、ひしめきあっていた。ぼくはたちまち見つかって、矢面に立たされた。農民たちがぼくのところに殺到して、コリヤナギの枝や馬の鞭でぼくを打ちはじめ、老人たちはそれを見て、立っていられないほど笑い転げた。ぼくは馬車の下にひっぱっていかれ、馬のしっぽにくくりつけられた。ぼくはまたたくまに楫棒《かじぼう》のあいだに固定され、馬はいななき、後足で立ち、ぼくは一度、二度蹴られてから、やっと逃げ出した。

ぼくはがたがた体を震わせながら、祭服室へとたどり着いた。体が痛くてしかたなかった。司祭は早く始めたいのに、ぼくがすぐに来ないことにいらついていた。補佐役たちもみんな祭服を着終わっていた。ぼくは、侍者の少年が着る、袖のないマントをまとうあいだも震えっぱなしだった。司祭が目を離すと、そのたびに他の少年たちがぼくの足をひっかけたり、背中をつついたりした。司祭はぼくがぐずぐずしているのをいぶかって、とうとう腹立ちまぎれにぼくをぐいと突き飛ばした。ぼくはベンチに倒れ、腕を傷つけた。ようやく準備が整った。祭服室のドアが開いて、信者が待ち受けている、しーんとした教会のなかで、ぼくたちは祭壇下の、司祭の左右に三人ずつ席をとった。

ミサは華やかに進められた。

司祭の声はいつもよりもメロディアスで、オルガンは何千という荒れ狂う心臓とともに轟き渡った。侍者の少年たちは細々と教えこまれた役目を厳かに果たした。

ふいにぼくの隣に立っていた少年がぼくのわき腹を突っついた。彼は首をしゃくってぼくに祭壇の方を向かせようとした。ぼくはなにごとかと目を瞠《みは》ったが、頭に血がのぼって、こめかみがずきずきした。少年がもう一度合図した。司祭がぼくの方をちらちら見ながら、なにかをさせたがっていることに気づいた。しかし、なにをだろう？　ぼくはパニックに陥り、息がつまった。少年がぼくの方に向き、ミサ典書を運ぶんだと、こそっと囁いた。

そのとき、ミサ典書を祭壇の一方から、反対側へと運ぶのが、ぼくの勤めだということが分かった。以前に何度も見たことがある。侍者の少年が祭壇に近づき、典書をそれが立っている台に載せたままつかんで、祭壇の正面のいちばん低い階段の中央まで下がり、両手に典書を持ったままひざまずき、それから立ち上がって、祭壇の反対側まで運び、最後にもとの席に戻るのだ。

こんどはぼくがこれらすべてを果たす番だった。

ぼくは会衆みんなの視線を感じた。とたんに、オルガン奏者は、まるでジプシーが神の祭壇で助手を務める光景にわざと重きを置くかのように、オルガンを弾きやめた。

恐ろしいばかりの沈黙が教会を包んだ。

ぼくは膝ががくがくするのをがまんして、祭壇へと段を昇った。聖人や学者が何世紀もかかって神のいやます栄光のために集めた神聖な祈りで満たされている聖なる書物であるミサ典書は、真鍮の球が先端にとりつけられている足のついた、重たい木のお盆に立てられている。まだそれに手もかけないうちから、ぼくにはそれを持ちあげ、祭壇のもう一方の側まで運んでいくだけの力がないのが分かった。かりに台がなくても、本はそれだけでもぼくには重すぎた。

しかし、いまさら、あとへ引くわけにはいかない。祭壇の手前に立った。蠟燭の細い炎がぼくの目のなかでゆらめく。そのなんともあやふやなゆらめきが、十字架にはりつけになったイエスの苦痛に悶える体を、ほとんど生きているかのように見せた。しかし、その顔をしっかり見ると、こっちを見ているようには思えなかった。イエスのまなざしはどこか下の方、祭壇よりも、ぼくたちみんなよりももっと下の方へと注がれていた。

後ろで、そわそわとせきたてるような物音が聞こえた。ぼくは汗ばんだ手のひらを典書のひんやりした盆に添えて、深呼吸をして全神経を集中させ、それを持ちあげた。つま先で階段の縁をさぐりながら、用心深く後ろへ下がった。とつぜん針がちくっと刺したかのように、いきなり典書の重みに圧倒され、ぼくの体は後ろへぐらついた。ぼくはよろけて、体のバランスをとり戻せなかった。教会の天井がぐるぐるまわった。典書がお盆ごと、階段を転がり落ちた。図らずも、咽喉の奥からぼくは悲鳴を上げていた。そして、それとほとんど同時に、頭と肩を床に打ちつけた。目を開けたとき、怒りで顔を真っ赤にした顔がぼくの上にあった。

ぼくは乱暴に床からひきずりあげられ、正面玄関へとひっぱっていかれた。唖然とした群衆は、さっと二手に分かれた。階上席から男の野次がとんだ——「ジプシーの吸血鬼め！」すると、一斉にたくさんの声がこれに応じた。みんなの手が乱暴きわまりない荒々しさでぼくの体をおさえつけ、爪をたてた。ぼくはそこから抜け出して泣き叫び、慈悲を乞いたいと思ったが、咽喉から声が出てこない。もう一度やってみた。その声がぼくには出なかった。

新鮮な空気が火照った体に触れた。農民たちはぼくを大きな肥溜の方へとまっすぐに引きずっていった。それは二、三年前に掘られたもので、その隣の、十字を象《かたど》った小窓のついた狭い屋外便所は、司祭にとって自慢の代物だった。このあたりではここにしかこれはない。農民たちは畑でそのまま自然の欲求を満たすことに慣れており、そんなものを使うのは教会に来たときだけだった。しかし、司祭館の反対側に新しい穴が掘られていた。古い穴は満杯で、風が悪臭をしばしば教会に運んできたからだ。

ぼくは、なにをされるのかが分かって、ふたたび大声を出そうとした。しかし声は出てこなかった。ぼくが抵抗するたびに、ごつい農夫の手がぼくの上に落ちてきて口や鼻をふさいだ。穴からの悪臭が強くなってきた。すぐそこのところまで来ている。もう一度身を振りほどこうと暴れたが、男たちはぼくをしっかりとおさえつけ、教会での出来事を話しつづけた。ぼくは吸血鬼で、正式ミサが台無しにされたことで村にはかならずや災難が降りかかるだろうと、彼らは思いこんでいた。

ぼくたちは穴の縁のところで止まった。その茶色の、皺の寄った表面は、熱々のソバ粉のスープの表面にできる身の毛のよだつ皮のように、悪臭を放ってわきたっていた。その表面には、指の爪くらいの大きさの小さな白いウジ虫が無数にうごめいていた。その上には雲のようなハエの群れが旋回し、美しい青や紫の胴体を太陽にきらめかせ、単調なうなりをたてながら、ぶつかりあっては、一瞬、肥溜に落下し、それからまた高く飛びあがった。

ぼくは吐きそうで吐けなかった。農民たちはぼくの手と足をつかんでぶらぶらさせた。目の前を青空に浮かぶ蒼ざめた雲が流れていった。ぼくはひょいと茶色の汚物の真っ只中に投げこまれた。体の重みで表面は裂け、ぼくはそこに呑みこまれた。

ぼくの上で陽光が消え、息苦しくなった。本能的に両手両足をばたつかせ、ぼくはねっとりした液体のなかでのたうちまわった。底に触れたとき、ぼくは必死に底を蹴っていた。どろどろの液体に押し上げられるようにしてぼくは浮き上がった。ぼくは口を開け、一気に空気を吸いこんだ。それからふたたび表面の下に吸いこまれ、ぼくはあらためて底を蹴って体を押し上げた。穴は一平方メートルあまりしかなかった。ぼくはもう一度、底を強く蹴った。今度こそ縁にたどりつくつもりだった。ぼくは水流に呑まれてまた沈みそうになったが、ぎりぎりのところで、穴の端の上に伸びていた、長くて丈夫そうな草の蔓《つる》を手にした。ぼくは、ぼくを呑みこみたいのか呑みこみたくないのかよく分からない相手と揉み合いながら、穴の土手っぷちに体を引き寄せた。目はぬるぬるしたものに覆われて、ほとんどなにも見えなかった。

ぬかるみを這いでると、たちまち突き上げる嘔吐感におそわれた。それがあまりにも長いあいだ続いたために力を消耗し、すっかりへとへとになって、アザミやシダ、ツタの刺すような、灼けるような草むらにベタッと横たわった。

遠くにオルガンの音やみんなの歌声が聞こえていた。ぼくは考えた。ミサが終われば村人たちが教会から出てくるだろう。そして、草やぶのなかでまだ生きていることが見つかれば、またしても穴に放りこまれて溺れさせられるだろう。ここは逃げるしかないのだ。だからぼくは森に向かって走った。太陽は体にこびりついた茶色い外皮をパンのように焼いた。大きなハエや昆虫の大群がぼくにつきまとった。

木蔭に入るとすぐに、ぼくはしっとりとして、ひんやりしたコケの上に転がり、冷たい木の葉で体をこすった。木の皮を剝いで、体に残った汚物をそぎ落とした。髪の毛には砂をすりこみ、それから草のあいだを転げまわり、もう一度吐いたのだった。

そのときとつぜん、自分の声になにかが起きたのかを自覚した。叫ぼうにも、あけた口のなかでは舌がぺろぺろ動くだけだった。ぼくは声を失っていた。ぼくは怖くなり、体から冷汗がにじみ出てきた。こんなことがあるはずはないと思った。そして、声はかならず戻ってくると自分を説き伏せようとした。しばらく待って、もう一度挑戦した。なにも起こらなかった。森の静けさは、うるさくつきまとうハエの羽音に破られるだけだった。

ぼくは坐りこんだ。ミサ典書の下敷きになりながらあげた最後の叫び声が、まだ耳のなかでこだましていた。あれがぼくの口にできた最後の叫びだったのだろうか？　ぼくの声は、ひとりぼっちのカモの鳴き声が大きな湖の上をさまようように、あの叫び声といっしょに逃げていってしまったのだろうか？　それはいまどこにいるのだろう？　声がただひとり、教会の屋根の高いアーチを描いた丸天井の肋《あばら》のような穹窿の下をぷわぷわ飛んでいるようすが目に浮かんだ。ぼくの声は、冷たい壁面や聖画にぶつかり、太陽光線がほとんど通らない分厚いステンドグラスにぶつかるのだった。ぼくは、それが暗い通路を通って、あてもなくさまようのを目で追った。それは祭壇から説教壇へ、説教壇から階上席へ、階上席からふたたび祭壇へと、オルガンの重層和音とうねるような会衆の歌声に流されるようにして漂うのだった。

目を閉じると、いままでに会ったことのある、いわゆる、すべての啞者《おし》のひとたちが行列をなして通り過ぎていった。それほど数は多くないが、話せないことがだれもかもを似たような風貌に見せていた。無意味に顔をしかめることで、声を失った代用とする。手足をむちゃくちゃに動かすことで、いくら待っても出てこない言葉の代役をつとめさせる。周囲の連中は、そういっただれでもをいつも胡散臭そうに見る。体を震わせ、顔をしかめ、顎からぼたぼた涎《よだれ》を垂らす彼らは、見慣れない生き物のように見えるのだ。

　口が利けなくなったのには、なんらかの理由があるはずだった。ぼくがまだどうしても連絡を取ることのできずにいるなにか大きな力が、ぼくの運命を定めたのだ。ぼくは、それが神、あるいは神に仕える聖人のひとりだとは思えなくなってきた。大量の祈りを積み重ねたことで、ぼくの成績は申し分ないはずだから、ぼくの贖宥の日は数えきれないほどのものであるはずだ。神が、こんな怖ろしい罰をぼくに与える理由はなにもない。ぼくはおそらく神ではない力に対して、怒りを買ってしまったのだ。世の中には、神がなんらかの理由で見放したものに触手をのばしてこようとする諸々の力が存在するのだ。

　ぼくは教会からどんどん離れ、深まりゆく森へと入っていった。太陽が差しこんだことのない黒土からは、遠い昔に伐り倒された木の幹がつき出している。その切り株は、手足をもがれ、それ以上成長することもできない体なのに、体を覆うものすらない傷病兵のようなものだった。それらは、ぽつんと寂しく立っていた。小さく縮こまり、うずくまって、光と空気を得ようと上に伸びていこうとする力もない。どんな力もこの状況を変えることなんてできない。樹液があっても、枝葉にまで行き渡ることはないだろう。木の幹の地面すれすれのところにある大きな節は、死んだような目をして、生きている仲間たちの揺れる梢《こずえ》を、見えない瞳で永遠に見つめている。風によって引き裂かれることも、いいようにもてあそばれることもなく、それらは森の地面の湿気と腐食の犠牲となって、ゆっくりと朽ちていくのだろう。

12

村の子どもたちが森に寝転がりながらぼくを待ち伏せしていた。とうとうその連中に見つかったとき、ぼくにはなにか恐ろしいことが起こるのではないかという予感があった。ところが、予想に反して、ぼくは村長さんのところへ連れて行かれた。彼は、ぼくの体にただれや腫れ物がないかどうか、ぼくが十字を切れるかどうかを確かめた。そして、何軒かの農家にぼくをあずけようとして断られたあと、マカールという名前の農夫を見つけてきて、その男にぼくを差し出した。

マカールは、集落から遠く離れたところに農場を持って、息子と娘とともに暮らしていた。奥さんはどうやらずいぶん前に亡くしていたようだ。村で彼のことを知る者は少なかった。ほんの数年前に越してきたばかりで、余所者あつかいを受けてきた。しかし、妙な噂が流れていて、マカールが他の連中を避けているのは、彼が息子だと呼んでいる若者、そして娘だと呼んでいる若い女と二重に罪を犯しているからだという。マカールは、背が低く、どっしりした体に、太い首をしている。彼は、ぼくがジプシーの言葉を話すことを見破られないように、声が出ないふりをしているだけではないかと怪しんだ。夜になると、ときたまマカールはぼくが寝ている小さな屋根裏にとびこんできて、無理やりにも恐怖の叫びをあげさせようとした。ぼくは体を震わせて目をさまし、餌をもらおうとしているヒヨコのように口を開けたが、声は出てこなかった。彼はじっとぼくを見ていたが、がっかりしたようだった。この実験は何度かくり返されたが、最後に彼は諦めた。

息子のアントンは二十歳だった。青白い目をして、まつ毛のない、赤毛の青年だ。父親と同様、村の連中からは相手にされず、だれかが話しかけても、ぼうっとして相手を眺め、静かにそっぽを向いた。みんなから「ウズラ」と呼ばれ、それは独り言ばかり言っていて、ひとの声には返事をしないところがウズラのようだったからだ。

娘のエヴァは「ウズラ」より一歳年下だった。背が高く、ブロンドで、体が細く、熟する前の洋ナシのような胸、そして木柵の棒と棒のあいだを簡単に通り抜けられる程度の腰をしている。エヴァも村には行かなかった。マカールが「ウズラ」を連れて、近くの村々にウサギやウサギの毛皮を売りにいくときも、彼女はひとり家に残った。ときおり、このあたりでイカサマ治療師のようなことをしているアヌルカが彼女に会いにきた。

エヴァも村の連中から好かれてはいなかった。農民たちは、エヴァの目には天馬がやどっていると言っていた。甲状線腫で首が変形したり、声がしゃがれたりしているのを、農民たちは笑った。それに、エヴァがいるせいで牛が乳を出さなくなったので、だからマカールはウサギとヤギしか飼わないのだと、みんなは言う。

この変てこりんなマカール一家は村からたたき出し、家は焼いてしまうべきだと、村の連中が口にするのも何度か小耳に挟んだ。しかし、マカールはそのような脅しには耳を貸さなかった。彼はいつも袖に長いナイフを忍ばせていた。その狙いはきわめて正確で、一度なんか、五歩ほど離れたところから壁を這っているゴキブリを仕留めたほどだ。それに、「ウズラ」はいつもポケットに手榴弾をひそませていた。それは死んだパルチザンが身につけていたもので、彼や身内にいやがらせをするやつがいると、本人や家族をそれで脅かした。

マカールはよく訓練された猟犬を裏庭に飼っていた。ディトコという名前だった。庭をとりまく離れには、ウサギの檻がずらっと何列も並んでいた。檻と檻を仕切るのは金網だけだった。ウサギは、においを嗅ぎながらたがいに通じあい、一方、マカールはウサギを一望のもとに見渡せた。

マカールはウサギ飼育のプロだ。手持ちの檻のなかには、裕福な農家でも高くてなかなか手が出せない、珍種のウサギがたくさん飼われている。また、農場には四頭の雌ヤギと一頭の雄ヤギがいて、「ウズラ」が乳を搾ったり、牧草地に連れて行ったり、その面倒をみた。ときには、ヤギたちといっしょに納屋に閉じこもることもあった。商いがうまくいって帰ってきたようなとき、マカールは息子と二人で飲んだくれ、ヤギたちのところに出陣した。二人はそこでお楽しみの最中だと、エヴァは意地悪そうに仄めかしたものだ。そんなときには、だれも近づけないように、入口のところにディトコがくくられた。

エヴァは兄と父が好きではなかった。マカールと「ウズラ」にヤギのところで午後をずっといっしょに過ごすよう無理強いされるのを恐れて、何日間も母屋を出ようとしないこともあった。

エヴァは料理を作っているとき、ぼくをそばに置いておきたがった。ぼくは野菜の皮を剝いたり、薪を運んだり、灰を捨てに行ったりして、彼女を手伝った。

ぼくは、彼女の足元に腰を下ろして、キスをするように言われたこともあった。ぼくはそのほっそりとしたふくらはぎにしがみつき、かかとから順番に、ゆっくりと、はじめは軽く唇をつけ、それから、手でしなやかな筋肉にそって撫で、膝の裏の柔らかなくぼみに口をつけ、すべすべした白い太ももを這い上がりながら、唇を這わせたものだった。ぼくは少しずつスカートを持ち上げる。ぼくは、せかすように背中を軽く叩かれ、大急ぎで上に昇っていき、口をつけながら、柔らかな肉を軽く嚙むようにした。温かい土手にたどり着くと、エヴァの体は痙攣するように震えだした。指を荒々しくぼくの髪に走らせ、首をかきいだいて、耳をひねり、しだいにあえぎ声を速くしていった。それから、ぼくの顔を強く自分自身に押しつけ、絶頂に達したあと、満足しきってベンチに倒れこんだ。

ぼくはそのあとに続くことがらも好きだった。エヴァは股を開いてぼくを挟みこんだまま、ベンチに坐りなおして、ぼくを抱きしめ、愛撫し、首や顔にキスをした。ぼくが彼女の青白い目を見つめると、彼女の乾いたヒースのような髪の毛がぼくの顔に落ちかかる。エヴァの顔から首筋、そして肩にかけて、緋色の赤みが広がっていく。ぼくの両手や口がふたたび元気を取り戻す。エヴァは体をおののかせ、深く息をつく。その口は冷たくなって、彼女は震える手で、ぼくを自分の体に押しつけるのだった。

男たちが来るのを聞きつけると、エヴァは、髪やスカートを直しながら台所に駆けこみ、ぼくはウサギ小屋へと夜の餌やりに走ったのだった。

そのあと、マカールと「ウズラ」が寝てしまうと、エヴァはぼくのところに食事を運んできた。ぼくがそれをかきこんでいるあいだ、エヴァはぼくの横に裸で寝そべり、熱心にぼくの足を撫で、髪の毛にキスをし、時間を惜しむようにぼくの着ているものを剝ぎとった。ぼくたち二人は並んで横になり、エヴァは体をぴたっとぼくに押しつけ、こんどはここ、こんどはそこに、キスをして、吸ってと言った。ぼくはエヴァの言いつけに従い、それがたとえ苦痛なことでも、意味のないことでも、なんでもやってのけた。エヴァの動きは痙攣に変わり、ぼくの体の下で悶えるかと思えば、こんどは馬乗りになって、次はぼくを彼女の上にまたがらせ、ぼくをがっちりつかまえると、背中や肩に爪をくいこませた。ぼくたちはほとんどの夜をこうやって過ごした。ときにうとうとすることもあったが、目が覚めると、ふたたびエヴァの沸き立つような欲望に身を任せるのだった。彼女の全身は秘められた内部の爆発と緊張に痛めつけられているようだった。それは、まるで乾かすために板の上に広げられたウサギの皮のようにぴんと張りつめるかと思えば、ぐったりと弛《たる》むのだった。

ときには、エヴァがウサギ小屋までぼくをさがしに来ることもあった。「ウズラ」がヤギといっしょで、マカールがまだ家に帰っていないようなときだ。二人はいっしょに柵を越え、高く伸びた小麦畑に姿を隠した。エヴァが案内役をつとめ、安全な隠れ場所をさがしだした。ぼくらは石ころだらけの地面に横たわり、エヴァはぼくに早く脱げとせきたて、じれったそうにぼくの服を引きずりおろした。ぼくは彼女の上に倒れこみ、その気まぐれにつきあって、いちいち欲望を満たしてやった。そのあいだ、垂れ下がった麦の穂がぼくたちの上で穏やかな湖のうねりのようにどよめいた。エヴァは一瞬の眠りにつく。ぼくは黄金色をした麦の流れに目を走らせ、太陽の光線のなかをブヨがおずおずと舞う姿を眺めたものだった。はるか上方では、ツバメが複雑な旋回をして、晴天を約束してくれていた。チョウチョはのんびりとなにかを追いかけるように環を描き、一羽のタカは、なんの疑いも抱かないハトかなにかを待ちうけて、空高く浮いている。まるでいつまでもなにかを警告しているかのように。

ぼくは安心しきって幸せを味わっていた。エヴァはまどろみながら体を動かし、その手は本能的にぼくをさがし求めていた。手がぼくの方にのびてくる途中で、麦がへし折られた。ぼくは彼女の上に這いあがり、その股のあいだに体を入れ、やれることをやって、彼女にキスをした。

エヴァはぼくを一人前の男に仕立て上げようとした。夜、ぼくのところにやってきて、ぼくの陰部をくすぐり、痛いのに細いワラを無理やりつっこんだり、強くしごいたり、舐めたりした。ぼくはそれまで知らなかったなにかを感じて驚いた。自分の力ではどうにもならないことが起こりかけていた。それは、突発的で予測がつかず、早いときも遅いときもあったが、その感覚はもはや止められないことが自分でも分かっていた。

エヴァがぼくのかたわらで眠り、なにか寝言をつぶやいているとき、ぼくはまわりにいるウサギの気配に耳をすまし、いろいろなことに思いをめぐらせるのだった。

エヴァのためならぼくにできないことはなにもなかった。火あぶりにされる定めにあるジプシーの、いわゆる唖者《おし》としての運命をぼくは忘れていた。ぼくは牛飼いどもに嘲笑されるような鬼ではなくなった。だから、子どもや動物に呪いをかけるようなこともしない。夢のなかで、ぼくは背の高いハンサムな男に変貌していた。色も白く、青い目で、髪の毛は色褪せた落葉色。ぼくは、ぴっちりした、黒い軍服を着たドイツ軍将校となったのだ。でないときのぼくは、森や湿地の人知れぬ通路に通じた鳥の捕獲者だった。

こういった夢のなかで、ぼくの百戦錬磨の手は村の娘たちに荒々しい情欲をかきたて、彼女たちを好色なルドミラに変えた。娘たちはぼくを追いかけ、花の咲き乱れた森の空き地を走り抜け、ブタクサの群生に囲まれた野生のタイムの上で、ぼくといっしょに横たわるのだった。

ぼくは夢のなかで、クモのようになってエヴァをつかまえ、ムカデのようなたくさんの足をまきつけて、がむしゃらにしがみついた。ぼくは、凄腕の庭師によって枝の張ったリンゴの木に接ぎ木されたちっぽけな小枝のように、エヴァの体のなかでむくむくと成長した。

他にも、何べんもくり返し見る夢があり、それはまた違った種類の幻想をもたらした。ぼくを大人にしようとするエヴァの試みはたちどころに成功した。ぼくの体のその部分は信じられないサイズの巨大なシャフトになっていた。残りの部分は変わらないままなのにだ。ぼくは見るも恐ろしい化け物と化した。檻に入れられ、みんなが鉄格子越しにぼくを見て、げらげら笑った。すると、エヴァが群衆をかきわけながら全裸でやってきて、ぼくといっしょになって、グロテスクな抱擁を交わすのだった。ぼくのその部分はエヴァのなめらかな体の上でとんでもない大きさになる。魔女のアヌルカが大きなナイフを手にして、ひっそりと待ち構えていて、娘からぼくを切り離し、ぼくをずたずたに切り刻んで、アリたちにくれてやろうと虎視眈々と狙っている。

夜明けの物音がこの悪夢を終わらせた。メンドリが鳴き、オンドリが鬨《とき》をつくり、ウサギはおなかを空かせて足踏みをする。ディトコは、それらにいらついて、うなり、そして吠える。エヴァはこっそりと母屋に帰り、ぼくは二人の体温で温まった草をウサギたちに譲った。

マカールは、毎日何度かウサギ小屋のなかを調べた。ウサギをみんな名前で覚えていて、どんなに小さな異状にも気がついた。何羽かお気に入りの雌がいて、そのウサギが草を食んでいると、マカールは檻の前に坐りこんでじっと見とれていた。また、乳呑み子がいたときには、その檻を離れようともしなかった。マカールはとくにそのなかの一羽にぞっこんだった。それはピンクの目をした大きな白ウサギだった。その雌をマカールはよく母屋に連れていき、何日間かそこに泊まらせた。そのあと、そのウサギはひどく具合が悪そうだった。こうした外泊のあと、大きな白ウサギはしっぽの下から血を流していることがあった。餌をやっても食べようとせず、どうみても病気だった。

ある日、マカールがぼくを呼びつけて、白ウサギを指さし、殺せと言った。ぼくはとても彼が本気だとは思えなかった。白ウサギの雌は、純白の毛皮は珍しいということで、とても高価だったからだ。それに、彼女はとても大きいし、確実にたくさんの子どもをうめそうな体だった。マカールは、ぼくもウサギも見ないで、もう一度、ぼくに命令した。ぼくはどうしてよいか、まるで分からなかった。マカールは、ぼくにはウサギをすぱっと苦痛を感じさせないで処理するだけの力がないと考え、いつも自分でウサギを殺していた。ぼくの仕事は、皮を剝いで毛を梳《す》くことだったのだ。仕事が終わると、エヴァがおいしいウサギ料理をこしらえてくれたものだ。ぼくがもじもじしているのを見て、マカールはぼくの頰にびんたを食らわせ、もう一回、ウサギを殺せと言った。

雌の白ウサギは体が重く、中庭までひっぱっていくのもひと苦労だった。しかも、きいきい鳴きながらもがくので、後足をつかんで高々と持ち上げ、耳の後ろに致命的な一撃を加えるというわけにはいかなかった。そうなったら、体を持ち上げないで、殺すしかなかった。ちょうどよい折りを見て、ぼくは力いっぱいその生き物を殴りつけた。ウサギは横倒しになった。留《とど》めを刺すために、もう一度殴った。てっきり死んだと思いこんで、ぼくはそいつを専用の支柱に吊した。砥石でナイフをとがらせ、そして皮剝きにとりかかった。

最初に脚の皮から切った。皮を傷めないようにしながら、注意深く筋肉から繊維を切り離す。一刀ごとに、皮を引きおろし、首のところまできた。首は難しい部分だった。耳の後ろを殴ったために出血が多く、皮と筋肉の見分けがつかなかったのだ。大事なウサギの毛皮を少しでも傷つけるとマカールを怒らせるので、もしこの毛皮を傷物にしたらどんな目に遭うかと考えただけで気が重かった。

さらにいっそうの注意を払いながら、皮を剝がしにかかった。ゆっくりと皮を頭の方へとひっぱっていく。そのときとつぜん、ぶら下がっているウサギの全身が小刻みに震えた。冷汗が全身をおおった。一瞬手をとめたが、ウサギの体はじっとしたままだった。ぼくはひと心地ついて、あれは目の錯覚だったと自分に言い聞かせ、仕事を続けた。そのとき、ふたたび、ウサギの体がぴくりと動いた。ウサギは気絶していただけに違いなかった。

ぼくは彼女を殺そうと棍棒を取りに走ったが、おぞましい金切り声に足がすくんだ。半分だけ皮を剝がれた死体が、ぶら下げられた支柱の上で、じたばたもがいていた。すっかり途方にくれたぼくは、暴れるウサギを柱のところから逃がしてしまった。ウサギはどしんと落ち、そのまま前へ後ろへと走りだした。垂れ下がった皮をひきずり、とめどなく悲鳴を上げながら地面を転げまわる。おがくずや葉や土や肥やしが、血に塗れたむきだしの体にへばりついた。ウサギはいよいよ激しくのたうちまわった。目の上に皮がはたはたとかぶさって、方向感覚を完全になくしたウサギは小枝や雑草を体にくっつけ、途中まで引きずりおろした靴下が走っているみたいだった。

耳をつんざくようなウサギの悲鳴に、庭は修羅場と化した。恐怖におびえたウサギたちが、小屋のなかで狂ったようになった。興奮した雌たちは子ウサギを踏みつけ、雄は内輪喧嘩をはじめ、壁にしりを打ちつけて、金切り声をあげる。ディトコは跳びあがって、鎖をひっぱる。メンドリは飛んで逃げようとして必死に羽ばたくが、それがうまくいかないので、悔しまぎれに、トマトや玉葱の山のなかになだれこむ。

ウサギはいまや真っ赤な血塗れになって、それでも走りつづけていた。草のなかを突進し、ウサギ小屋に戻ってきた。かと思えば、豆畑を抜けようと懸命になった。だらりと垂れ下がった皮がなにか障害物にひっかかると、彼女はそのたびに足止めを食らって、ぞっとするような悲鳴をあげ、血を噴き出させた。

とうとうマカールが斧を片手に家のなかから跳び出してきた。マカールは血だらけのけものを追いかけ、一撃のもとに彼女を真っ二つにした。それから、血のかたまりを何度も打ちしごいた。顔からは血の気が引いて黄色く、口からはぞっとするような悪態をついた。

ウサギの血に塗れた肉片だけがあとに残ったとき、マカールはぼくを見つけ、怒りに身を震わせながら、ぼくの方に向かってきた。体をかわす余裕はなく、ぼくはおなかを蹴られ、息もつけず、柵をとび越してふっ飛ばされた。目がぐるぐるまわった。皮膚が黒頭巾になって頭上に落ちてきたかのように、なにも見えなくなった。

このひと蹴りのおかげで、ぼくは数週間、動けなかった。ぼくは古いウサギ小屋にずっと横たわっていた。一日に一度、「ウズラ」かエヴァのどちらかが、食べ物を運んできてくれた。エヴァがひとりのこともあったのだが、ぼくの具合が悪そうなのを見ると、なにも言わずに出ていった。

ある日、ぼくの怪我の話を聞いたアヌルカが、生きたモグラを運んできた。そして、ぼくの目の前でそれを引き裂いて、その動物の体が冷え切るまで、ぼくのおなかにあてた。終わると、アヌルカはこれでぼくはすぐによくなるだろうと太鼓判を押した。

ぼくはエヴァがそばにいなくてさびしかった。あの暖かみ、声、感触、微笑が懐かしい。早くよくなろうと努力したが、意志の力だけではどうにもならなかった。立とうとするたびに、腹部に激痛が走り、しばらくは体が麻痺して動かなかった。小屋から這い出して小便をするのにもたいへんな苦痛をともない、それは諦めて、寝床におもらしをすることもしばしばだった。

そこへとうとうマカールが覗きにきて、もし二日以内に仕事に戻らなければ、ぼくを農民連中に引き渡すと言った。彼らは鉄道の駅まで割当て分の供出に行くところだし、あの連中は喜んでぼくをドイツの憲兵隊に引き渡すだろうと。

ぼくは歩く訓練をはじめたが、足がいうことをきかず、すぐに疲れがきた。

ある晩、外で物音が聞こえた。板のすきまから覗くと、「ウズラ」が父親の部屋に雄のヤギを連れていくところだった。マカールの部屋には灯油ランプがほんのりと燃えていた。

雄ヤギはめったに外には出されなかった。大きなヤギで、悪臭を放ち、獰猛で、だれが相手でも恐れない。ディトコでさえ彼にはちょっかいを出さないように控えていた。雄ヤギはメンドリや七面鳥を襲い、頭を木柵や木の幹に打ちつける。一度、追いかけられたことがあるが、「ウズラ」が来てヤギを連れていくまでウサギ小屋に隠れていた。

マカールの部屋への予期せぬヤギの訪問が怪しいとにらんだぼくは、母屋のなかが見渡せるウサギ小屋の屋根に昇った。しばらくすると、シーツに身をくるんだエヴァがなかに入ってきた。マカールは雄ヤギに近づき、動物が十分に興奮するまで、下腹部をブナの小枝で撫でまわした。それから、棒きれで何度か軽く叩き、無理やり棚に前足をついて雄ヤギを立たせた。エヴァはシーツをひらりと落としたが、恐ろしいことに、下にはなにもつけていなかった。その彼女がヤギの下にするっとまわりこんで、まるで男にするように、ヤギにしがみついた。ときおり、マカールはエヴァを横に押しのけ、動物をさらに興奮させた。そして、彼はエヴァを雄ヤギと激しく合体させたのだった。エヴァは体をゆすり、腰を突き出し、そして雄ヤギを抱きしめた。

ぼくのなかでなにかが崩れ落ちた。ぼくの頭のなかはばらばらになって、まるでこわれ甕《がめ》のように、砕けちった。何度も何度も破裂して、深い泥水のなかに沈んでいった魚の浮き袋のように、自分を空虚に感じた。

これでなにもかも、目からうろこが落ちるように明らかになった。人生に非常な成功を収めている人間について、世間がよく使う表現は、この家族にぴったりあてはまっていた。「やつは悪魔と手を結んでいる」のだ。

農民たちは、仲間うちのことを、魔王ルシフェルだの、死神だの、物欲の神マンモンだの、殺人鬼だのから援助を受けているやつらだと言って、たがいを罵りあっていた。もしも悪の力がそれほど容易に農民たちに利用できるものなのなら、悪魔たちはおそらく、ひとりひとりのすぐそばにひそんでいて、少しでも励まされたり、弱みを見せたりされると、ほいほいとびついていくのだろう。

ぼくは悪霊たちがどんなふうに自分のはたらきをするのかを頭に思い描こうとした。ひとびとの心や魂は、耕された畑と同じように悪魔の力に対して無防備だ。悪魔たちはこの畑へとひっきりなしに邪悪な種子を播《ま》きにやってくる。もしその種子が芽を出し、自分たちが歓迎されていると分かると、悪霊はなんにでも手を貸すのだ。それが利己的な目的だということ、そしてもっぱら他人に害を与えるために役立てられること、それが条件だ。悪魔との契約に署名をした瞬間から、その人間が自分のまわりにいる連中に危害や悲惨さや損傷や苦渋の思いを与えれば与えるほど、その人間はよりいっそうの助太刀《すけだち》を期待できるのだ。他人に損害を与えることに腰が引けたり、愛情や友情や同情といった感情に屈したりした場合には、その人間はとたんに弱者となる。その人生は、彼が他人に対して二の足を踏んだだけの苦難と敗北を覚悟しなければならなくなるだろう。

人間の魂に巣食ったそいつらは、人間の行為ばかりでなく、動機や感情にも鋭く目を光らせている。要は、自覚的に悪に肩入れせよ、そして、ひとを傷つけ、できるだけ多くの悲惨さや苦痛をひき起こすように計算されたやり方で悪霊どもに認められた恐るべき力をはぐくみ、発揮することに喜びを見出せ、ということなのだ。

ある目標を達成するために憎悪、貪欲、復讐、拷問といった手段にすがろうという十分に強い熱意を抱いたものだけが、悪魔とのあいだにはうまい取引を結べるようだった。気持ちがふっきれず、目的意識も定かでないまま、呪いと祈り、居酒屋と教会のあいだで道に迷った人間は、神からも悪魔からも助けを得られず、たったひとりで、一生涯、もがき苦しまなければならない。

いまのところ、ぼくはそういったなかのひとりだった。この世の真の法則をどうしてもっと早くに見定められなかったのかと思うと、そんな自分が悔しかった。確実に悪霊たちのおめがねにかなうのは、十分な憎悪と悪意を内にためこんでいることをとっくに表に出せた人間だけだ。

悪魔に魂を売り渡した人間は、一生、その影響下にあるだろう。そういう人間は、ときに、いかに多くの悪行をはたらいたかをひけらかしてみなければならない。しかし、そういった悪行は、ひとしなみに格付けされるわけではない。ひとりの人間を傷つける行為に、大勢の人間に危害を加える行為ほどの価値がないことは明らかだ。悪事においては、その結果もまた重要だった。若者の人生を破滅させることは、老い先長くない老人に同様のことをするよりも確実に大きな価値があった。それ以上に、だれかに対して行なわれた悪がその相手の性格を変え、彼を悪の道へと導くことになったなら、そのときは特別にボーナスが与えられた。というわけだから、単に無実の人間を殴るだけでは、他の人間を憎むように相手を仕向けるほどの値打ちはない。しかし、値打ちと言えば、大勢の人間が束になって憎悪を抱くことにこそ、最大の価値があった。ブロンドで、青い目をしたひとびと全員に、黒い目の黒い髪のひとびとに対する根深い憎悪を植えつけた人間がどれだけの報酬を得たものか、ぼくには想像もつかない。

ぼくはドイツ人がなしとげた成功の驚異をも理解しはじめていた。司祭はかつて農民に向かって、ドイツ人は、はるか昔から戦争を好んでいたと説明していたではないか？　彼らは平和に魅力など感じたことがなかった。彼らは土を耕すことを望まず、だいたい、一年ものあいだ収穫を待つほど忍耐強くなかった。連中は、他の部族を襲い、彼らから穀物を奪うことをよしとした。ドイツ人は、だから悪霊たちに認めてもらえたのだろう。ひとに危害を加えることに熱心なあまり、ドイツ人はまるごと自分たちを売りに出すことで合意したのだ。ドイツ人があのすばらしい能力や才能を授かったのは、それが理由だ。異民族に悪事をはたらくに際して、あれほどまで洗練されたやり方が用いられた理由も同じだ。成功こそが悪の循環を産み出す。害を加えれば加えるほど、さらに秘められた悪の力が手に入る。悪魔的な力を手にすればするほど、彼らはいっそう悪事を果たしうるのだ。

だれもそれを止めることはできない。彼らは無敵だ。彼らは天才的な腕前でその役目を果たした。周囲へも憎悪を波及させ、いくつもの民族全体に殲滅《せんめつ》を言い渡したのだった。ドイツ人というドイツ人は、生まれたらすぐに悪魔に魂を売り渡しておかなければならない。これこそが彼らの強さの泉になる。

真っ暗なウサギ小屋のなかで、冷汗がたらたらと体を伝った。ぼく自身も多くの人間に憎しみを覚えた。うんと強くなって戻り、連中の集落に火を放ち、子どもや家畜に毒を盛り、みんなを死の沼地におびき寄せる日のことを、何度夢見たことか。ある意味でぼくはすでに悪の手先に採用され、彼らと契約を結んでいた。いまのぼくに必要なのは、悪を広めるために必要な手助けだ。とにかく、ぼくはまだとても若い。ぼくには彼らに譲り渡すべき未来が残されていて、ぼくが憎悪を温め、悪に対する欲求を高めていけば、それは有毒な雑草のようにはびこり、その種子をたくさんの畑にばらまくことができる。悪霊たちがそう考えていたとしても少しもおかしくない。

ぼくは自分が少し強くなり、自信が持てるようになったと感じた。受け身でいられる時代は終わった。善行や祈りや祭壇や司祭や神の力を信じたがために、ぼくは声を奪われてしまった。エヴァに対する愛情や彼女のためならどんなことでもしようとする欲望も、それ相当の報いを受けた。

いまこそ、ぼくは悪霊どもから援助を受けている連中の仲間入りをするのだ。まだまだ現実的な貢献と言えるようなことはなしとげられていない。しかし、そのうち、ドイツ人の指導者と同程度には傑出した人物になれるだろう。名誉や褒賞もだが、他の連中を可能なかぎり繊細なやり方で滅ぼすことのできる力もおまけに期待できるだろう。ぼくと関わりを持った連中も、そのときはまた悪に染まるのだ。彼らは破壊の任務を遂行し、その成功のひとつひとつがぼくに新しい力を授けてくれるだろう。

こんなところで油を売っている場合ではない。憎悪のためのポテンシャルを、自分を行動に駆りたて、悪霊たちの注目を浴びられるところまで高めなければならなかった。ほんとうに悪霊が存在するのなら、ぼくを利用する機会を見逃すような時間の余裕はあまりないはずだ。

ぼくはもう痛みを感じなかった。ぼくは母屋の方へ這っていき、窓越しになかをのぞきこんだ。そこでのヤギとの戯れは終わっていた。獣は部屋の隅っこにおとなしく立っていて、エヴァは、「ウズラ」としっぽり楽しんでいた。二人とも素っ裸で、かわるがわる上になったり、下になったりで、カエルのように跳びあがったり、床の上を転げまわったり、エヴァが教えてくれたやり方そのままに抱きあったりしている。マカールも裸でそばに立って、上から二人を見下していた。娘がもがいたり、蹴ったりしはじめ、「ウズラ」が木柵の杭のように体を直立させているのを見て、マカールは二人の上にひざまずき、娘の顔に体を寄せた。あまりの巨体に、交わる二人が見えなくなった。

ぼくはまだしばらくそれを見ていた。その光景は、まるで氷柱《つらら》を伝う水滴みたいに、ぼくの痺れた脳裏をつつっと走った。

とつぜん、なにか行動を起こしたいという気分になり、よろよろしながら外に出た。ぼくの動きに慣れているディトコは、ただうなっただけで、また眠りについた。ぼくは村の反対側の先にあるアヌルカの家へと向かった。そこに忍び寄り、「ながれ星」はないかと方々をさがした。ぼくがあらわれたのに驚いたメンドリがうるさく鳴きだした。ぼくは小さな玄関を覗きこんだ。

その瞬間に老婆は目を覚ました。ぼくは大きな樽の後ろにしゃがみ、アヌルカが一歩を踏み出したとたん、この世のものとは思えないうなり声を発して、そのわき腹を棒でつついた。年老いた魔女は、叫び声を上げて走りだし、菜園のトマトを支えている支柱に足を取られながら、神やすべての聖人に助けを求めた。

ぼくは風通しの悪い部屋にもぐりこみ、まもなくストーブの側に古びた「ながれ星」を発見した。まだ赤々と燃えている燃えさしを「ながれ星」にすくいこんで、ぼくは森に向かってダッシュした。背後では、アヌルカの金切り声と犬のびっくりした声、そして彼女の叫び声にしぶしぶ反応する犬や農家のみんなが立てる、たいへんだという声が聞こえてきた。

13

その季節だと、村から逃げるのにもさして苦労はなかった。男の子たちが自家製のスケートを靴につけ、頭の上にキャンヴァス地の布を広げながら、沼地や牧草地をおおっている、滑らかな氷の表面を風に身を任せて滑る姿をしばしば眺めたものだ。

湿地は村と村のあいだに何キロも広がっている。秋には水位が上がり、アシや灌木は水没してしまう。小魚や他の生き物が沼地ではみるみる繁殖する。ときには頭をこわばらせて持ち上げ、懸命に泳ぐヘビを見かけることもある。湿地は一帯の湖や池のようにすぐには凍らなかった。風が吹いたりアシがそよいだりすることで水をかきまわし、凍結を防いでいるかのようだ。

しかし最後には、なにもかもが氷に覆われる。背の高いアシの葉先と、そこここに突き出ているわずかな小枝も霜に覆われ、その上に雪片が危なかしく乗っかった。

風はじゃじゃ馬のように荒れ狂う。人間の住む集落を迂回し、平坦な湿地帯でスピードを上げ、粉雪を舞わせ、枯れ枝や乾いたジャガイモの茎を吹き飛ばし、氷のあいだから突き出している高木の鼻っ柱をへし折るように、その先端をなびかせる。風にもいろいろな風があり、それぞれがぶつかりあい、とっ組み合いをして、陣地を広げようと必死なのだ。

ぼくはいつかは村を去らなければならないと考えていたので、スケートはあらかじめこしらえてあった。一方の端が曲がった二本の長い木切れに太目のワイヤーをとりつけた。それからスケートに穴をあけて紐を通し、これも自分でこしらえたブーツにしっかりと結えつけた。ブーツは木でできた長方形の靴底とウサギ皮の屑からできていて、表面をキャンヴァス地で強化してある。

ぼくは湿地帯に入るところでブーツにスケートを装着した。燃えさかる「ながれ星」を肩にかけ、頭上に帆を広げる。目に見えない風がぼくを手で押してくれた。突風が吹くたびにスケートはスピードを上げ、ぼくを村から遠ざけてくれた。スケートは氷上を滑り、ぼくは「ながれ星」の暖かみを感じていた。いまやぼくは、広大な一面の氷の真っ只中にいた。うなりをたてる風がぼくを運んでくれ、縁のところだけが明るみを帯びた黒雲が、旅の道連れだった。

果てしない白い平原を飛翔しながら、ぼくは自由と孤独を感じた。それはまるで空高くを舞うムクドリのようで、疾風が起こるたびに翻弄され、そのスピードに気づくゆとりもなく、ただその流れに従い、気ままなダンスにひきこまれていくのだった。熱に浮かされたような風の力に自分を任せて、ぼくはもっともっと大きく帆を広げた。この地方の人たちが、風は疫病や麻痺や死をもたらす敵だと言って窓を閉めるのが信じられなかった。悪魔は風の主人で、風は主人の邪悪な命令を実行に移すというのが、いつでも彼らの言い分だった。

帆をふくらませる大気がいまやぼくをどんどん前へと押しやった。ときたま凍った茎が表面に突き出していて、それをよけながら、ぼくは氷上を滑走した。太陽はぼんやりとしていて、ぼくがようやく止まったとき、肩やかかとはがちがちに凍っていた。休憩して、温まることに決めたが、「ながれ星」に手を伸ばしたとき、火が吹き消されているのに気がついた。わずかな火花のかけらもない。どうしてよいか分からず、恐怖のあまり、がっくりと膝をついた。村には戻れない。向かい風と戦うだけの力はなかった。あたりに農場があるかどうか、それも夜の帳《とばり》が降りる前にそれが見つかるかどうか、それに、かりに見つかったとしてもそこに泊めてもらえるかどうかも分からなかった。

びゅーびゅーうなりをたてる風のなかに忍び笑うような声を耳にした。悪魔が堂々めぐりをさせてぼくを試し、ぼくが彼の申し出を受けいれる瞬間を待ちうけているのかもしれないと思うと、身震いがきた。

風がぼくをびしびし鞭打っているあいだに、それ以外にもいろんな囁きや呟きやうめき声が聞こえてきた。悪霊どもがついにぼくに食指を動かしたのだ。ぼくに憎悪を植えつけるために、やつらは、まず両親からぼくを離し、それからマルタとオルガをぼくから取りあげ、大工の手に渡し、ぼくから声を奪い、さらにエヴァを雄ヤギにくれてやったのだ。いま連中は、凍てついた荒野にぼくを引きずり出し、ぼくの顔面に雪を投げつけ、頭のなかを混乱に陥れている。ぼくは連中の手に落ち、ひとりぼっちで、遠くの村と遠くの村のあいだに広げられたガラスのような一枚のシートの上にいる。やつらはぼくの頭上でトンボ返りを打つだけで、ぼくを思いのままにどこへでも向かわせられるのだ。

ぼくは時間のことは気にしないようにして、痛む足をひきずりながら歩きだした。一歩一歩が苦痛で、何度も何度もひと息入れなければならなかった。氷の上にぺたんと腰を下ろし、凍りついた足をなんとか動かそうとした。髪の毛や服からはたき落とした雪で頬や鼻や耳をこすったり、こちこちになった指を揉んだり、かじかんだ爪先になんとか感覚をとり戻そうとしてみたりしながら。

太陽は地平線にさしかかり、その傾いた光線は月光と変わりがないくらい冷たい。腰を下ろすと、周囲の世界が、几帳面な主婦が注意深く磨いたばかりでかいシチュー鍋のように見えた。

ぼくはキャンヴァス地の帆を広げられるだけ頭上に広げ、荒れ狂う風をなるべく利用して、西日の差すほうに向かってまっしぐらに進んでいった。そして、ほとんど希望を捨てかけたときだった。遠くにワラ葺《ぶ》きの屋根がぼんやりと目に入ったのだ。まもなく、村がはっきりと見えてきたとき、柄の悪い子どもたちの一群がスケートでぼくの方に近づいてくる姿が目に飛びこんできた。「ながれ星」がないぼくにとって、彼らは脅威の的で、鋭角に針路を変えて、ぼくは村のはずれをめざすことにした。しかしもう遅かった。連中はぼくに気づいていた。

子どもたちの一群はぼくの方に向かってきた。風に逆らって逃げようとしたが、息が切れ、だいたい両足で立っていられなかった。ぼくは「ながれ星」の把手を持ったまま、氷の上にへたりこんでしまった。子どもたちがそばまで来た。十人、いやもっといただろう。腕を大きく振りながら、たがいに支えあって、向かい風をものともせず、ぐんぐん近づいてきた。風が彼らの声を押し戻し、ぼくにはなにも聞こえなかった。

かなり近くまで来ると、連中は二手に分かれ、用心深くぼくを囲いこんだ。ぼくは氷の上でちぢこまり、キャンヴァス地の帆で顔を覆いながら、ほっといてくれないものかと願った。

子どもたちは疑わしそうにぼくを取り囲んだ。ぼくは連中に気づかないふりをした。なかでも強そうな少年が三人で近づいてきた。「ジプシー」と、ひとりが言った。「ジプシーのみなし子だ。」

残りのみんなは静かに立っていたが、ぼくが立ちあがろうとすると、とびかかられ、両手を羽交い絞めにされた。みんなは調子に乗ってきて、顔やおなかを殴ってくる。血が唇の上で凍り、片方の目をふさいだ。いちばん背の高い少年がなにか言った。他の連中は、そうだ、そうだ、と頷いているように見えた。

何人かがぼくの足をおさえ、何人かがぼくのズボンをひきずりおろしはじめた。なにをしたがっているのかは分かっていた。牛飼いの一群がたまたま彼らの土地に迷いこんできた別の村の少年を暴行するのを見たことがある。予期しないなにかでも起こらないかぎり、ここは逃げられないということは分かった。

ぼくはズボンを脱がされるままにし、疲れきって戦えないふりをした。ブーツとスケートは、足にしっかり結びつけているので、そこまで連中は脱がせようとはしないだろうと想像した。ぼくがぐったりして抵抗しないようだと気づくと、彼らはぼくをつかんでいた手をゆるめた。一番ごつい、うちの二人が、ぼくのむき出しになったおなかあたりにかがみこんで、凍った手袋でぼくを打った。

ぼくは筋肉に力を入れて、片足を心もち後ろに引き、ぼくの上にかがみこんでいたなかのひとりを蹴とばした。なにかが彼の頭にあたって砕けた。最初、それはスケートかと思ったが、その少年の目からそれを引き抜いたとき、どこも壊れていなかった。もうひとりがぼくの足につかみかかってきた。ぼくはスケートで咽喉のあたりを横ざまに蹴った。二人は大量の血を流しながら氷の上に倒れた。残りのみんなはパニックに陥った。ほとんどの子たちが傷ついた仲間を引きずり、氷の上に血の跡を残して村に戻っていきだした。あとに留まったのは四人だった。

四人は、氷に穴をあけてから魚を釣るときに使う長い棒でぼくをおさえつけた。こっちが抵抗をやめると、近くの穴までぼくを引きずっていった。水際でぼくは必死にあらがったが、やつらはその気だった。二人が穴を広げ、それからみんなで力を合わせてぼくを放り投げ、棒の尖った先で氷の下に押しこんだ。ぼくが浮かび上がってこられないようにするつもりなのだ。

頭上は一面の氷だった。ぼくは堅く口を結び、息をとめた。尖った棒が、その尖端でぼくを下に押しこもうとする。突かれるたびに痛みを覚えた。氷の真下にもぐりこむと、頭や肩や手袋もしていない手が氷にこすれた。それから、次に指先が先の尖った棒にかかったとき、それはぷかぷか浮いていた。もうぼくをつつこうとはしていなかった。連中はそれを手から離していたのだった。

冷気がぼくを包んだ。頭のなかまでがちがちに固まった。ぼくは息苦しくなりながら、するっと下にもぐった。水は浅かった。ぼくの頭のなかにあったのは、棒を使って底を突き、その勢いで体を持ち上げて、氷の割れ目に達しようということだけだった。その棒をつかむと、氷の下を動くときにも支えになった。肺が破裂しそうで、とにかく口を開いてなんでもいいから吸いこもうとしたとき、近くに氷の割れ目があるのに気がついた。もうひと押しだった。すると、頭が水面に浮かび出た。呑みこんだ空気は、煮えたったスープのように咽喉を通過していった。氷のぎざぎざした縁に手をかけ、何度も顔を出さずに呼吸ができるよう、氷にしがみついていた。みんながどこまで行ったか分からないので、しばらく待った方がいいと思ったのだ。

ぼくの顔だけがまだ生きていた。残りの部分は生きた感覚がなかった。氷の一部になったみたいだ。ぼくはなんとかして両足を動かす努力をした。

氷の縁からおそるおそる覗くと、少年たちが遠くの方に消えていくのが見えた。一歩進むたびに影は小さくなっていった。もう十分だと感じたとき、ぼくは氷の表面によじ登った。着ているものが硬く凍りつき、動くたびにぱりぱり音がした。ぼくはジャンプをくり返し、こわばった手足を伸ばし、雪で体をこすったが、温かみが戻ってくるのは一瞬で、すぐに元に戻った。ぼろぼろになったズボンの残骸を足に結びつけ、氷の穴から棒を引き抜いて、それに全身でもたれかかった。風が横から吹きつける。まっすぐ歩くのもひと苦労だった。ふらふらすると、そのたびに棒を足ではさみ、まるで硬いしっぽにまたがるようにして、押しながら前に進んだ。

ゆっくりと村から離れ、遠くに見える森に向かった。午後もかなり遅い時間で、茶色っぽい太陽の円盤は、四角い形をした屋根や煙突に切りとられた。強い風が吹くたびに、ぼくの体からは貴重な温もりが少しずつ奪われた。森に着くまでは一瞬たりとも休んでも止まってもいけないことは分かっていた。木の幹の肌触りが手に取るように見えてきた。びっくりしたウサギが灌木の下から跳び出してきた。

最初の木々のところまでたどり着いたときには、頭がぐらぐらした。まるで真夏のようで、黄金色をした麦の穂が頭上で波打ち、エヴァが温かい手でぼくに触れてきた。食べ物が目の前に思い浮かんだ。ボウルいっぱいの牛肉は、酢とニンニクと胡椒と塩で味つけがされている。田舎風のお粥には、具材として酢漬けのキャベツとぷりぷりのベーコンが入っている。同じ厚さに切られた大麦パンは、大麦とジャガイモとトウモロコシが入ったとろとろのボルシチに浸して食べる。

ぼくはさらに数歩、凍った土の上を歩いて、森に踏みこんだ。スケートが木の根っこや灌木にからまった。つまずいて、木の幹にへたりこむこともあった。しかし、それはあっというまのことだった。ぼくは、柔らかで、すべすべした温かい枕と、羽根布団が積み上がった熱いベッドに体を沈めた。だれかが身をかがめてぼくを覗きこみ、女のひとの声がした。ぼくはどこかに運ばれるところだった。すべてが、湿っぽく、かぐわしい、酔わせるような細かい粒子のたなびく、蒸し暑い夏の夜のなかに溶けていった。

14

ぼくは壁際にどんと置かれた大きな背の低いベッドの上で、ヒツジの皮で体をくるまれながら目を覚ました。部屋のなかは暑いほどで、太い蠟燭の揺れる明りが、埃だらけの床や、チョークのように真っ白な壁や、ワラ葺《ぶ》きの屋根を照らし出していた。煙突のある暖炉のところには十字架がぶら下がっていた。女が坐って高く燃えあがる炎をじっと見つめている。裸足で、目の粗い麻織りのぴっちりしたスカートを穿いていた。たくさん穴のあいたウサギ皮の胴衣は、腰のところまでボタンがはずれている。ぼくが目を覚ましたのに気づくと、近寄ってベッドの上に腰掛けてきた。ベッドはその重みで軋みを立てた。女はぼくの顎を持ちあげて、ためつすがめつ、こっちを見た。目は潤んだような青色だ。にっこり笑うとき、ここでは習慣になっているように、手で口を覆うようなことはしなかった。それどころか、黄ばんだ、不揃いの二列の歯を覗かせた。

女はぼくがよくは理解できない方言でしゃべった。彼女はぼくのことを「かわいそうなジプシー」だの、「かわいいユダヤ人のみなし子」と呼び、ずっとそうだった。最初は、ぼくがいわゆる唖者《おし》だとは呑みこめず、たまに、ぼくの口のなかを覗きこみ、咽喉をとんとんと叩いて、ぼくをびっくりさせようとした。しかし、ぼくがいつまでも無言でいると、やがてやめてしまった。

彼女は、あつあつで、とろとろのボルシチを食べさせてくれ、それからぼくの凍りついた耳や手や足を注意深く診《み》た。ラビーナという名前なのだという。ぼくは彼女といれば安心していられるように思った。ぼくは彼女がとても気に入った。

昼間、ラビーナはもっと裕福な農家、とくにおかみさんが病気だとか、子どもが多すぎるような農家に家政婦として働きに出た。ぼくもよく連れていってもらったので、ぼくはまともな食事にありつけた。村の連中はぼくをドイツ軍に渡すべきだと言っていたのだが、ラビーナはそのような発言は鼻にもかけず、神の前では万人が平等で、自分は銀貨のために隣人を売るようなユダではないと叫んだ。

夜になると、ラビーナはよく家に客を迎えた。都合をつけて家を抜け出してきた男たちは、ウォトカの瓶や、食べ物を入れたバスケットを提げてやってきたものだった。

家には、三人ぐらいなら悠々寝転がれそうなほど、大きなベッドがあった。このベッドの端から壁までにはちょっとしたスペースがあり、袋や敷物やヒツジの毛皮が積んであったのだが、ぼくはそこに寝床を確保してもらった。ぼくはお客さんたちがやってくる前に眠りについたが、歌声や、騒々しい乾杯の叫びに、何度も目が覚めた。しかし、ぼくは狸寝入りを決めこんだ。ラビーナは、半ば心ここにあらずで、それが当然の罰だと言いながら、ぼくに折檻を加えることがあったが、そんなのはいやだった。ぼくは薄目をあけながら、部屋のなかで起こることを見届けたものだ。

酒盛りが始まると、それは夜更けまで続いた。そして、みんなが去ったあとも、たいてい男がひとり残った。その男とラビーナは温かい暖炉に向かいあって坐り、同じコップでお酒をまわし飲みした。ラビーナの体がぐらぐらしはじめ、男にしなだれかかると、男は大きな黒ずんだ手を肉のたるんだ彼女の太ももに置き、ゆっくりとスカートの下へと這わせていった。

ラビーナははじめのうちは素知らぬ顔をしていて、それから少しばかり抵抗してみせる。男はもう一方の手を襟首からブラウスの下にもぐりこませ、彼女の胸をあまり激しく搾りあげるので、ラビーナはひと声、悲鳴をあげ、かすれた声であえいだ。ときには、男が床にひざまずき、ももの付け根に乱暴に顔を押しつけて、両手で彼女のおしりを揉みながら、スカート越しに噛みつくこともあった。男は手を刀のようにしてももの付け根あたりを殴りつけ、ラビーナは体を半分に折って、うめいた。

蠟燭の火がかき消された。二人は暗闇のなかで笑い、汚い言葉を口にして、家具につまずいたりしながら着ているものを脱いだ。おたがいに待ちきれないように、服を剝ぎとり、はずみでひっくりかえった酒瓶は、音を立てて床を転がった。二人がベッドに倒れこむたびに、ベッドが壊れるのではないかとびくびくした。ぼくはいっしょに住んでいるネズミのことを考えたりしていたが、そのあいだ、ラビーナとお客さんはベッドのなかで転げまわり、鼻を鳴らしてくんずほぐれつ、神や魔王の名前を口にして、男は犬のように吠え、女は豚のようにうなった。

真夜中になって、寝ぼけてベッドと壁のあいだに広くできた隙間に落ち、床の上で目が覚めることもよくあった。ベッドがぼくの上でがたがた揺れ、それはひきつるようにして暴れる体の動きでずり動いた。しまいには、床の傾斜にそって、部屋の中央まで移動しはじめるのだ。

ぼくはベッドに這い戻れず、その下にもぐりこんで、壁のところまで押し戻さなければならなかった。そうしてようやくぼくは自分の寝床に戻るのだが、ベッドの下の埃だらけの床は冷たく湿って、猫の糞や、猫がひっぱりこんできた鳥の死骸でいっぱいだった。暗闇のなかを手さぐりで這っていると、べたべたするクモの巣が破れ、驚いたクモがぼくの顔や髪の上を走りまわった。ネズミの温かい小さな体がぼくをかすめて走り過ぎ、自分たちの穴に逃げこんだ。

自分の全身でこの闇の世界に触れるたびに、ぞっとした。ベッドの下から這い出て、顔からクモの巣を拭い、ベッドを壁際まで押し戻すのに適当な時がくるのを待っていても、ぶるぶる震えがきた。

しだいに目が闇に慣れてくる。汗だらけの男の体ががたがた震える女にのしかかるのをじっと見る。ラビーナは、両脚を男の肉づきのいい腰に巻きつける。それは石の下敷きになった鳥の翼に似ていた。

農夫はうめき、深い溜息をつき、手で女の体を引き寄せながら、自分の体を持ち上げ、女の胸を手の甲でひっぱたいた。ぴしゃぴしゃ大きな音がして、濡れた布が岩に打ちつけられるみたいだった。男はいきなり女に覆いかぶさり、女をベッドにおしつけて、ぺしゃんこにおしつぶした。ラビーナは辻褄のあわない言葉を大声で口走り、両手で男の背中をたたいた。ときには、男が女を抱きあげ、ベッドの上で肘をついて四つん這いにさせ、背後からまたがって、リズミカルにおなかや太ももを彼女に打ちつけることもあった。

ぼくは二人が絡みあい、痙攣する姿をみていると、がっかりしたし、嫌悪感を覚えた。これが愛というものなのか。棒の先で突っつかれた牡牛のように野蛮だ。獣じみていて、匂いも強く、なにしろ汗みずくだ。これじゃあ、愛というよりただのバカ騒ぎじゃないか。男と女が快楽を求め合い、戦うことに気を取られて、物を考えることもできず、頭のなかを真っ白にして、鼻を鳴らす。こんなのは、とても人間のすることじゃない。

ぼくはエヴァと過ごした日々のことを思い起こした。ぼくのやり方はこんなじゃなかった。ぼくの触り方はやさしかった。両手、口、舌、なにもかもが意識的で彼女の皮膚すれすれのところを這いまわった。

それはまるで風のない暖かな空気のなかを漂っているカゲロウのように柔らかく、繊細なものだった。ぼくはいつだって、彼女にさえ未知である、敏感な部分をさがし求め、秋の夜のひんやりした空気に凍えそうになったチョウを生き返らせる太陽の光線のように、自分が触れることでその部分に生気を与えるのだった。ぼくは自分の腕によりをかけた努力の数々を思い出した。娘の体のなかにはさまざまな欲求やおののきがある。それを解放してやるには方法があって、それを用いないとそれらは永久にとじこめられたままだ。ぼくはその方法を知っていた。それらを解放してやったのだ。ただただ彼女には自分のなかに喜びを見出してほしかった。

ラビーナとお客さんたちの愛の営みはすぐに終わった。それは春の夕立のようなもので、葉を濡らす程度のお湿りにはなるが、根っこにまでは届かない。それに対して、エヴァとの戯れはどうだっただろう。それはいつまでも際限がなく、マカールと「ウズラ」が二人の生活に割りこんできたときに、水を差されるだけだった。風にやさしく鞭打たれる泥炭の火のように、それは夜になってもまだ続いた。しかし、そんな愛でさえもが、牛飼いが鞍に敷く毛布で燃えさかる丸太の火が消すように、消えていってしまった。彼女としっぽりできる時間がなくなったとたんに、エヴァはぼくのことを忘れてしまった。ぼくの体の温かみよりも、ぼくの手のやさしい愛撫よりも、指や口の柔らかなタッチよりも、彼女は悪臭を放つ、毛むくじゃらのヤギを好み、身の毛のよだつような深々とした挿入を好んだのだ。

ようやくベッドのがたがたいうのが熄《や》み、だらけた二人の体はまるで屠《ほふ》られた家畜のように大の字になって、眠りこけていた。そこで、ぼくはベッドを壁のところまで押し戻して上に昇り、ヒツジの毛皮をぜんぶひっかぶって、冷たい隅っこに横になった。

雨の降る午後には、ラビーナはなんだか沈みがちになり、今は亡き夫のラーバのことをよく話してくれた。ずいぶん昔になるが、そのころ、ラビーナは美しい娘で、村でも相当に金持の農夫たちが彼女に結婚を申しこんだ。しかし、ラビーナは、いくらそれが理にかなってはいても、まわりの忠告には耳を貸さず、村でいちばん貧しい作男と結婚した。ラーバという名前だったが、「男前」の綽名でも通っていた。

彼は掛け値なしに男前だった。ポプラの木のように背が高く、独楽《こま》のようにすばしこかった。髪の毛は太陽に輝き、目はどんなに晴れた空よりも青く、頬などは子どものようにすべすべしていた。女性は彼に見つめられたとたん、血は火のようにたぎり、みだらな妄想が脳裏をかけめぐるのだった。ラーバは自分が美男子だと心得ていて、自分を見れば女は目をまるくして、欲望をいだくものだと思っていた。森を行くときも肩で風を切って歩き、池で水浴びをするときは素っ裸になるというのが彼のスタイルだった。茂みの方を見やると、生娘から人妻までがぞろぞろ自分をうかがっている姿が目に入った。

しかし、彼は村いちばん貧しい作男だった。裕福な農民にこきつかわれ、ずいぶんひどい侮辱にも耐えなければならなかった。男たちは、ラーバが自分の妻や娘の憧れの的だと知り、それもあって彼を辱めた。男たちは、ラビーナにも平気でちょっかいを出した。彼女の文無しの亭主は自分たちの言いなりで、なにをしたって、指をくわえて見ているしかないと分かっていたからだ。

ある日、ラーバは畑から家に帰ってこなかった。次の日も、その次の日も帰ってこない。まるで湖の底に落ちた石のように姿を消してしまった。

溺れでもしたか、沼に呑みこまれたか、それともだれか横恋慕した男にナイフで刺され、夜のあいだに森に埋められたかだと考えられた。

ラーバのいない生活が続いた。「ラーバのような男前」という言い方だけがいつまでも村では生き延びた。

ラーバが帰らないまま、孤独な一年が流れた。村の連中は彼を忘れ、ラビーナだけが彼はまだ生きていて、きっと帰ってくると信じていた。ある夏の日、村人が森のわずかな木蔭で休んでいるとき、太った馬に引かせた馬車が森のなかからあらわれた。布をかけた大きな箱をのせ、その馬車の横をあの男前のラーバが歩いてやってきたのだ。それも、きれいな革のジャケットを軽騎兵気取りに肩にひっかけ、極上の生地で誂えたズボンを穿き、背の高いぴかぴかのブーツを履いていた。

子どもたちが集落のなかを駆けまわり、このニュースを伝えると、男や女たちが道に群がった。ラーバは無造作に手を振って挨拶しながら、額の汗を拭い、馬を進めた。

ラビーナはすでに玄関先でその帰りを待っていた。彼は妻にキスをし、ばかでかい箱を下ろし、家に入った。隣人たちは前に集まり、馬と馬車に見とれていた。

ラーバとラビーナがいくら待ってもあらわれてこないのにしびれを切らした村人たちは、冗談をとばしはじめた。ラーバのやつったら、雌ヤギに向かっていく雄ヤギみたいにラビーナに突進していったんだ、と彼らは言った。だから、冷水を浴びせるべきだという。

とつぜん、扉が開き、隣人たちは驚いて息を呑んだ。敷居の上には、「男前のラーバ」が想像もつかない豪華なスーツを着て立っていたのだ。シャツはシルクでできたストライプで、真っ白なぱりぱりのカラーが陽に灼けた首のまわりに巻かれ、そこに派手なネクタイ。柔らかなフランネル製の背広は、みんなに触ってくれといわんばかりだ。サテンのハンカチが胸ポケットから花のように突き出ていた。それだけではない。足には黒いエナメルのブーツを履き、とびきりの栄光の徴《しるし》として、胸ポケットから金の時計をぶら下げていた。

農民たちは畏敬の念をいだいて、その姿に見とれていた。こんなことは前代未聞だった。ふつう、村の住民は自家製の上着に、二枚の布地を縫いあわせたズボン、そして、厚い木の靴底に釘で打ちつけた、粗いなめし革のブーツを履いていた。ラーバは箱のなかから、見たこともない形をした色とりどりの背広や、ズボンにワイシャツ、それに鏡としても使えそうな光沢のあるエナメル革のブーツやハンカチ、ネクタイ、靴下、下着を、これでもかというくらいひっぱり出した。「男前のラーバ」は村で最大の関心の的となった。彼のことをめぐって奇妙な噂が広まった。こういった高価な品々がどこから来たのかについてもさまざまな憶測が飛んだ。ラビーナは矢のような質問を浴びせられたが、答えるに答えられなかった。ラーバはなにを聞いても生返事で、ろくな答えを返してくれなかったからで、おかげでなおさら話には尾ひれがついた。

教会でミサが行なわれているあいだも、だれも司祭や祭壇の方など向いていなかった。「男前のラーバ」が黒いサテンの背広に花模様のシャツを着て、ラビーナとともにしゃちこばって坐っている教会の末席右隅に、みんなの目は釘づけだった。手首には光輝く時計をつけており、ラーバはこれみよがしにその時計に目をやった。かつては、司祭の祭衣が豪華さの極致とされていたが、それもいまは冬の空のようにくすんで見えた。ラーバの近くに坐った連中は、そこから漂ってくるただならぬ香りを楽しんだ。ラビーナが打ち明けたところによると、その香りはたくさんの小壜や壺に入っているんだそうだ。

ミサのあと、会衆は教会の中庭に移ったが、司祭がいくらその注意を惹こうとしても相手にはされなかった。彼らはラーバを待っていたのだ。ラーバはゆったりとした自信たっぷりの足取りで出口の方にやってきた。ヒールの音が高らかに鳴り響いた。みんなはうやうやしく彼に道を開けた。裕福な農民連中がつつっと近寄って、なれなれしく彼に挨拶を送り、彼のために晩餐会を催したいので来てはもらえないかと言った。ラーバは頭を下げもせず、差しだされた手を無造作に握るだけだった。女たちが彼の行く手をさえぎり、ラビーナのことはお構いなしに、スカートをたくしあげて太ももを露わにし、ドレスをひっぱって胸の谷間を強調した。

「男前のラーバ」はもう畑で働いたりはしなかった。家事を手伝うことさえ断った。湖で水浴びして日々を過ごしたのだ。色とりどりの洋服は、岸の近くの木にかけた。近くでは興奮した女たちがその筋肉質の裸体に見とれていた。噂によると、ラーバは何人かの女には茂みの蔭で体に触れることを許し、女たちは恐ろしい罰が下るかもしれない恥ずべき行為を彼と犯しそうになったということだ。

午後、村の連中が汗びっしょりで、埃にまみれて畑から帰ってくるころ、彼らは「男前のラーバ」が反対向きにふらふら歩くのに出くわした。靴を汚したくないのか、道のいちばん固い部分を注意深く選びながら、彼はネクタイを整えたり、ピンクのハンカチで時計を磨いたりしていた。

夜になると、だれかが馬でラーバを迎えにきた。お呼ばれつづきで、二〇キロもの遠出をすることもしばしばだった。ラビーナは、疲労と屈辱でほとんど死んだようになって家に残り、農場や馬、それに夫の財産の番をした。「男前のラーバ」にとって時間は止まっていたが、ラビーナの方は急に年をとり、皮膚はたるみ、太ももはしまりがなくなった。

一年が過ぎた。

ある秋の日、ラビーナは夫が屋根裏で宝物といっしょに過ごしているものと思いながら、畑から戻ってきた。屋板裏はだれも入ってはならないラーバだけの世界で、彼は聖母のメダルといっしょに、その扉を頑丈にふさいでいる大きな南京錠の鍵を胸ポケットにしまっていた。ところが、家のなかは静まりかえっていた。煙突から煙は昇っていないし、やや厚手の背広に着換えながら歌ういつもの声もしなかった。

ラビーナはぎょっとして、家のなかに駆けこんだ。屋根裏の扉は開いていた。彼女は上に上がってみた。その光景を見てラビーナは呆然とした。床には蓋を引きちぎられた箱があり、その白っぽい底までが見えた。その箱の上には体がぶら下がっていた。いつもはスーツが掛かっていた大きな鉤にぶら下がっていたのは、彼女の夫だった。止まりかけの振り子のように揺れている「男前のラーバ」は、花模様のネクタイに吊されていた。屋根には泥棒が箱の中身を運び出した穴がひとつあいていた。夕日のかすかな光が「男前のラーバ」の青白い顔と、口から突き出した青ざめた舌を照らし出していた。まわりでは虹色のハエがうなっていた。

ラビーナはなにが起きたのか見当がついた。ラーバがよそいきの背広に着換えようと、湖での水浴びから戻ってきたとき、屋根裏の天井の穴と空っぽの箱を見つけた。上等の服がみんななくなっていた。ネクタイが一本だけ、踏みしだかれたワラに混じった一輪の切り花のように残っていたのだ。

ラーバが生きている意味は箱の中身とともに消えてしまった。花婿にだれも目もくれないような結婚式はこれで終わった。「男前のラーバ」が、まだ土をかぶせられていないお墓の上に立っていると、崇敬のまなざしで見つめられたというような葬式も終わり。湖での脂下《やに》がった見せびらかしや、貪欲な女たちに触らせるサービスも、終わりだった。

村の他のだれもが真似のできない、注意深い、洗練された動作で、ラーバは最後にネクタイを結んだ。それから空っぽの箱を引き寄せ、天井のフックに手を伸ばしたのだった。

ラビーナは、夫がどのようにして高価な品々を手に入れたのか、けっきょく分からずじまいだった。ラーバは自分が留守にしていた時代のことは一度だって話さなかった。どこにいて、なにをし、それを買うのにいくら払ったかを知る者は、ひとりもいなかった。村の連中に分かっていたことといえば、それを失ったことが彼にはどれほど高くついたかということだけだった。

泥棒もみつからず、盗まれたものもひとつとして発見されなかった。ぼくがまだその村にいるあいだに、泥棒はおかみさんを寝取られた夫、あるいは許婚者《いいなづけ》だという噂が流れた。嫉妬のあまりあたまがおかしくなった女が犯人だと言うものもいた。ラビーナを疑う村人も多かった。そんな中傷を耳にした彼女は、顔が青ざめ、手は震え、口はたまらない口臭を放った。彼女は爪を立てて、中傷する相手に体当たりでぶつかってゆき、見ていた連中は二人を引き離さなければならなかった。ラビーナは家に帰って、ふらふらになるまで酒をあおり、ぼくを胸に抱き寄せて、すすり泣いたものだ。

こうした諍《いさか》いの最中に、ラビーナの心臓が破裂した。男たちが彼女の死体を運んでくるのを見たとき、ぼくは逃げなくちゃ、と思った。まだくすぶっている燃えさしを「ながれ星」につめ、ベッドの下にラビーナが隠していた貴重なネクタイをつかんでから、家を出た。「男前のラーバ」が首を吊ったネクタイだ。自殺に使われたロープは好運をもたらすと一般に信じられていた。このネクタイをなくさないようにしよう、とぼくは思った。

15

夏が終わりに近づいていた。麦の束が畑に積みあげられた。農民たちは懸命に働いたが、収穫を急いでとりこむのに必要な馬や牛が足りなかった。

高い鉄橋が村の近くを流れる大きな河の断崖に架かっていた。それはコンクリートの砲撃拠点に据えつけられた重火器で守られていた。

夜には高い空を飛行機が低いうなり声を上げて飛び、鉄橋の上のすべての照明が消された。朝になると生き返ったようになった。ヘルメットをかぶった兵隊が砲台に配置された。橋のいちばん高いところに立てられた旗が風を受け、縫いとりされた鉤十字の角ばった形が歪んだ。

ある暑い夜、遠くに銃声が聞こえた。そのこもったような音が畑の上に流れ、人や鳥たちを驚かせた。閃光が遠くにまたたいた。村のみんなは家の前に集合した。トウモロコシの軸で作ったパイプをくゆらせる男たちは、この自然界のものではない閃光を見守り、「前線が来るぞ」と言った。すると、別の男たちが「ドイツが負けている」と付け加えた。それから、さまざまな議論が戦わされた。

農民のなかには、ソビエトの人民委員が来たら、金持からは土地を取りあげ、その分を貧乏人に与えて土地を公平に分けてくれると言うものもいた。そうしたら、搾取する地主とも、腐敗した官吏とも、極悪非道の警官とも、おさらばだ。

これに激しく反論するものもいた。聖なる十字架に誓って、ソビエトはすべてを、それこそ妻子にいたるまで国有化するんだと叫んだ。東の空のぎらぎらする光を見て、赤軍の到来は、祭壇に背を向け、祖先の教えを忘れ、神の正義によって塩の柱に変えられる罪深い生活に身を委ねることを意味すると言ってわめいた。

兄弟同士が争い、父親たちが母親の目の前で息子に向かって斧を振りあげた。目に見えない力がひとびとを分裂させ、家族を反目させ、頭のなかを混乱させた。長老連だけが正気を保ち、両陣営のあいだを駆けずりまわって、血気にはやった連中に和解をうながした。この戦乱の世の中で、いまさら村で仲間割れを起こすことはないと甲高い声をあげて叫んだ。

地平線の彼方の雷鳴が近づいてきた。その轟きが喧嘩を治まらせた。村人はとつぜん、ソビエトの人民委員のことも神の怒りも忘れ、あわてて納屋や地下室に壕を掘りはじめた。

バターや豚肉や牛肉、ライ麦や小麦を隠した。新しい支配者を歓迎するためにこっそりシーツを赤く染め、旗を用意するものがいたかと思えば、十字架にキリストやマリアの像など、聖像を安全な場所に避難させるものもいた。

ぼくにはすべてが分かったわけではないが、緊迫した空気は感じとっていた。もはやだれもぼくには目もくれなかった。家から家へとうろつきながら、穴を掘る音や不安そうな囁きや祈りの声を聞いた。畑に寝ころび地面に耳をくっつけると、ずしんずしんと鳴る音が聞こえた。

近づいてきているのは赤軍なのだろうか? 心臓の鼓動のような地鳴りがしていた。ぼくがふしぎに思ったのは、もし神が罪人をそれほど簡単に塩の柱にできるのなら、どうして塩がそんなに高価なのだろうかということだった。それにどうして神は罪人を肉や砂糖に変えたりしないのだろう？　村人たちはあきらかに、塩と同じくらい、そうしたものを必要としている。

ぼくは仰向けになって雲を見た。空に浮かぶ雲を見ていると、まるでぼくが浮かんでいるような気がする。もし女や子どもたちが共有財産になるのなら、子どもはみんな大勢の父や母や、数えきれないほどの兄弟姉妹を持つことになる。それはあまりにも贅沢な夢だ。自分がみんなのものになるなんて！　どこへ行こうと、たくさんのお父さんが元気を出すんだよと、しっかり頭を撫でてくれ、たくさんのお母さんがぼくを胸に抱きしめてくれ、たくさんのお兄ちゃんがぼくを犬から守ってくれる。そして、ぼくはぼくで、弟や妹の面倒をみなければならないだろう。農民たちが恐れるようなことはなにもないように思えた。

雲がちりぢりばらばらになって、暗くなったり、明るくなったりした。その上のどこかで、神がすべてを司《つかさど》っている。いまになって、なぜ神がぼくみたいにちっぽけな黒いノミごときにかまけている時間がないかを理解した。神さまは、自分の下で戦っている巨大な軍勢と無数のひとびと、それに動物や機械のことで頭がいっぱいなのだ。だれが勝ち、だれが負けるか、だれが生き、だれが死ぬかをまで、神さまは決めなければならない。

しかし、なにが起こるかを神さまがほんとうに差配できるのなら、なぜ農民たちは自分の信仰や教会や聖職者のことで気に病んだりするのだろう？　ソビエトの人民委員が本気で教会を破壊し、祭壇を解体し、司祭たちを殺し、信仰篤きひとびとを迫害するつもりでいるのなら、赤軍が勝利をおさめるチャンスなんて万分の一もないだろう。どんなに多忙きわまりない神だって、その自分の民に対する脅威を見て見ぬふりなどできるはずがない。しかし、だとすると、教会をぶっつぶし、人間を虐殺したドイツ人に軍配が上がることになってしまいはしないか？　神さまの目からすれば、だれもが殺人に手を染めた以上、全員を敗者だとみなすのが、いちばん理にかなっているように思えた。

「女房や子どもまで共有財産にする」と農民たちは言った。それはなんだかふしぎな話だった。とにかく、ソビエトの人民委員に少しでも善意があるなら、ぼくも子どもたちの仲間に入れてもらえるはずだと思った。背丈は八歳の少年の平均にも満たなかったが、まもなく十一歳だったので、ロシア人はぼくを大人のうちに数えるのではないか。少なくとも、子どもとしては見てもらえないかもしれないと不安でならなかった。加えて、ぼくはいわゆる唖者《おし》だった。それに食事のことでも問題があった。食べたものが消化しないまま胃から突きあがってくることがたまにあったのだ。ぼくこそ共有財産になってしかるべきだった。

ある朝、橋の上が妙に騒々しいのに気がついた。ヘルメットをかぶった兵士たちが橋の上に集まり、大砲や機関銃をとりはずし、ドイツの旗を下ろしていた。大型トラックが橋の向こう側から西へと進み、ドイツ人たちの耳ざわりな歌音が消えた。「逃げていくぞ」と農民たちが言った。「戦争に負けやがったのさ」と、恐れを知らない連中は囁いた。

翌日の正午、騎馬兵の一団が村にやってきた。百人、あるいはそれ以上の数だった。人間と馬がひとかたまりになったように見えた。これといった使命を負ってはいないのか、ふしぎなくらいのんびりと前進していた。緑色のドイツ軍の軍服を身につけており、ボタンはきらきらと輝き、馬糞色の帽子を目深にかぶっていた。

農民たちは、すぐさまその正体をつきとめた。みんなは恐怖にとらわれて、カルムイク人が来た、女子どもを隠せ、そうしないとつかまるぞと叫んだ。村にはもう何か月ものあいだ、カルムイク人と呼ばれる騎馬集団に関する噂が流れていた。かつて無敵を誇ったドイツ軍がソビエトの広大な地域を占領していたとき、多くのカルムイク人が彼らに加勢した。多くは志願兵で、ソビエトから脱走してきた連中だということだ。赤軍を憎んでいて、持ち前の戦闘的な気性や男らしさを売り物にする風習に従って略奪や暴行をはたらくことをそのまま容認したドイツ軍に力を貸したのだ。不服従の罪で罰を受けることになった町や村、とくに進撃する赤軍の前方に位置する町にカルムイク人が送りこまれたのは、そういうわけだった。

馬上のカルムイク人は前かがみになり、拍車を使い、かすれた声で叫びをあげながら、ギャロップでやってきた。ボタンを留めていない軍服の下には、褐色の肌がむき出しになって見えた。鞍もつけずに馬にまたがる者もいたし、ベルトに重そうなサーベルを吊している者もいた。

村はひどい混乱に陥った。逃げる余裕はなかった。ぼくは興味深々で騎兵たちを見た。全員とも、太陽にきらめく、黒くて、てかてかした髪をしていた。それはほとんど紺色で、ぼくの髪よりも黒く、目や浅黒い肌についても同じだった。大きな白い歯、高い頬骨、むくんでいるようにみえる平べったい顔。

彼らを見ながら、しばらくぼくは大きな誇りと満足を感じていた。とにかく、このふんぞりかえった騎馬軍団は、黒い髪、黒い目に、浅黒い肌をしている。村の連中とは雲泥の差だ。この色の黒いカルムイク人の到来は、明るい髪の村民たちを恐怖に包み、正気を失わせた。

そのあいだも、騎乗の男たちは家々のあいだに馬を寄せて休ませていた。そのうちのひとりで、軍服のボタンをぜんぶかけ、将校の帽子をかぶった、ずんぐりした男が命令を発した。みんなは馬からとび降り、柵に馬をつないだ。彼らは鞍の下から肉切れをひっぱり出した。馬と騎兵の体温で肉には火が通っていたのだ。連中は、その青みがかった灰色をした肉を両手に持って食べ、瓢《ひさご》に入った液体でぐいっと咽喉の渇きを癒した。酒を飲みこもうとしてはむせたり、なにかをぺっと吐いたりした。

すでに酔っぱらっている者もいる。彼らは家のなかに走りこみ、隠れずにいた女たちをひっつかまえた。男たちは大鎌を持って女たちを守ろうとした。ひとりのカルムイク人がそんななかのひとりをサーベルで一刀のもとに斬り倒した。他の連中は逃げようとしたが、威嚇射撃で足止めをくらった。

カルムイク人が村じゅうに散らばった。あたりは至るところから起こる悲鳴であふれかえった。ぼくは広場の真ん中にある、小さな、よく茂った木イチゴの茂みに駆けこんで、虫みたいに身を伏せた。

注意深く見守っているあいだも、村はパニックにひっくり返った。男たちはカルムイク人が侵入したわが家を守ろうと必死だった。銃声が鳴り、頭を怪我した男が走り出てきて、自分の血で目が見えず、ぐるぐると走りまわった。カルムイク人がその男を斬り倒した。子どもたちがやみくもに散らばり、溝や柵につまずいた。子どものひとりが、ぼくが隠れている茂みに走りこんできたが、ぼくを見るとそこから逃げ出し、駆けてくる馬に踏みつぶされた。

カルムイク人たちは、服を脱がされそうになった女をひとり家のなかから引きずり出してきた。女はあらがい、悲鳴をあげ、拷問者に足払いをかけようとしたが、うまくいかない。女たちが若い娘まで含め、馬にまたがってせせら笑う連中によって鞭で狩り集められた。女たちの父や夫や兄弟が走りまわって情けを乞うたが、鞭とサーベルで追い払われた。片手を切り落とされた農夫がひとり大通りを走り抜ける。家族をさがしまわっているあいだも、切り口から血が噴き出していた。

すぐそばで、兵士たちがひとりの女を地面に押し倒した。兵士のひとりが女にのどわをかけ、そのあいだに他の兵士たちが足をひっぱり、股を広げた。ひとりが女の上にまたがり、やいのやいのと声援を受けながら女の上で体を動かした。女はもがき、叫んだ。最初の兵士が終わると、他の連中も順番に襲いかかった。やがて女はぐったりし、抵抗をやめた。

今度は別の女が引きずりだされた。女は泣き叫び、情けを乞うたが、カルムイク人は女の着ているものを剝ぎとり、女を地面に押し倒した。二人がかりで襲いかかり、ひとりは口で用を足した。女が顔をねじ曲げ、あるいは口を鎖そうとしたが、鞭を一発食らわされた。とうとう女はぐったりして、なすがままになった。何人かの兵士たちが二人の若い娘を次から次へとたらい回しにしながら、前と後から犯していた。おまけに、女たちには異様な動きを強要した。抵抗する娘たちはめった打ちにされ、足蹴にされた。

レイプされる女の悲鳴が家という家から聞こえてきた。ひとりの娘がなんとか逃げ出し、半裸のまま、太ももに血を流し、鞭に打たれた犬のように吠えながらとびだしてきた。下半身裸の兵士たちが二人、へらへら笑いながらそれを追いまわした。広場を走りまわる仲間を見て、兵士たちはにやにや笑いながら冷やかした。娘はつかまえられた。めそめそ泣いている子どもたちは、それをただ見守るだけだった。

新しい犠牲者が次から次へとつかまった。酔っぱらったカルムイク人は、いよいよ嵩《かさ》にかかって、なかにはおたがい同士で交わるものもいた。それから、今度はとんでもないやり方でレイプの技を競いはじめた。二、三人がかりでひとりを攻めたり、何人もでいれかわりたちかわり交わったりするのだ。若くて色気のある娘たちはひっぱりだこで、兵士たちのあいだで仲間割れが起こるほどだった。女たちは泣き、大声で祈りを唱えた。家のなかに閉じこめられたその夫や父や兄弟たちは、その声が自分の身内のだと分かると、狂ったようになってそれに応えた。

広場の真ん中では、何人かのカルムイク人が馬上で女と交わる凄技を披露していた。そのひとりが毛むくじゃらの足にブーツだけを残して、着ているものを脱ぎ捨てた。その兵士は馬をくるくる回転させながら、他の兵士が彼の方に連れてきた裸の女をていねいに持ちあげ、自分と向き合うように馬にまたがらせた。馬は小走りに走り、騎手は女を近くに引き寄せ、馬のたてがみに女の背中をもたれさせた。馬が跳ねるごとに、男は女に深く突き入り、そのたびに勝ち鬨《どき》の声をあげた。他の連中はこのパフォーマンスに拍手喝采で応じた。騎手は手際よく女をくるっと前に向かせた。彼は女を軽く持ちあげ、女の胸を鷲づかみにしながら、後ろから同じことをくり返した。

仲間からたきつけられたもうひとりが、同じ馬に跳びのり、女の背後にまわりこんで、背中を馬のたてがみにおしつけた。馬はあまりの重さにうめき、速度を落とした。そのあいだに、二人の兵士は気を失った女を同時にレイプした。

まだまだ曲乗りはつづいた。逃れようもない女たちは、小走りに駆ける馬から馬へとまわされた。カルムイク人のひとりは雌馬とつながろうとした。別のカルムイク人は種馬を興奮させ、娘の両足を持ってその下に押しこもうとした。

ぼくは恐怖と嫌悪感に苛《さいな》まれて、茂みのもっと奥深くまで這いこんだ。今、すべて納得がいった。神がなぜぼくの祈りに耳を貸してくれないのか、なぜぼくは鉤に吊されたのか、なぜガルボスはぼくを鞭打ったのか、なぜ言葉を失ったのか、みんなだ。ぼくは黒い。髪の毛も目もこのカルムイク人と同じくらい黒い。見るからにぼくはこの連中と同類で、別の世界の住人なのだ。そんなぼくのような人間が憐れみをかけてもらえるはずがない。恐ろしい運命が、この野蛮人の群れと同じ黒い髪と目をぼくが持つことを命じたのだ。

とつぜん、背の高い白髪の老人が、そのへんの納屋から出てきた。農民たちは彼を「聖者さま」と呼んでおり、彼も自分のことをそんなふうに思っていたようだ。老人は両手に重い木の十字架をかかえ、白髪の頭には黄色くなったカシの葉の冠を載せていた。彼は見えない目を空に向けている。高齢と病気で捻じ曲がったはだしの足がたどたどしく道をさぐっていた。賛美歌の言葉が歯のない口から、悲しげな挽歌となってこぼれ出た。老人は見えてもいない敵に向かって十字架をつきつけた。

兵士たちは一瞬、しらふに戻った。酔っぱらいたちでさえ、見るからに動転して、老人を鬱陶しそうに見やった。それからひとりの兵士が老人に駆け寄り、彼を足でひっかけた。老人は倒れ、十字架をつかんでいられなくなった。カルムイク人たちはあざ笑い、様子を見ていた。老人は十字架を手さぐりしながら、ぎこちなく立ちあがろうとした。骨が浮いて、節くれだった手が、根気よく地面を這った。兵士たちは手が十字架に届きそうになった瞬間、足で十字架をはじきとばした。老人は口から泡をふきながら、かすかにうめき、地面を這いまわる。しまいに消耗しきって、ぜいぜいあえぐのだった。カルムイク人が重い十字架を持ちあげ、まっすぐに立てた。それは一瞬、バランスを保って、それからうつ伏せになったその体の上にばたんと倒れた。老人はうめき、そして動かなくなった。

ひとりの兵士が、這って逃げ出そうとする娘のひとりにナイフを投げた。彼女は砂埃のなかに血を流して倒れ、だれもそばには寄らない。見向きもしないのだ。酔ったカルムイク人は血塗れの女たちをたらいまわしにし、打ちのめし、奇妙な行為を強いた。兵士のひとりが家のなかに走りこみ、五歳くらいの女の子を連れてきた。その兵士は少女を高々とさし上げて、仲間たちに見せびらかした。兵士は少女の服を剝ぎとった。母親が砂埃のなかを這って憐れみを乞うのを尻目に、兵士は少女のおなかを蹴飛ばした。彼はゆっくりとボタンをはずし、ズボンを下ろし、そのあいだ少女は片手でしっかりと体の上におさえつけていた。それから、しゃがみこんで、いきなり、泣き叫ぶ少女の体を貫いた。少女がぐったりとなると、兵士はその少女を茂みのなかに放りこみ、こんどは母親の方へと向かった。

ある家の玄関では、何人かの半裸の兵士が、がっしりと体格のよい農民ともみあっていた。その農民は敷居の上に立ち、怒りにまかせて斧を振りまわした。ようやく兵士たちがその男を取りおさえると、こんどは家のなかから恐怖で気を失った女を、髪をつかんでひきずり出してきた。三人の兵士が夫の上に腰を下ろしているあいだ、他の兵士たちが彼のところのおかみさんを嬲《なぶ》りものにして、レイプした。

それから、この兵士たちはその農家の若い娘二人をひきずり出した。そのとき、自分をつかまえていた男たちの力がゆるんだ瞬間をとらえて、その農民ははね起き、いちばん近くにいた兵士にいきなり斧を振り下ろした。兵士は倒れた。頭蓋骨はツバメの卵のように潰れていた。血と脳みそが髪の毛を伝ってこぼれた。脳みそは、割れたクルミの果肉に似ていた。怒りにとりつかれた兵士は、農民を取り囲み、力任せにおさえつけ、暴行を加えた。それからおかみさんや娘が見ている前で、その男を去勢した。錯乱したおかみさんは夫を助けに駆け寄り、相手に嚙みつき、ひっかいた。カルムイクの連中は面白そうにどよめき、彼女をしっかりとつかまえて、口をこじ開け、その夫の血だらけになった肉のかたまりを咽喉に押しこんだ。

家が一軒、火事になった。それが混乱を生み、何人かの農民がどさくさにまぎれて、半ば意識を失った女や、よろける子どもらをひきずりながら、森に向かって走った。カルムイク人は手あたりしだいに銃を放ち、何人かの農民は馬で踏みつぶした。そして新たにとっつかまった犠牲者は、その場で拷問にかけられた。

ぼくは木イチゴの茂みにずっと身を隠していた。酔ったカルムイク人たちがあたりをうろついていて、気づかれずにいられる可能性は低くなっていった。ぼくはもはやなにも考えられなかった。恐怖で思考が停止し、ぼくは目を閉じた。

ふたたび目を開いたとき、カルムイク人のひとりがぼくの方によろめきながらやってくるのが見えた。ぼくはいっそう平たく地面に這いつくばり、息を殺した。兵士は木イチゴを摘んで、食べた。茂みのなかにもう一歩足を踏みいれると、ぼくの広げた手がそこにあった。ブーツのかかとと釘が皮膚に食いこんだ。とんでもない痛さだったが、ぼくは動かなかった。兵士はライフルによりかかって、静かに小用をはたした。とつぜん彼はバランスを崩し、前のめりになり、ぼくの頭につまずいた。ぼくが跳びあがって逃げようとすると、その兵士はぼくをつかみ、銃の台尻でぼくの胸を打った。ぼくのなかでなにかが砕けた。ぼくはたいへんなダメージを受けたが、なんとかしてその兵士を足でひっかけた。兵士が倒れているあいだに、ぼくは家のある方へとジグザグに走った。そのカルムイク人は、銃を放ったが、弾丸は地を走り、うなりをたてて飛び去った。もう一発狙ってきたが、それも外れた。ぼくは納屋の板を剝ぎとり、よじ登って、ワラのなかに身を隠した。

納屋からでも、人間や動物の叫びやライフル銃の音、炎上する小屋や家で木の爆《は》ぜる音や、馬のいななきや、カルムイク人のしわがれた笑い声が聞こえた。女がひとり、ときおり弱々しい声でうめいていた。

ぼくは、動くたびに激痛を感じたが、ワラのなかに深くもぐりこんだ。胸のなかでなにが折れたのかと思った。片手を心臓にあてた。まだ脈は搏《う》っている。使い物にならない人間にはなりたくなかった。騒がしい音がしているにもかかわらず、ぼくは憔悴しきって、恐怖に震えながらまどろんだ。

ぼくはぎくっとなって、目がさめた。激しい爆発音が納屋を揺すぶったのだ。何本かの梁《はり》が落ち、雲のような埃が立ちのぼって、視界全体を覆った。ライフルのまばらな発砲音と、機関銃の連射が聞こえてきた。気をつけながら外を覗くと、馬がパニックに陥り、全速力で駆け、半裸のカルムイク人たちが、なおも酔っぱらったまま、その馬にとび乗ろうとしているのが見えた。川や森の方向から、銃声とエンジンのうなりが聞こえた。翼に赤い星のマークをあしらった飛行機が、村の上を低空飛行した。しばらくして砲声は熄《や》んだが、エンジン音は大きくなるばかりだった。ソビエト軍が近くまで来ているのはあきらかだった。赤軍、そして人民委員が到着したのだ。

ぼくは体を引きずるようにして外に出たが、とつぜん胸に激しい痛みを覚え、気を失いそうになった。ぼくは咳こみ、血を吐いた。ぼくはがむしゃらに歩き、まもなく高台にたどり着いた。鉄橋はなくなっていた。さっきの大爆発は、この鉄橋を吹き飛ばした音に違いない。戦車がゆっくりと森から這うように出てきた。ヘルメットをかぶった兵士たちが後ろから続いているが、まるで日曜日の散歩のように、のんびりしている。村に近いあたりでは、カルムイク人が何人か干し草の蔭に隠れていた。しかし戦車を見ると、まだよろよろしながら立ち上がり、両手を上げた。彼らはライフルと拳銃のベルトを放り出した。何人かはひざまずいて情けを乞うた。赤軍の兵士たちは整然と彼らを取り囲み、銃剣で彼らをつついた。わずかなあいだに、ほとんどのカルムイク人は捕虜になった。連中の馬は近くで静かに草を食んでいた。

戦車は停止したが、次から次へと新しい部隊が森からやってきた。一隻の鉄舟が川にあらわれた。工兵が破壊された鉄橋を調べていた。飛行機がいくつか頭上を飛び、翼を傾けて、挨拶を送ってきた。ぼくはなんとなく拍子抜けした気分だった。戦争が終わったように思えたからだ。

村のまわりの畑は機械に占領された。兵士たちがテントや野営の料理場を設置し、電信線を張った。彼らは歌い、この地方の方言に似た言葉を話した。もっともその内容はぼくには、いまいちよく理解できなかった。たぶんロシア語なのだろうと思った。

農民たちはこの訪問者たちを不安げに見守った。赤軍のなかに、カルムイク人に似たウズベク人かタタール人の兵士が混じっていたりすると、その顔は笑っているのにもかかわらず、女たちは悲鳴をあげ、恐怖に身を縮めた。

農民の一群が、不器用にハンマーと鎌をあしらった赤旗を手にして畑のなかを進んできた。兵士たちは歓声をあげて彼らを迎え、指揮官がテントから出てきて、その代表団の前に進み出た。指揮官は握手をし、彼らをテントのなかに招きいれた。農民たちは困ったような顔をしながら、帽子をとった。旗をどうしたものか迷っていたが、最後はそれをテントの外に置いてなかに入った。

屋根に赤十字を描いた白いトラックのそばには、白衣を着た医者と看護兵が、負傷した女子どもの手当をしていた。野戦病院車のまわりには、ひとがたむろし、医師たちがすることを面白そうに見ていた。

子どもたちは兵士を追いかけまわして、甘いものをねだった。兵士たちは子どもを抱きあげ、いっしょに遊んでやっていた。

昼頃になって、村人は、赤軍がカルムイク人の捕虜を全員、川のそばにあるカシの木に足を縛って吊していることを知った。ぼくは胸や手の痛みをこらえ、自分を引きずるようにして、物見高い男たちや女、子どものあとからついていった。

遠くからカルムイク人の姿が見えた。連中は、大きくなりすぎてかさかさになった松ぼっくりみたいに、木から垂れ下がっていた。ひとりひとり、別々の木に、両手を後ろ手に縛られ、かかとを結んで吊されている。親しげな微笑を浮かべたソビエト兵士は、新聞紙の切れはしで煙草を巻きながら、平然と歩哨に立っていた。兵士は農民が近くに寄ることを許さなかったが、女たちのなかには、自分を傷めつけたカルムイク人を見つけ、悪態をつきながら、木片や土くれを、力なくぶち下がる体に向かって投げつける者もいた。

縛られたカルムイク人の体じゅうにアリやらハエやらが這いまわっていた。開いた口や鼻や目に入りこみ、耳には巣を作り、くしゃくしゃの髪の毛にもびっしり群がっていた。何千となくたかって、居心地のいい場所を求めて争っていたのだ。

男たちの体は風に揺れ、燻製にするソーセージのように体を回転させているやつもいた。体を震わせ、かすれた悲鳴や囁き声をあげているやつもいれば、死んだようになっているやつもいる。そういった連中は、目をかっと見開き、まばたきもせずにぶら下がって、首の血管は恐ろしいほど膨れあがっていた。農民たちは近くで焚火をし、家族総出で、吊されているカルムイク人を見張り、その残虐さを思い起こしては、連中の最期を楽しく見届けたのだった。

おりからの突風が木々を揺るがした。吊された体が震えながら、大きな環を描いて揺れた。見張っていた農民たちは十字を切った。ぼくは死神があらわれたのではないかと思い、あたりを見まわした。空気のなかにその息づかいを感じたからだ。カシの木の枝のあいだを走りまわり、吊された男たちをやさしく撫でるかと思えば、透明な体から紡ぎ出されるクモの糸で連中をがんじがらめにするそいつは、死んだときのマルタの顔をしていた。そいつは彼らの耳に意味深長な言葉を囁きかけ、やさしく愛撫するかに見せかけて、心臓に冷気を走らせ、彼らの咽喉を真綿で絞めつけるのだ。

そいつはこれまでにもましてぼくに接近してきていた。その空気のような白衣が手に取れるかと思うくらい、その霧がかかったような目を覗きこめそうなくらいだった。そして、そいつはぼくの前に立ち止まり、おしゃれに身づくろいをして、次の出会いのことを匂わせた。ぼくはそれを怖いとは思わなかった。ぼくはそいつに森の反対側まで連れていってもらいたいと思った。そこには底なし沼があって、硫黄の蒸気を放ってぐつぐつ煮えたぎる大釜のなかには木の枝が浸っている。そして、夜になると、亡霊が交わるときの、かたかたいうような、か細く、乾いた音や、梢《こずえ》に吹きつける風の、遠くの部屋で奏でられるバイオリンのように甲高い音が響いている。

ぼくが手を差しのべたのに、亡霊は、かさこそ音を立てる葉叢《はむら》や、ぶら下がっている死体の重みと戦っている木々のまにまに消えた。

なにかが自分のなかで燃えているような気がした。目まいがして、体じゅうにびっしょり汗をかいた。ぼくは土手に向かって歩いていった。湿ったそよ風が火照りを冷まし、ぼくは丸太の上に腰を下ろした。

このあたりは川幅が広かった。早い流れが、材木や折れた枝や袋の布地やワラ束を、激しい渦で呑みこみながら運び去っていく。ときたま、膨れあがった、馬の死体が浮かんでいることもあった。一度は、青味がかった、腐った死体が、水面近くを漂うのを見たような気もした。水が澄んだかと思える瞬間もあった。そこへまた、爆死した大量の魚が流れつく。それらはくるくるまわりながら、おなかを上にして流れ、まるでこの魚たちにとって、川にもはや居場所はないとでもいわんばかりに、身を寄せ合っている。この魚たちは、大昔、虹を通ってここまで運ばれてきたのだ。

ぼくはがたがた震えていた。とにかく赤軍に近づくことに決めた。黒くて、魔法使いのような目をした者がどんなふうに見られるか、そんなことは知ったことではない。吊り下げられた死体の列のわきを通り過ぎるうちに、ぼくは銃の台尻でぼくを打った男に気がついた。その兵士の体は大きく環を描きながら揺れていて、口をあんぐりと開け、そこにハエがたかっていた。ぼくは頭を上げて、その顔をもっとちゃんと見てやろうとした。胸にふたたび激痛が走った。

16

ぼくはやっと野戦病院から解放された。何週間もが過ぎていた。一九四四年の秋のことだ。胸の痛みは消え、カルムイク人の銃の台尻でたたき折れたものがなんだったにせよ、いまはもう治っていた。

ぼくが怖れていたのとは裏腹に、ぼくは兵士たちといっしょにいることを許されたが、それもいまだけだということは分かっていた。部隊が前線に移動すれば、ぼくはどこかの村に置いていかれるだろう。しかし、そうこうするうちに、川のそばにテントが張られ、すぐに出発するという気配はなかった。この部隊は通信隊で、主として、とても若い兵士や、戦争がはじまったころはまだ子どもで、最近、召集されたばかりの将校たちからなっていた。大砲、機関銃、トラック、電信電話の装備もすべて新品で、よく油が差されていて、まだ実戦で試されたことがなかった。テントの布地も軍服もまだ色褪せてはいなかった。

戦争と前線はすでに敵陣深くにまで及んでいた。ラジオは毎日のように、ドイツ軍と、戦いに疲れたその同盟国の敗北を告げていた。兵士はそのニュースに注意深く耳を傾け、誇らしげにうなずき、訓練へと出かけていった。彼らは、ドイツ軍は先輩の同志たちに追われる格好なので、みずから戦闘に参加することがないまま戦争が終わってしまうかもしれないと思いながら、両親や友人に長い手紙を書いていた。

連隊での生活は落ち着いていて、規則正しかった。何日かおきに小型の複葉飛行機が仮設の滑走路に着陸し、郵便や新聞を届けてきた。手紙には、復興が始まったという故郷のニュースが書きこまれていた。新聞には、爆撃されたソビエトやドイツの都市、破壊された要塞、果てしなく長い列を作っているドイツ軍の捕虜の顔などが図版として掲載されていた。戦争が終わりに近づいているという噂は、将校や兵士のあいだでしきりに囁かれるようになっていった。

一日の大半、ぼくは二人の男の世話になった。ひとりは、連隊の政治将校でガヴリーラといい、彼はナチのソビエト侵入直後に家族全員を亡くしたと言われていた。もうひとりは、「郭公のミートカ」として知られる狙撃の教官、かつ名うての狙撃兵だった。

ぼくは、この二人の友人たちからもたくさん助けてもらった。ガヴリーラは、毎日、野営図書館でぼくといっしょに時間を過ごしてくれた。読書を教わったのは彼からだった。「とにかく、きみはもう十一歳なんだから」と、彼は言った。ぼくの年齢なら、ロシアの少年たちは読み書きができるだけではなく、必要とあらば敵と戦うこともできる。ぼくとしても子どもに見られるのは、いやだった。ぼくは一所懸命に勉強をし、兵隊さんのやり方を逐一観察して、その行動を真似た。

ぼくは書物から強烈な印象を受けた。ただの印刷されたページにすぎないのに、そこからは、五感でつかみとるのと同じくらいリアルに世界を呼び覚ますことができるのだ。その上に、書物の世界は、罐詰肉《かんづめ》みたいなもので、日常の変化よりもより変化に富み、味わいも豊かだ。たとえば、ふだんの生活では多くのひとびとと会うことがあっても、そのひとたちのことを実際には知らないままに終わってしまうが、本のなかでは、人がなにを考え、なにを計画しているかが分かるのだ。

最初の本はガヴリーラの助けを借りて読んだ。『幼年時代』という本で、ぼくのように小さな少年の主人公が、一頁目から父親を失うのだ。この本を何度も読み返し、だんだんと希望がわいてきた。その主人公もまた平穏無事な人生は送らない。母親が死んでしまうと、少年はひとりぼっちになるが、数々の苦難を乗り越えて、ガヴリーラが言うには、偉大な人間へと成長する。その名はマクシム・ゴーリキー、偉大なソビエト作家のひとりだ。ゴーリキーの作品は、連隊の図書館のいくつもの棚に並んでいたし、世界中のひとびとに、その名は知れ渡っていた。

ぼくは詩も好きだった。祈りに似た形式で書かれていて、ずっと美しく、意味がわかりやすい。その反面、詩は贖宥《しょくゆう》の日を約束してくれない。しかし、詩を罪の償いとして声に出す必要はなく、詩は喜びのためのものだった。流れるような、洗練された言葉は、ぴったりと組み合わさって、それは油を差した碾《ひき》臼《うす》をまわせば、きめ細かな粉が挽けてくるみたいだ。しかし読書はぼくの主たる仕事ではなかった。ガヴリーラとのレッスンは、もっと重要なものだった。

ぼくは彼から、この世の秩序は神とはまったく関係がないこと、神はこの世とはなんの関係もないことを学んだ。理由は簡単なことだった。神は存在しないのだ。抜け目のない司祭たちが、迷信深い、愚かな民衆をだますために神を発明しただけだった。神も三位一体も悪魔も、幽霊も、墓場から立ちあがる食人鬼も、そんなものは存在しない。次から次へと罠《わな》にはめようとして罪人をさがし求め、至る所を飛びまわる死神なんてものも存在しない。そんなものは、この世界の自然秩序を理解せず、おのが力を信じない、そしてそれがゆえに神とやらを信じる道に逃避せざるをえなくなった、無知なひとびとのための作り話なのだ。

ガヴリーラによれば、ひとは自分で自分の進む道を決定できる、自分の運命の唯一の主人だった。だからこそ、ひとりひとりが大切で、そのおのおのがなにをなすべきかを知り、なにをめざすべきかを知ることが重要なのだ。ひとりひとりの個人は自分の行為をなんの重要性もないと思うかもしれないが、それは錯覚だ。その行為は、無数の他人の行為と同じように、ひとつの偉大なパターンを形作る。ただ、社会の頂上にいる連中だけにしか、その絵柄は見分けられない。ちょうど、一見、あてずっぽうのように見える女のひと縫いひと縫いが、最後にテーブルクロスなりベッドカバーなりができあがってみれば、しっかり美しい花柄の模様《パターン》をこしらえる役に立っているようなものだ。

人類史の法則のひとつに即して言えば、膨大な名もない人間集団のなかから、ひとりの人間が忽然とあらわれることがままある、とガヴリーラはいった。それは他のひとたちの幸せを求める人物で、その並外れた知識と知性のゆえに、彼は神の救いを待つことはこの地球上ではなんの役にも立たないことを知っている。このような人間が、指導者になる。ちょうど、機を織るひとが複雑な模様《パターン》に合わせて、色とりどりの糸を導くように、思想的に、そして行動的にひとびとを導く、そういった偉人のうちのひとりとして。

連隊の図書館や野戦病院や集会所や食事をするテントや兵舎に掲げられていたのは、そうした偉大な人物の肖像画や写真だった。ぼくはこれらの賢者や偉人の顔をまじまじと見たものだった。その多くは亡くなっていた。短くて語呂のいい名前をしていて、ふさふさの髭《ひげ》を生やしている人物が何人かいて、しかし、最後のひとりはまだ健在だった。その肖像は他のだれのよりも大きく、明るく、美男子だった。その人物の統率の下で、赤軍はドイツ人を打ち破り、解放した民衆に新しい生き方をもたらしたのだ、とガヴリーラは言った。それは、万人を平等たらしめる生き方で、金持も貧乏人もなければ、搾取する者も、されるる者もなく、色の白い者が色の黒い者に及ぼす迫害もなければ、ガス室に送られる人間もいない。連隊のあらゆる将校や兵士も含めて、ガヴリーラは彼の持っているものをすべてこの人物に負っていた。教育も地位も家もだ。図書館だって、印刷や製本の美しい書物を彼に負っていた。ぼくが軍医からうけた治療も、そして元気になったのも、彼のおかげなのだ。ソビエト市民のひとりひとりは、その所有しているもののすべて、幸運のすべてを彼に負っている。

その男の名はスターリンといった。

肖像画と写真で見るかぎり、スターリンはやさしい顔立ちと人情味のある目をしていた。それは、まるで長いあいだ会っていない愛情豊かなお爺ちゃんか、伯父さんのようで、いまにも抱き上げてくれそうに見える。ガヴリーラはスターリンの生きてきた足跡についてたくさんの物語を読んで聞かせてくれた。若きスターリンは、ぼくぐらいの年齢ですでに恵まれない民衆の権利のために戦っていた。よるべない貧乏人に対する冷酷な金持からの何世紀にもわたる搾取に抵抗していたのだった。

ぼくは青年スターリンの写真を見た。とても黒いふさふさとした髪に色の濃い目、厚ぼったい眉毛、そしてのちには黒い口髭さえ蓄えていた。ぼくなんかよりももっとジプシーに見えたし、黒い軍服を着たドイツ軍の将校に殺されたユダヤ人よりも、線路の上で農民に発見された男の子よりも、はるかにユダヤ人に見えた。ぼくが滞在したような村々で彼が少年時代を過ごさなくてよかったのは幸運だった。もし色が黒い子どもだというだけで、しょっちゅう殴られていたら、スターリンだってひとを助けている暇などなかっただろう。それこそ、村の子どもや犬を退けるだけで手いっぱいだったはずだ。

しかしスターリンはグルジア人だった。ガヴリーラはドイツ人がグルジア人を焼き尽くす計画を温めていたかどうかは話してくれなかった。しかし写真のなかでスターリンをとり巻いているひとびとを見たとき思ったのだが、もしこのひとたちがドイツ人に捕らえられたら、焼却炉に送りこまれていただろう。それは疑う余地がなかった。みんな浅黒く黒髪で、暗色の目をしていた。

スターリンがそこに住んでいるというだけで、モスクワは国の心臓部であり、全世界の労働者大衆にとって憧れの都市だった。兵士はモスクワの歌を歌い、作家はモスクワについて本を書き、詩人は韻文スタイルでモスクワを誉めたたえた。モスクワについての映画も作られ、魅力的な物語も語られた。モスクワを走る道路の下、奥深くには、巨大なモグラの穴を、長いピカピカの電車が颯爽と走り、どんなに美しい教会にあるよりも繊細なモザイクと大理石で飾られた駅に音もなく止まるのだった。

スターリンの住まいはクレムリンといった。高い壁に囲まれた敷地内には、古い宮殿や教会がたくさん並んでいる。その壁越しに、ひっくり返した巨大なラディッシュみたいなドームが見えた。他に、その晩年にスターリンを鍛えたレーニンの住んだクレムリンの一画を写したらしい写真もあった。兵士のなかには、レーニンにより心酔する者と、スターリンに心酔する者がいて、やたら父なる神について話したがる農民と、神の子について話したがる農民が二手に分かれているみたいだった。

兵士たちが言うには、クレムリンにあるスターリンの書斎では夜遅くまで窓の明りが煌々と点っており、モスクワの市民は、世界中の労働者大衆とともに、その窓を見やっては、未来に向けた新しいインスピレーションや希望を見出すのだそうだ。そこで偉大なるスターリンは、大衆を見守り、全大衆のために働き、戦争に勝利を収めて労働者の敵を滅ぼす最善の方法を考案するのだ。彼は、あらゆる苦しむひとびと、それこそ遠い遠い国にあっていまだに恐ろしい圧政のもとに生きているひとびとに対してさえ、思いやりを忘れず、心を痛めるのだった。しかしその解放の日は近い。その日をもっと近づけるために、彼は夜なべをして働かなければならなかった。

こういったことすべてをガヴリーラから学んだあと、ぼくは畑を散歩しながら、深く考えこんだものだった。ぼくは祈ってばかりいた自分を後悔した。そうやって稼いだ何千という贖宥の日は無駄だった。神や神の御子や聖母、その他もろもろの聖者たちが存在しないというのがほんとうなら、ぼくの祈りはいったいどこでどうなったのだろう？　子どもに巣を壊された鳥みたいに、無人の天空をぐるぐるさまよっているのだろうか？　それとも、どこか秘密の場所にあって、ぼくの失われた声と同じように、自由になろうともがいているのだろうか？

ぼくは、祈りの文句をいくつか思い出したが、なんだか騙されたような気がした。ガヴリーラも言っているように、そうした祈りは意味のない言葉ばかりからなっている。どうしてもっと早く気がつかなかったのだろうか？　その一方、司祭たちが神の存在など信じておらず、他のひとびとを欺くためにそれを利用しているだけだなんて、にわかには信じられなかった。それにローマ教会や正教の教会はどうなのだろう？　ガヴリーラが言うように、それらは、神の力を説くことで民衆を恐怖におとしいれ、聖職者に仕えることを強いるためだけに築かれたものなのか？　しかし、もし司祭たちが信念をもって行動しているのだとしたら、神が存在しないことを知り、高い教会のドームの上空にあるのは、翼に赤い星のマークをあしらった飛行機が飛ぶ、果てしない空にすぎないことを知ることになった彼らは、いったいどうなるのだろう？　祈りには価値がなく、祭壇で行なったことすべて、また説教壇からひとびとに話したことのすべてがでたらめだと知らされた彼らは、いったいどうするつもりだろう？

その恐るべき真実を発見したら、司祭たちは、父の死、そしてその死体に最後のまなざしを向けるとき以上の強烈な衝撃にうちのめされることだろう。ひとびとはつねに神を信じることで慰められ、そして彼らはふつう子どもたちよりも先に死ぬ。それが自然の法則だった。彼らの唯一の慰めは、自分たちが死んでからも、神さまが子どもたちを一生のあいだ導いてくださるということだった。子どもたちが、お墓の向こう側で神さまが両親を迎えてくださると考えることで、それを気休めにするのとまったく同じことだ。神さまは、民衆の祈りに耳を傾ける暇もなく、蓄えられた贖宥の日にいちいち気をとめておく暇がないくらい忙しいとしても、いつだってひとびとの心のなかにお住まいだ。

ガヴリーラの教えは、しだいに新しい信念をぼくに植えつけた。この世界には、善を推し進めるための現実的な方法があって、それに一生を捧げるひとびとがいる。それが共産党員だった。彼らは全人民のなかから選ばれ、特別の訓練を受け、特殊な任務を授けられた。彼らは、労働者の大義が求めるなら、どんな苦難、必要とあれば死をさえも辞さない。党員は社会の頂上に立ち、そこからであれば、人間の行動は意味のないガラクタではなく、決まった模様《パターン》のパーツとして見ることができた。党は、どんなに優秀な狙撃兵よりも遠くまで見通すことができた。だから、党員であればだれでも出来事の意味を知るだけではなく、出来事を産み出し、それを新しい目的に差し向けることができるのだ。だからこそ、党員はなにがあろうとびくともしない。党は労働者にとって汽車のエンジンにあたる。党はひとびとを最高の目標に導く。党はひとびととの生活向上に向けての近道を示すのだ。そしてスターリンはこのエンジンを操縦する技師だった。

ガヴリーラは、長くて大荒れの党集会に出かけると、いつも声を涸らし、疲れ切って帰ってきた。党員は頻繁に開かれる集会に出るたびにたがいを評価しあった。各自が他人を批判し、自己を批判し、正しいところは賞賛し、足りないところは指摘するのだ。党員はまわりで起きる出来事に対してことさら意識的で、聖職者や地主の影響を受けた民衆がとろうとする有害な行動をあらかじめ制するために力を尽くした。常時、監視を受けることで、党員は鋼《はがね》のように鍛えられた。党員のなかには、若者から老人まで、将校から一兵卒までがいた。党の強さは、ガヴリーラが言うには、荷車の壊れるか、あるいは曲がるかした車輪のように前進を妨げるひとびとを、排除する力があるかどうかにかかっていた。こうした自己粛清は集会の場で行なわれた。党員にはたくましさが求められ、そのたくましさを磨く場が集会だった。

こうした話にはなにかとてもわくわくするものがあった。ある人間を見る。服装はだれとも変わらず、働くのも戦うのも同じだ。彼は巨大な軍隊のなかの一兵卒のように見える。ところが、彼は党員かもしれないのだ。心臓の真上に位置する軍服のポケットには、党員証を携帯しているかもしれない。そうなると、同じ男でも目に映るその姿が変わってくる。連隊の写真家がこもっている暗室の感光紙のように、がらりと見た印象が変わるのだ。彼はだれよりも優れたなかのひとり、選ばれたひとり、だれよりも知識の豊かな人たちのひとりとなる。その人間が下した判断は、ひと箱の爆薬よりも強い力を持っている。彼が話し出すとみんなは黙り、彼が耳を傾けていると、みんなはことばに気をつけて話すのだ。

ソビエト社会で、ひとの評価は自己評価ではなく、他人の見方によって測られた。「コレクティーフ」と呼ばれる集団だけが、ひとの価値や重要性を決定する資格を有していた。その集団は、どうすればその人間をより有用な人間たらしめられるか、またその有用性をどうすれば他の人間に還元できるかを決定する。人間は、他の人間が彼について語る一切合財の複合物となるのだ。人間がその内部に持つ性格を洞察するすべを学ぶのは、終わりのない過程だ、とガヴリーラは言った。だれにだって、心の奥底に、それこそ深い井戸のなかのように、労働者の敵、地主階級の手先が潜んでいるかも知れない。それを知る手立てなんてない。だからこそ、ひとは、友人であれ敵であれ、周囲の人間がずっと見張っていなければならないのだ。

ガヴリーラの世界で、個人というものはたくさんの顔を持っているようだった。ある顔は頬を打たれる顔かもしれないが、もうひとつの顔はキスを受け、さらにひとつの顔は一時的には気づかれないままだ。一瞬ごとに、彼は職業的な有能さ、家族の出自、集団や党内での成功を尺度として評価されて、他の人間と比べられた末に、いつなんどき役割をすげかえられないともかぎらず、逆に他のひとにとってかわることもある。党はさまざまな焦点距離を持ったレンズを通して、しかし精度は変えずにひとりの男を同時に見る。そして、最終的にどんなイメージがあらわれるかは、だれにも分からない。

党員になるということがまさにその終着点だった。頂上への道は容易ではなく、その連隊の生活について学べば学ぶほど、ガヴリーラが動いている世界の複雑さが感じられた。

頂点へと至るには、同時にたくさんの梯子を登らなければならないようだった。職業的な梯子を途中まで登っていたとしても、政治的な梯子には足をかけたばかりという場合もある。ある梯子は登っていても、もうひとつは降りているということもある。こうして頂点へと達する可能性はめまぐるしく変わり、ガヴリーラが言うには、頂点への道は往々にして一進一退の歩みなのだ。しかも、かりに頂点まで達したあとでも、簡単に滑り落ち、ふりだしに戻らないといけないかもしれない。

ひとりの人間の評価は、ある面ではその人間の社会的な出自によるところが大きいため、その家族的背景は、たとえ両親が故人であったとしても重要だった。両親が農民や事務員であるよりも、工業労働者であった場合の方が、政治的な梯子を登るには有利だった。こうした家族の影は、敬虔なカトリック教徒をさえも脅かす原罪の考え方と同じように、無慈悲にひとについてまわるのだ。

ぼくは不安でならなかった。父の職業を正確には思い出せなかったが、搾取の犠牲者として分類できる料理番や女中や子守が家にいたことは覚えていた。それに、父や母が労働者でなかったことも分かっていた。ちょうどぼくの黒い髪と目が農民の反感を呼びこんだように、ぼくの社会的な出自は、ソビエトとともに始める新生活にとって手かせ足かせとなるのだろうか？

軍隊の梯子では、その人間の地位は階級と連隊での働きによって決定された。ベテランの党員でも、相手が党員でなくても、上官の命令には絶対服従だった。しかし、あとで開かれた党員集会で、その党員は自分に命令を発した上官の行動を批判でき、その告発が他の党員に支持された場合、その上官は降格になるということもありえた。また、ときにはその逆もあって、司令官が党員である将校を罰したのに対し、党がさらにその将校の階級を下げるということがあった。

ぼくは頭のなかがこんがらがってしまった。ガヴリーラが手ほどきを与えてくれた世界では、人間の欲求や期待はたがいに絡まりあっていて、それは、深い森のなかの大きな木々の根や枝が、たがいに競い合って、土からは水分を、空からはもっと太陽の光を得ようとするのに似ていた。

ぼくは心配だった。大きくなったときに自分はどうなるのか？　党のたくさんの目に見つめられたとき、ぼくはどんなふうに見えるのだろう？　ぼくのもっとも深いところにある芯はどうなっているのだろう？　それは新鮮なリンゴの芯のように、健全なものだろうか、それとも、干からびたスモモの蛆のわいた種子みたいに、腐りきっているのだろうか？

もし他の連中、要するに組織が、たとえば深海の潜水といったような仕事にぼくが向いていると決定したら、ぼくはどうなるのだろう？　潜るたびにいつか氷の下で溺れそうになったときのことを思い出すので、水が怖いと言ったら、耳を貸してもらえるだろうか？　組織は、それこそ貴重な経験だから、ぼくには潜水のトレーニングを受ける資格があると、考えてくるかもしれない。そうなったら、ぼくはいろいろな信管の発明者になる代わりに、一生を潜水夫として送らなければならないだろう。水を見ただけで身の毛がよだち、潜る前からパニックに襲われるというのに。その場合はどうなるのか？　多くの人間の判断よりも自分の判断の方を優先するなんてことが、一介の個人にできるとでも思うのか？　ガヴリーラからそう尋ねられたことがある。

ぼくはガヴリーラの言葉を一言一句まで吸収し、彼がくれた石板に答えてもらいたい質問を書きつけた。ぼくは集会の前後に交される兵士たちの会話にも耳を傾けた。ぼくはテントの布地越しに集会を立ち聞きさえしたのだ。

これらソビエトに属する大人たちの生活はじつに大変そうだった。村から村へと放浪し、ジプシーと見なされるのと同じくらいに過酷なことだった。選ぶべき道は無数にあり、人生という国には道が縦横無尽に走っているのだった。行き止まりの道もあれば、沼地にぶつかる道があり、危険な罠《わな》や細工がしかけられている道もある。ガヴリーラの世界では、正しい道、正しい目的地を知っているのは、党だけだった。

ぼくはガヴリーラの教えを、ひとこと残らず暗記しようとした。幸福になり世のなかの役に立つためには、労働者人民の行進に参加し、その列の割り当てられた位置で、他のひとびとと歩調を合わせるべきだ、というのが彼の主張だった。列の先頭にしゃしゃり出ようとするのは、ぐずぐずして取り残されるのと同じくらいよくないことだった。それは大衆との接触を失うことを意味し、頽廃や堕落へとひとを導きかねないからだ。ちょっとでもつまずけば、全体の歩みを鈍らせることになりかねず、倒れた者は他のひとびとに踏みつけられる危険がある……

17

午後遅く、農民たちがぞろぞろと村からやってきた。果物や野菜を運んできて、アメリカからはるばる赤軍へと送られてきた豪華な罐詰《かんづめ》のポークや靴、あるいはズボンや上着をこしらえるのに適したキャンヴァス地の布を、引き換えにもらって帰ろうというのだ。

兵士が午後の任務を終えようとしているところに、アコーディオンの音や歌声があちこちから聞こえてきた。農民たちは歌詞もろくには分からないまま、熱心に歌に聞きいった。仲間に入って、大きな声で歌う大胆な男もいたし、逆に警戒を弛めず、ふいに思いもよらない親愛の情を赤軍に対して示す隣人の顔をいぶかしそうに眺めるものもいた。

村からは男とともに女たちも続々とやってきた。その多くは、兵士に向かってあからさまに色目を使い、すぐ近くで取引をしている夫や兄弟のいるところまでひっぱっていこうとした。灰色の髪をして、明るい目をした女たちは、ぼろぼろのブラウスを引きおろし、よれよれスカートをさりげなくたくし上げて、腰を揺すりながら歩きまわった。兵士たちは、アメリカ製のポークやビーフのぴかぴかした罐詰や、煙草の包みや紙巻煙草用の紙を持って、テントから近づいてきた。彼らは、そこに男たちがいるのを物ともせず、女たちの目をのぞきこみ、偶然を装って、その巨乳に体をこすりつけたり、その匂いを嗅いだりした。

兵士はときおりキャンプを抜け出して、農夫たちとの取引を続けたり、村の娘たちの顔を拝んだりしに村を訪れた。連隊長はこうした住民との隠密の接触行動を阻止しようと懸命だった。政治将校や大隊の指揮官、そして師団内の壁新聞さえもが、兵士にそういった個人的な抜けがけを慎むよう警告した。また、比較的裕福な農民のなかには、ソビエト軍の快進撃を遅らせ、労農政権の来るべき勝利を阻止しようとして森に潜伏している民族主義パルチザンの感化を受けている者がいることについても指摘があった。他の連隊では、遠出に行った兵士が暴行されて帰ってきたり、消息を絶ったりしたケースがあったという。

しかし、ある日、数人の兵士が処罰を覚悟で、キャンプから抜け出した。衛兵は見て見ぬふりをした。キャンプでの生活は単調で、出陣あるいは作戦行動を前にして、なにか気晴らしはないかと、みんなやけくそだった。「郭公のミートカ」も同志たちの無断外出のことは知っており、もし足が悪くなければ、彼だっていっしょに行ったかもしれないほどだった。ミートカは、赤軍はナチと戦って、一帯の民衆のために生命の危険を冒したのだから、連中が自分たちを断る理由はなにもないと何度も口にした。

ミートカは、ぼくが連隊の病院に入って以来、ずっとぼくの面倒をみてくれていた。ぼくが体重を取り戻したのも、彼がちゃんと食べさせてくれたからだ。ミートカは大鍋のなかからいちばんまともな肉を拾い、ぼくのためにスープの表面に浮いた脂肪をすくってくれた。ぼくが痛い注射を打たれるときも、彼は横についていてくれ、身体検査の前にはぼくを励ましてくれた。一度、食べ過ぎて消化不良を起こしたことがあったが、そのとき、ミートカは二日間ぼくに付き添い、ぼくが吐くときには頭を持ちあげ、顔を濡れた布で拭ってくれた。

ガヴリーラが党の役割の説明など、真面目なことを教えてくれたとすれば、ミートカはぼくを詩に目覚めさせ、ギターの伴奏を加えて歌を歌って聞かせてくれた。連隊の映画にぼくを連れていき、映画の内容をていねいに説明してくれたのもミートカだった。ぼくは彼といっしょに出かけていって、強力な軍用トラックのエンジンを機械工が修理するのを見せてもらった。また、狙撃兵の訓練を見学に連れていってくれたのもミートカだった。

ミートカは連隊で、もっとも愛され、尊敬される兵士のひとりだった。軍歴もすばらしいものがあり、軍の特別な行事の日には、その色あせた軍服が勲章に飾りたてられ、連隊の司令官や師団の指揮官でさえもがそれを羨んだものだった。ミートカは軍人としては最高の栄誉である「ソ連邦の英雄」で、師団全体のなかでもっとも多くの勲章を授かっていたひとりだった。

狙撃兵としての彼の武勇譚は、新聞や児童書や大人向けの本にも描かれていた。何度かニュース映画にもとりあげられ、集団農場や工場で何百万というソビエト市民がそれを見た。連隊はミートカを大いなる誇りにした。師団ごとの壁新聞にも写真が載り、従軍記者の取材も受けていた。

つい一年前にミートカが遂行した危険な任務については、夜のキャンプファイヤーで、よく兵士たちの話題にのぼった。たったひとりで敵の後方にパラシュートで降り立ち、ドイツ軍の将校や伝令をすばらしい腕前で長距離からつぎつぎに狙撃していった彼の英雄的な行動が話題になると、いつまでも話に花が咲いた。ミートカが戦線の背後を突破して帰還し、ふたたび新たな危険な任務に送りだされた話を聞くと、みんなはあっぱれを叫んだ。

そのような話のあいだ、ぼくは誇らしい気持で胸がふくらんだ。ミートカの隣に坐り、彼の頑丈な腕にもたれながら、その声に熱心に聞きいり、彼が話す言葉やみんなの質問をひとことも聞き洩らすまいとした。もしぼくが従軍できるくらいの年齢になるまで戦争が続けば、ぼくだって狙撃兵になって、労働者たちが食事中に話題にするような英雄になれるかもしれない。

ミートカのライフルはいつでも憧れの的だった。あまりの要求に根負けして、ミートカはケースから銃を取り出し、照準や銃床についた目に見えない埃を吹き払ったものだ。好奇心に震えながら、若い兵士はまるで祭壇に立つ司祭のような重々しさで、銃の上にかがみこんだ。大きな、ごつごつした手のベテラン兵たちは、すべすべに磨かれた銃床を、母親が揺籠から赤ん坊を抱きあげるように、持ちあげた。彼らは息をつめ、望遠鏡の水晶のように澄んだレンズを確かめた。この目を通してミートカは敵を見定めたのだ。そのレンズは、狙った相手の顔や動作や微笑が見えるくらい、標的を近くまで引き寄せた。だからこそ、ドイツ人の心臓が脈打っている、線章の真下の部分を過たず狙うことができたのだった。

兵士が彼の小銃に見とれているうちに、ミートカの顔は曇った。彼は、ドイツの銃弾の破片がまだ埋まっていて、痛みの残るこわばった脇腹に思わず手を持っていった。その弾丸が一年前にその狙撃兵としての軍歴を終わらせたのだった。それは毎日のように彼を苦しめた。それまで「郭公のミートカ」として知られていた彼が、いまではたいてい「名手のミートカ」の名で呼ばれていた。

彼はなお連隊では狙撃の教官で、若い兵士に自分の技を伝授しているが、それは彼が心から希望するものとは違っていた。夜になると、彼が目を大きく見開いて、テントの三角屋根を見ている光景をときどき目にした。おそらく彼は、敵の前線の背後で、木の枝間や廃墟に隠れ、将校や参謀部の伝令兵や飛行士や戦車兵を仕留める瞬間をじっと待った昼間や夜のことを記憶に甦らせていたのだろう。いったい何度彼は敵の顔を視野に収め、その動きを追い、距離を測り、もう一度照準を合わせたことだろう。狙いを定めた弾丸のひとつひとつが敵の将校を退け、ソ連邦を磐石にしていったのだ。

軍用犬を連れたドイツの特別部隊が彼の隠れ処を探しにやってきた。捜査の手は広範囲に広がった。もう帰れないと、彼は何度思ったことだろう！　しかし、ぼくにはその時期がミートカの生涯のなかでなによりも幸せな日々であったことが分かった。彼は、自分が他のだれに対しても裁判官であり死刑執行人であった日々を、なにかとひきかえに交換できたとしても、そうはしなかったろう。彼は、たったひとりで、小銃の望遠鏡を頼りに、敵のなかの選りすぐりを次々に葬り去っていったのだ。そういった連中は勲章や階級章や軍服の色で見分けがついた。引き金を引く前に、彼はまず相手の男が「郭公のミートカ」の銃弾で斃《たお》れるにふさわしい人物かどうかを自問しなければならなかった。ひょっとしたら、もっとあつらえ向きの犠牲者を待つべきかもしれない。中尉よりは大尉、大尉よりは少佐、戦車兵よりも飛行士、大隊の指揮官よりも参謀将校というふうに。発射した一発一発は敵に死をもたらすばかりではなく、自分自身をも殺すようなものだった。こうして赤軍からもっとも優秀な兵士がひとり失われるかもしれなかったのだ。

こういったことを考えていると、ミートカはぼくにとってますます目を瞠《みは》る存在と化した。ここ、ぼくから数フィート離れたベッドのところに、より良く、より安全な世界のために働いている男がいる。それも教会の祭壇で祈るのではなく、射撃の正確さで鳴らす人間が横たわっている。無力な捕虜を殺したり、ぼくみたいにちっぽけな黒いノミごときの運命を決めたりすることで暇をつぶしている、いかめしい黒い軍服に身を包んだドイツ軍の将校なんて、ミートカに比べると可哀想なくらい意味のない存在のように思えてきた。

キャンプを抜け出して村に出かけた兵士たちが戻ってこなかったとき、ミートカはかなり気を揉んだ。

夜の点呼の時間が近づいており、彼らの不在がいつ発覚しないともかぎらなかった。ぼくたちはテントのなかに坐っていた。ミートカはぴりぴりしながら歩きまわり、緊張で汗ばんだ手をこすりあわせていた。彼らはみんなミートカの親友だった。ミートカのアコーディオンに合わせて歌う、歌のうまいグリーシャ、同じ町からやってきたロンカ、だれよりも朗読のうまい詩人のアントン、かつて彼の生命を救ってくれたことがあるとミートカが言うヴァンカ。

太陽は沈み、衛兵が交代した。ミートカは戦利品として手に入れた時計の螢光塗料を塗った文字盤を見つめっぱなしだった。

外の衛兵が騒ぎだした。だれかが医者を呼ぶようにと大声をあげ、オートバイが全速力でキャンプを抜けて本部へと向かった。

ミートカがぼくをひきずりながら、外へとび出した。他の連中もあとから駆けてきた。

すでに大勢の兵士たちが衛兵所まで集まってきていた。血みどろの兵士がうずくまったり、立ったりしている真ん中に、四人の動かない体が横たわっていた。その辻褄の合わない言葉のはしばしからすると、彼らは近くの村の祭りに参加し、女を奪われそうになって頭にきた酔っぱらいたちから襲われたらしい。多勢に無勢で、彼らは武器をとり上げられた。四人が斧で殺され、他のみんなも重傷を負った。

連隊の副官が他の上級将校を従えて到着した。兵士たちは道をあけ、気をつけの姿勢で立った。負傷した兵士たちは立ちあがろうとしたが、だめだった。副官は蒼ざめた顔をしていたが冷静で、怪我をした兵士のひとりから報告を受け、それから命令を発した。負傷した面々はすぐに病院へ運ばれた。歩けるものはたがいに支えあい、顔や髪の毛についた血を袖で拭いながら、ゆっくりと歩いていった。

ミートカは死んだ男たちの足元にうずくまり、その叩き割られた顔をじっと見つめていた。他の兵士たちは見るからに動転しながら、そばに立っていた。

ヴァンカが仰向けに横たわっており、白い顔を見下ろすみんなの方に向けていた。カンテラの薄明りでも、彼の胸にこびりついた何本もの血の痕を見ることができた。ロンカの顔は斧の恐ろしい一撃で真っ二つに割れていた。砕けた頭蓋骨が、細長くたれさがった首の筋肉と混じりあっていた。たたき潰され、むくみの激しい、残りの二人の顔はほとんど見分けがつかなかった。

救急車が駆けつけた。死体が運ばれるとき、ミートカはぼくの腕を怒ったようにぐいとつかんだ。

その夜の報告で、この悲劇が話題にあがった。兵士たちは、ごくりと唾を呑みこみながら、敵意を持った村民に近寄ることを禁じ、軍と村との関係をこれ以上悪化させるような行為は厳に慎むようにとの新しい命令を聞いた。

その夜、ミートカはぶつぶつとひとりごとを言い、頭を拳でなぐりつけたあと、こんどはおし黙ったまま坐っていた。

何日もが過ぎ、連隊での生活は平常に復した。みんなは死んだ同志の名前をあまり口にしなくなった。歌声が戻り、野外劇場の受け入れ準備が始まった。しかし、ミートカは具合が悪そうで、狙撃の訓練も他のだれかが代わりをつとめた。

ある晩、夜明け前になってぼくはミートカから起こされた。ただ急いで服を着るようにとだけ言われた。自分の用意ができると、ぼくはミートカを手伝って彼の足にゲートルを巻き、ブーツをひっぱりあげて履かせた。彼は苦痛でうめいたが、てきぱきと動いた。服を着ると、他のみんなが眠っているのを確かめて、ベッドの後ろからライフルをひっぱり出した。茶色のケースから銃を取りだし、ひょいと肩にかけた。用心深くそのケースをベッドの背後に戻し、まだ銃が入っていると見せかけて、ケースに鍵をかけた。それから、照準望遠鏡のおおいを取り、小型の三脚とともにポケットに入れた。弾薬帯を調べ、双眼鏡を鉤から外し、ストラップをぼくの首にかけた。

ぼくたちは黙ってテントを抜け出し、野営の調理場を通り過ぎた。衛兵が進んできたとき、ぼくたちはいそいで茂みへと走り、隣接している畑を横切って、ほどなくキャンプの外へと逃れた。

地平線はまだ夜霧に包まれていた。田舎道の白い帯が、畑の上にかかっている、幾層かのぼんやりした霧のあいだを縫ってのびている。

森へと急ぐあいだ、ミートカは首の汗を拭い、ベルトを引きあげて、ぼくの頭をぽんぽんとたたいた。ぼくはどこへ、なにをしに行こうとしているのか分からなかった。しかし、ミートカがなにかを企んでいること、それが禁じられたなにかだということ、そして、それが軍隊における地位、また世間的な彼の評判を危うくするなにかだということは想像できた。

しかし、そうは言っても、ぼくは彼の相棒に選ばれ、この怪しげな任務においてソ連邦の英雄を手伝えるという誇りで舞い上がっていた。

ぼくたちは足早に歩いた。ミートカが疲れているのは、びっこをひき、肩からずり落ちそうなライフル銃を引きあげるしぐさからも明らかだった。つまずくたびに、いつもは他の兵士に使うのを禁じているような悪態をつき、ぼくに聞かれたと気づくと、すぐに忘れるようにと言った。ぼくはうなずいたが、声が戻ってくれるならなんでもするのに、と思った。熟れたスモモみたいに汁気の多い、格好いいロシア語の罵倒語をくり返すためなら。

ぼくたちは用心のため、眠りこけた村の裏手にまわりこんだ。煙突から煙はのぼっていないし、犬も鶏もおとなしい。ミートカの顔はこわばり、唇は乾いていた。冷たいコーヒーの入った水筒のふたをあけて、ごくりとやったあと、残りをぼくにくれた。ぼくたちは先を急いだ。

森に入ったころには朝日がのぼっていたが、森はまだうす暗かった。木々は黒衣をまとった不吉な修道士のように直立し、ゆったりした袖のような枝で林間の空地を守っている。ある地点まで来ると、梢《こずえ》にできた小さなすきまから太陽が差しこみ、クリの葉の開いた手のひらを透かして輝いて見えた。

しばし思いをめぐらしたあと、ミートカは森から畑に出るあたりの高くてがっしりとした木を選んだ。幹はすべりやすかったが、たくさんの節があったし、かなり低いところに大きな枝が張り出していた。ミートカはまずぼくを大枝のひとつに登らせ、それから長いライフルと照準望遠鏡と双眼鏡と三脚をよこした。それらをぼくは木の枝にそっとぶら下げた。今度は、ぼくが手伝ってミートカを木に登らせた。ミートカがうめき、息を切らせ、汗まみれになって、ぼくのいる枝に届くと、ぼくは次の枝に登った。こうして二人で助けあって、ライフルとその他の機材をかつぎながら、ほとんど木のてっぺん近くまでなんとかたどりついたのだった。

ひと息入れたあと、ミートカは視界を妨げる枝を手際よく曲げたり、切ったり、枝と枝を結びあわせたりした。まもなく、坐りがよく、外からは見えない居場所ができた。姿の見えない鳥が、葉叢《はむら》のなかでぱたぱたと羽ばたいた。

木の高さに馴れると、正面にある村の建物の輪郭がぼくにも識別できるようになった。まず一本の煙が空に昇りはじめた。ミートカは照準望遠鏡をライフルにとりつけ、三脚を固定した。それから坐りこんで、注意深くライフルを台座にのせた。

　ミートカは長いあいだ、双眼鏡で村をうかがっていた。それから双眼鏡をぼくに手渡し、ライフルの照準望遠鏡を調節しはじめた。双眼鏡を通してぼくは村を見渡した。見えるもののすべてが驚くほど大きくなり、家は森のすぐ前にあるように見えた。ワラ葺《ぶ》き屋根のワラが数えられるほど、映像は鮮明ではっきりしていた。中庭でメンドリが餌をつつき、犬が早朝の鈍い光を浴びてのんびりしているのが見えた。

　ミートカが双眼鏡をよこすように言った。渡す前に、もう一度、ささっと村を見た。背の高い男が家を出てくる。両腕をのばして欠伸をし、雲のない空を見上げる。シャツを大きくはだけ、ズボンの膝には継ぎがあたっている。

　ミートカは双眼鏡をとり、ぼくの手が届かないところに置いた。彼は照準望遠鏡を使って目前の光景をしっかりと観察した。ぼくは目を凝らしてはみたが、双眼鏡を使わないと、はるか下方に小人の住むような家が見えるだけだった。

　銃声が鳴り響いた。ぼくは驚き、鳥が茂みのなかで羽ばたいた。ミートカが真っ赤に火照って、汗のにじみ出た顔を上げ、なにごとかをつぶやいた。ぼくは双眼鏡に手を伸ばした。彼は申し訳なさそうに笑いかけ、ぼくの手をおしとどめた。

　ぼくはミートカのその動作にむかついたが、なにが起きたかは想像できた。頭のなかで農民が両手で天を仰ぎながらひざまずくさまが見えた。それは目に見えない手すりをさぐるかのようで、そうやって家の敷居に倒れこむのだった。

ミートカはふたたびライフルに弾丸を補充し、使い終わった薬莢をポケットに入れた。彼は静かに双眼鏡を使って村をうかがい、固く閉じた唇のすきまからぴゅーと笛を鳴らした。

ぼくは彼がそこになにを見ているのか、思い浮かべようとした。年をとった女が茶色いボロをまとって家のなかから出てきて、空を見上げ、十字を切る。と同時に、地面に横たわる男の体を見る。不器用によたよたした足でそれに近寄り、身をかがめて男の顔を自分に向かせようとしたとき、血に気がつき、近所に向かって悲鳴をあげながら走る。

その悲鳴に驚き、男たちはズボンを引きずりあげながら、女たちは寝ぼけまなこで、家からとび出してくる。村はまもなく走りまわる村人でいっぱいになる。男たちは死体の上にかがみこみ、大きく体を動かしながら、どうすることもできずに四方を見渡している。

ミートカが心もち体を動かした。目は照準望遠鏡に固定したまま、銃床を肩に押しつける。額には玉の汗が光っている。その一滴が額を伝って、もじゃもじゃの眉毛に転がり落ち、鼻の付け根にあらわれ、頬を対角線状に走る筋を伝って顎へと落ちていった。それが唇まで届かないうちに、ミートカはたて続けに三発を放った。

ぼくは目を閉じてから、村の様子を思い浮かべてみた。三つの体が地面にくずおれる。この距離では銃声が聞こえず、まわりの農民たちはパニックに陥って散らばり、おろおろするばかりだ。周囲を見まわし、弾丸がどこから飛んでくるのかと、首を傾げている。

恐怖が村に襲いかかった。死亡者の家族は狂ったようにすすり泣き、両手両足をつかんで死体を家や納屋までひっぱっていく。子どもや老人たちは、なにが起こったのかも分からず、あてもなくうろついている。いつのまにか外にはだれもいなくなり、鎧戸までが下がっている。

ミートカはもう一度村のようすを確かめた。見究めに時間がかかっているようすからすると、だれも戸外には残っていないに違いない。とつぜん、彼は双眼鏡を横に置き、ライフルをつかんだ。

ぼくは、おやっと思った。家と家のすきまを通り抜けながら、狙撃をよけながら家に戻ろうとする若者でもいるのだろう。そして、彼が野生のバラのやぶまでたどり着くと同時に、ミートカの銃がふたたび火を放つ。若者は地面に釘づけになったように立ち止まる。片膝を曲げ、もう一方を曲げようとするのだが、そのままバラのやぶのなかにつんのめる。棘だらけの枝がぶきみに揺れる。

ミートカはライフルにもたれて、ひと息入れた。農民たちはみんな家にこもって、だれひとり出てこようとはしなかった。

ぼくはミートカが羨ましくてならなかった。ひとりの兵士がミートカとの話の中で言った言葉の意味が、とつぜん、腑に落ちた。人間というのは誇るべき名前だ、と兵士は言った。ひとは自分のなかに自分なりの戦争をかかえていて、勝とうが負けようが、その戦争は自分で戦わなければならない。自分の正義は、自分で始末をつけなくては。いま「郭公のミートカ」は、他人の意見には目もくれず、師団での地位やソ連邦の英雄という称号を危険にさらすことも覚悟の上で、友人の死に対する復讐を果たしたのだ。友人の復讐を果たせなかったら、狙撃の腕を磨き上げ、目や手や息づかいを究めた日々がいったいなんの役に立つというのだろう？　自分の目から見てもう英雄の称号に値しないなら、何千万という市民に尊敬され、崇め奉られるその称号に、いったいどんな価値があるだろう？

ミートカの復讐にはもうひとつの要素があった。ひとはどんなに人気があり、まわりから賞賛されようと、けっきょくは、自分自身と折り合いをつけながら生きていくものなのだ。もし自分との和解ができないなら、そして自分のイメージを守るためにほんとうはなすべきであったのになし得なかったなにかに苦しめられるようなら、その人間は「罪深い世界の上を高く滑空する不幸な悪魔、流浪のたましい」のようなものなのだ。

ぼくはまた他のあることをも理解した。頂点に達する道筋や階段はいくらもある。しかし、たったひとりで頂点に達することもできる。助けを借りるとしても、せいぜいひとりの友人の助けで足りる。ちょうどミートカとぼくが木に登ったように。これは、労働者階級の行進とともに究めようという頂点とは、また違った頂点だ。

やさしい微笑を浮かべ、ミートカはぼくに双眼鏡を渡してくれた。ぼくは必死になって村のようすをうかがったが、固く閉ざされた家以外にはなにも見えなかった。あちこちでメンドリや七面鳥が尾を立てて歩いている。ぼくが双眼鏡を彼に返そうとしたとき、大きな犬が家と家のあいだからあらわれた。しっぽを振り、後ろ足で耳をかいている。ぼくはユダのことを思い出した。鉤にぶら下げられたぼくに向かってしかめ面をしながら、ユダはちょうど同じことをしたのだ。

ぼくはミートカの腕に触れ、頭で村の方を指した。彼は人間が動いているとぼくが言っていると思い、照準望遠鏡に注意を集中した。だれもいないのが分かると、ぼくをいぶかしそうに見た。ぼくは身ぶり手ぶりで犬を殺してほしいと伝えた。彼は驚いて、いやだと言った。ぼくはもう一度頼んだ。ミートカは冗談じゃないという顔でぼくを見ながら、首を横に振った。

ぼくたちは黙りこくったまま腰を下ろし、さらさら鳴る恐ろしい葉ずれの音に聞き耳をたてた。ミートカはもう一度村を確かめてから、三脚を折りたたみ、照準望遠鏡を外した。ぼくたちはゆっくりと木を降りはじめた。ミートカは足場をさぐりながら腕でぶら下がり、ときどき、苦痛からなにやらつぶやいた。

彼は使った薬莢をコケの下に埋め、ぼくたちがここにいたという痕跡をすべて消し去った。それからキャンプの方へ向かって歩き出した。機械工が試しているエンジンの音が聞こえてきた。ぼくたちはだれにも気づかれずに戻った。

午後、他の兵士が任務についているあいだに、ミートカはライフルや照準望遠鏡をさっさと掃除し、ケースに戻しておいた。

その夜のミートカは、昔のように穏やかで、調子がよかった。オデッサの街の美しさや、何千という砲兵隊に混じって、戦争で息子を失った母親たちの代わりに復讐を果たす砲兵を歌ったバラードを、次々に、胸にしみる声で歌いあげた。

近くに坐っていた兵士たちがそれにコーラスをつけた。その声は高らかに、澄みきっていた。村からは葬儀の鐘の音が、かすかに、がらんがらんと聞こえてきた。

18

ガヴリーラやミートカやその他の連隊仲間と別れなければならないという考えにふんぎりがつくまでには何日もかかった。それでも、ガヴリーラは、戦争はもうすぐ終わるだろうということ、ぼくの国はもうドイツ軍から完全に解放されていること、そして規則によれば孤児は特別なセンターに送られ、その両親の生存が確認されるまでそこに預かってもらえるということを、ぼくに言い含めた。

そのあいだ、ぼくはずっと彼の顔を見つめ、涙をこらえていた。ガヴリーラもなんだか落ち着きがないようだった。彼とミートカがぼくの将来を話しあっていたことは知っていたし、他に解決方法があるならそれを見つけてくれたはずだ。

ガヴリーラは戦争が終わって三か月がたっても、ぼくを引き取る肉親があらわれなかったら、そのときは自分がぼくを引き取り、ふたたび言葉がしゃべれるような教育を施してくれる学校に通わせると約束してくれた。そのあいだも、ぼくは勇気を出すように、そしてぼくが彼から学んだことをすべて忘れないように、そしてソビエトの新聞『プラウダ』を毎日読むようにとぼくを促した。

ぼくは兵士たちからカバンいっぱいの贈り物を、ガヴリーラとミートカからは本をもらった。ぼくは連隊の仕立屋が特別に仕立ててくれたソビエト陸軍の軍服を身にまとった。ポケットには、片面にスターリン、もうひとつの面にはレーニンの写真がついた、木製の小型ピストルが入れてあった。

別れの瞬間がやってきた。孤児収容施設のある町に、軍の用事のあったユーリー軍曹がいっしょに行ってくれることになっていた。この工業都市は、国でいちばん大きく、戦争前にぼくが住んでいた都市だった。

ガヴリーラは、ぼくが身のまわり品をすべて持ったかどうか、そして、ぼくに関する書類がちゃんとそろっているかどうかを確かめてくれた。その書類には、ぼくの名前や元住所、両親や故郷の町や親類や友人についてぼくが提供したこまごまとした情報が、すべて彼の手でまとめられていた。

運転手がエンジンをかけた。ミートカはぼくの肩を叩き、赤軍の名誉を汚さないようにと言った。ガヴリーラはぼくを温かく抱きしめ、他の兵士たちはまるで大人に接するように、代わるがわるぼくと握手をした。泣きたかったが、ぼくは顔をまっすぐ上げ、兵士のブーツのようにきりっと表情をひきしめた。

ぼくたちは駅へと向かった。列車は兵士や市民で満員だった。汽車は壊れた信号のところでしばしば止まり、動いたかと思うと、駅と駅のあいだでまた停車した。爆撃を受けた町、無人となった村、乗り棄てられた車、戦車、大砲、主翼や尾翼がちぎれた飛行機などを車窓に見た。あちこちの駅で、ボロをまとったひとびとが線路に沿って走り、煙草や食糧をねだってきた。かと思えば、半裸の子どもたちがぽかんと口を開けて列車を見ている。目的地に着くまでに二日かかった。

鉄道路線はすべて軍事関係の輸送や赤十字の運搬に利用され、無蓋車には軍需品が積まれていた。プラットフォームでは、ソビエト兵士やいろいろな軍服を着た元捕虜が、びっこをひく傷痍《しょうい》軍人や、みすぼらしい一般市民や、杖で敷石を叩く盲人たちともみあっていた。あちこちで、看護婦が縞模様の服を着た、痩せ衰えた人たちの手を引いていた。兵士たちは、それを見るととつぜん黙りこんだ。焼却炉から救われ、強制収容所から生還したひとびとだった。

ぼくはユーリーの手を握りしめ、そのひとたちの灰色の顔を見つめた。彼らは、残り火の灰に落ちたガラス片のように、熱っぽく燃えるような目を輝かせていた。

近くでは機関車がぎらぎら光る客車を駅の中央へと押していた。外国の軍事使節団が色とりどりの軍服に勲章をつけてあらわれた。儀礼兵がぴたっと整列し、軍楽隊が国歌を演奏した。きれいな軍服を着飾った将校と縞模様の囚人服を着たひとたちが、狭いプラットフォームの上で、ひとことも言葉を交わさず、一メートルもない間隔ですれちがった。

新しい旗が駅の本館の上にはためいていて、ラウドスピーカーは音楽をがなりたて、それがときおり、しゃがれた声の演説や挨拶によって中断された。ユーリーは時計を見た。ぼくたちは出口に向かった。

軍の運転手のひとりがぼくたちを孤児院まで送っていってくれることになった。町の通りは軍用車や兵士であふれ、歩道には人だかりがしていた。孤児院には、横道に入ったあたりの古い家屋があてられていた。たくさんの子どもたちが窓からこちらをうかがっていた。

ぼくたちはロビーで一時間過ごした。ユーリーは新聞を読み、ぼくは無関心なふりをした。そこへようやく女性の院長があらわれ、ぼくたちに挨拶をし、書類の入ったファイルをユーリーの手から受け取った。彼女はいくつかの書類に署名し、それをユーリーに渡してから、ぼくの肩に手を置いた。ぼくはきっぱりとその手を払いのけた。軍服の肩章は女性が手で触れるようなものではない。

別れの瞬間がやってきた。ユーリーは努めて陽気にふるまっていた。冗談を言い、ぼくの戦闘帽をまっすぐにし、ぼくが小わきにかかえているミートカとガヴリーラの署名の入った本を束ねている紐を締めなおした。ぼくたちは男同士らしく抱きあった。院長は横に立っていた。

ぼくは左の胸ポケットにつけている赤い星をぎゅっと握りしめた。ガヴリーラからのプレゼントで、レーニンの横顔がついている。世界中にいる何億もの労働者をその目標へと導いているこの星がぼくにも好運をもたらしてくれると、そのときのぼくは信じていた。ぼくは院長のあとについていった。

人だかりのする廊下を抜け、開け放された教室の前を通り過ぎたとき、なかでは授業が行なわれていた。あっちでもこっちでも、子どもたちが取っ組みあい、大声をあげている。ぼくの軍服に目を留めた何人かがぼくを指さして笑った。ぼくは顔を背けた。だれかがリンゴの芯を投げてきた。ぼくが身をかわすと、それは院長にぶつかった。

最初の数日間、ぼくは落ち着かなかった。院長はぼくに軍服をあきらめさせ、国際赤十字から子どもたちに支給された平服を着せようとした。ぼくは看護婦がぼくの軍服を持っていこうとしたとき、ほとんど殴りかかるところだった。ぼくは、念のため、上着とズボンをマットレスの下に折りたたんで寝た。洗濯をしないままでいた軍服は、しばらくたつと、悪臭を放ちはじめたが、ぼくは一日たりとも手離そうとはしなかった。院長は、あまりにぼくが言うことを聞かないので途方にくれ、看護婦を二人呼んで、力ずくでそれを持っていこうとした。このすったもんだを面白がった男の子たちがどっと周囲を取り巻いた。

ぼくは、この気のきかない女たちから身をふりほどき、通りにとび出した。すると、向こうから静かに歩いてくる四人のソ連兵に出食わした。ぼくは両手で、自分は口が利けないという合図をした。すると紙をくれたので、ぼくはそれに、自分は前線にいるソビエト軍将校の息子で、孤児院で父を待っているのだと書いた。それから言葉を注意して選び、そこの院長は地主の娘で、赤軍を憎んでおり、彼女から搾取されている保母とグルになって、毎日のようにぼくの軍服に言いがかりをつけてはぶってくる、と書いたのだった。

作戦通り、ぼくのたれこみは若い兵士たちを奮起させた。彼らはぼくのあとについて、なかまでやってきて、ひとりが絨毯を敷いた院長室の花瓶を次々に割るかと思えば、他の兵士たちは保母さんを追いかけまわし、ひっぱたいたり、おしりをつねったりした。恐れをなした保母たちは、きゃあきゃあと悲鳴をあげた。

それ以来、孤児院ではだれもぼくにかまわなくなった。教師でさえ、ぼくが母国語の読み書きを習うことを拒否しても、なにも言わなかった。ぼくは黒板に、ぼくの言葉はロシア語で、ひとりをよってたかってみんなで搾取することもなければ、教師が教え子を迫害することもない国の言葉だと、チョークで書いてやった。

ぼくのベッドの上には大きなカレンダーがかかっていた。ぼくは毎日欠かさず赤鉛筆でバツをつけていった。ドイツでなおも展開されている戦争が終わるまでにあと何日かかるのかは分からなかったが、赤軍が戦争を少しでも早く終結させるために懸命の努力を払っていることは確信していた。

毎日、孤児院を抜け出し、ガヴリーラからもらったお金で『プラウダ』を買った。最近の勝利に関する記事にいそいで目を通し、そしてスターリンのご近影をまじまじと見た。ぼくは久しぶりに安らいだ気がした。スターリンは若々しく健康そうだった。なにもかもがうまく行っていた。戦争はもうすぐ終わるだろう。

ある日、ぼくは身体検査にひっぱりだされた。診察室の外に軍服を脱ぎ捨てる気持ちにならなかったぼくは、それを小わきに抱えたまま検査を受けた。そのあと今度は、民生委員のようなひとびととの面接があった。年配のひとりが、ぼくの書類を念入りに読んだ。とても親しげな接し方だった。ぼくの名前を読み上げ、ぼくの両親がぼくを預けるとき、両親はどこへ行くつもりでいたか、心当たりはないかと尋ねてきた。ぼくは言葉が分からないふりをした。だれかがその質問をロシア語に訳し、自分は戦前にぼくの両親を知っていたように思うとつけ加えた。ぼくは石板を出して、両親は爆撃で殺されたとぶっきらぼうに書いた。民生委員たちは信用できないというような目でぼくを見た。ぼくはしゃちこばった礼をして、部屋を出た。その詮索好きな男にはいらついた。

孤児院には五百人が収容されていた。ぼくらはクラスに分けられ、小さな辛気臭い部屋で授業を受けた。少年少女の多くにはなんらかの障害があり、ふるまいがおかしかった。教室は窮屈で、机や黒板も足りなかった。ぼくは、「パパはどこ、パパはどこ」と、ひっきりなしにつぶやいている、同じ年恰好の少年の隣に坐った。その子は、いまにも机の下から父親があらわれて、その汗だらけの額を撫でてくれるのを待つかのように、やたらそわそわしていた。ぼくたちの真後ろには、爆弾で指をぜんぶなくした女の子がいて、ミミズかなにか、生き物のように動く他の子どもたちの指をじっと見るのだ。みんなは、その視線に気づくと、まるで見られるのを怖がるかのように、あわてて両手を隠すのだった。もう少し遠くには、顎の一部と片腕をなくした男の子がいた。彼は他の人から食べさせてもらい、傷が膿んでいるような臭いがした。他にも、体のあちこちがままならない子どもたちが何人もいた。

ぼくらは、薄気味悪いもの、怖いものを見るような目でおたがいを見つめあった。隣の子からなにをされるか分かったものではなかったからだ。クラスの少年の多くはぼくよりも年上で、力も強かった。ぼくが口を利けないのを知っており、だからぼくは知恵おくれだと思いこんでいた。みんながぼくのことを悪《あ》しざまに言い、ぼくはときどき殴られることもあった。ぎゅうぎゅうに詰めこまれた宿舎で眠れない夜を過ごしたあと、教室に出てくる朝は、ぼくは罠《わな》にかかったような気がした。おそろしく不安だった。なにか災難に襲われるのではないかという不安が強まった。ぼくは、パチンコのゴムのように張りつめ、ちょっとしたことで取り乱した。ぼくは、他の子たちに攻撃されてもあまり怖くはなかった。自分を守ろうとして相手をひどく傷つける方がずっと恐ろしい。孤児院で何度も聞かされたのは、そんなことをしたら牢屋行きだということだ。つまり、ガヴリーラのもとに戻るという希望が潰《つい》えてしまう。

しかし、とっくみあいが始まると自分を抑えることは難しい。両手は独立した生命を授かったように勝手に動き、相手につかみかかると、離そうにも離れなかった。その上、喧嘩が終わってからも長いあいだ、起こったことを思い出しては興奮がよみがえり、なかなか気持ちが鎮まらなかった。

かといって、逃げることもできなかった。一群の少年が向かってくるのを見ると、たちまち足が止まった。自分では、それが背後から殴られるのを避けるためであり、敵の強さや思惑を測る方がいいからだと納得しようとした。しかし、逃げたくても逃げられなかったというのが、ほんとうだった。体重がうまく足に乗らず、足が重くてしかたがなかった。太ももとふくらはぎは鉛のように重たく、なのに膝は柔らかい枕のように軽く、膝が抜けた感じだった。首尾よく逃げおおせたときのことを思い出しても、あまり役には立たなかった。なにか神秘的な仕掛けがはたらいて、動けなくなってしまったのだ。ぼくは、そこに立ちすくんで、敵が来るのを待った。

いつもぼくの頭にあったのは、ミートカから教わった教えのことだった。ひとはやられっぱなしではいけない。そうすると、自尊心を失い、生きている意味がなくなるからだ。自尊心を守り、自分の価値を決定するのは、危害を加えてくる人間に対してやり返せるかどうかなのだ。

人間はどんな危害やはずかしめに対しても復讐すべきだ。この世は不正だらけで、いちいち計量して、裁きを下すというわけにはいかない。危害をこうむったら、自分でよく考えて、それにふさわしい復讐にふみきらなければならないのだ。自分は力において敵には引けを取らず、されたことには二倍返しができるという確信を持つことだけが、サバイバルを可能にする、とミートカは言った。もちろん、復讐とはいっても、そのひとの気性や使える手段に応じた復讐を考えるべきだ。それはまったく単純なことで、だれかに無礼な扱いを受け、鞭で打たれるような痛みを感じたなら、まさに鞭で打たれたときのように相手を罰するべきだ。だれかにびんたを食らって、それが千回の殴打に等しい痛みを覚えたなら、千回分の報復をなせ。復讐は、相手の行為の結果、感じた痛みや無念さや恥辱に釣り合いのとれたものであるべきだ。顔を一発殴られても、さしたる痛みを覚えないひともいるだろう。しかし、自分の受けた迫害が頭を離れず、何百日ものあいだ打たれつづけているように感じる人間もいる。最初のタイプは、一時間もしないうちにそれを忘れることができるだろうが、二番目のタイプだと、何週間ものあいだ、この悪夢にも等しい思い出に苦しめられるかもしれないのだ。

もちろん、逆もまた真理だ。たとえ棒で打たれたとしても、びんたをくらった程度の痛みしか感じなかったとき、復讐はびんたに対するそれですませるべきだ。

孤児院での生活は、思いがけない攻撃や喧嘩だらけだった。ほとんどの孤児に綽名がついていた。ぼくのクラスには「戦車」という名前の少年がいた。前に立ちふさがる人間がいると、すぐに拳骨で殴りかかってくるからだった。「大砲」のレッテルを貼られた少年は、理由もなくひとに重たいものを投げつけてくる。他にも、肘を使って相手に斬りかかってくる「サーベル」や、ひとを殴り倒し、顔を蹴りつける「飛行機」、遠くから石を投げつける「狙撃兵」、ゆっくり燃えるマッチに火をつけ、それを服のなかやカバンに投げこむ「火炎放射器」などだ。

女の子たちにも綽名がついていた。「手榴弾」は手のひらにひそませた釘で相手の顔を引き裂いた。「パルチザン」は、小柄で目立たないのだが、地面にしゃがみながら、ひょいと足を突き出して、通りかかった人間をつまずかせ、その「パルチザン」とぐるになった「魚雷」は、横たわった相手にしがみついてまるで誘惑するみたいに見せかけて、いきなり、巧みな早技で股間に膝蹴りを加えた。

こうした面々は、とても教師や助手の手に負えるものではなかった。腕っ節の強そうな男の子を恐れるあまり、先生連中は喧嘩を見ても見ないふりをすることが多かった。もっとたいへんな事態に至ったこともある。「大砲」がキスをさせてくれと言ったのに断られた女の子に重たいブーツを投げつけたことがあった。数時間後に女の子は死んだ。「火炎放射器」が三人の少年の服に火を放ち、教室に閉じこめたこともあった。おかげで、うちの二人がひどい火傷を負って病院に担ぎこまれた。

喧嘩が起こるとかならず血が流れた。少年や少女たちは命がけで戦い、引き離すこともできなかった。夜には、もっとひどいことも起こった。少年たちが真っ暗な廊下で少女たちに襲いかかった。ある晩などは、数人の少年が地下室で保母さんを餌食にした。連中は、その保母さんを何時間もそこに閉じこめ、他の少年たちまで仲間に加えて、戦争中、いろいろなところで覚えた凄技で保母さんを高ぶらせた。とうとう彼女は、興奮のあまり前後不覚に陥った。それこそ救急車がやってきて連れ去るまで、彼女は夜通し悲鳴をあげ、わめきつづけた。

男の子の気を引こうとする少女たちもいた。素っ裸になって、少年たちに触るように言った。戦争中、何十人もの男たちから迫られた性的な要求をあけすけに話す女の子たちもいたし、男のひとと関係してからでなければ眠れないと言う女の子もいた。そういう子たちは、夜、公園にとび出していって、酔っぱいの兵士をひっかけた。

少年少女の多くはなにごとにも覇気がなく、すべて知らぬ存ぜぬだった。壁にもたれて立ちながら、たいていは黙りこくって、泣きも笑いもせず、自分だけにしか見えない、なにかをぼんやり見つめていた。ゲットーや強制収容所を経験したものもいるとの噂だった。占領が終わっていなかったら、とっくに死んでいたことだろう。また、見るからに残忍で貪欲な里親に育てられたと思われる子たちもいた。容赦なく傷めつけ、少しでもいうことをきかないとぶってくるような里親だ。他に、これといった過去を持たない子どももいた。軍や警察が孤児院に送ってきた子たちで、だれも素姓を知らず、両親の行方や、どこで戦争中を過ごしたかも分からなかった。この子どもたちはいっさい自分のことを話そうとしなかった。なにを聞かれても答えをはぐらかし、質問者をとことん軽蔑しているかのような、薄笑いを浮かべている。

ぼくは、夜、眠るのが怖かった。男の子たちがとんでもないことをして、ふざけまわることが分かりきっていたからだ。ぼくは軍服を着たまま、片側のポケットにはナイフ、もうひとつのポケットには木製のメリケンサックをひそませていた。

ぼくは、毎朝、カレンダーにバツ印をつけるようにしていた。『プラウダ』によれば、赤軍はすでにナチの巣窟へと到達したということだった。

ぼくはいつのまにか「無言君」と呼ばれる少年と仲良くなっていた。彼はいわゆる啞者《おし》のようにふるまっていた。孤児院にあらわれて以来、彼の声を聞いたものはだれもいなかった。しゃべることはしゃべれるようなのだが、戦時中のどこかの段階で、話してもなんの意味もないと悟ったようだ。他の少年たちは彼を無理やりしゃべらせようとした。一度は血だらけになるまで殴るというようなこともあったが、ひとことも彼から言葉をひき出せなかった。

「無言君」はぼくよりも年上で、体力もあった。最初、ぼくたちはおたがいに敬遠しあっていた。ぼくとしては、彼がしゃべらないことでぼくのように口が利けない人間を小バカにしているように感じたからだ。それに、啞者でもない「無言君」のような少年が口を利かないと決めたのであれば、ぼくだって、しゃべろうと思えばしゃべれるのに、単にそうしないだけなのだと勘違いされてしまう。ぼくが彼と親しくすると、なおさらこの印象は強まりかねなかった。

ある日、「無言君」が思いもかけず、ぼくを助けにやってきて、廊下でぼくに殴りかかる少年をたたきのめした。おかげで、次の日の休憩時間に起こった喧嘩では、彼の側につかざるを得なかった。

それ以来、ぼくたちは教室の後ろの同じ机に坐るようになった。最初はたがいにメモを渡しあっていたが、やがて身ぶりを使って話すことを覚えた。「無言君」は、鉄道駅までの探検にもつきあってくれた。そこでぼくたちは町を離れるソビエト兵士たちと親しくなった。ぼくたちは二人で、酔っぱらった郵便屋さんの自転車をかっぱらったり、地雷がなお埋まっていて、一般市民は立ち入り禁止になっている公園を横切ったり、浴室の脱衣場で服を脱ぐ女の子たちを覗いたりした。

夜には宿舎を抜け出して、近くの広場や中庭をうろつき、交わるカップルをおどかしたり、開いた窓から石を投げこんだり、まさかという顔をする通行人に不意打ちをかけたりした。ぼくよりも長身で力の強い「無言君」が、いつでも斬りこみ隊長だった。

毎朝、ぼくたちは青物を市場に運ぶ農民たちを乗せた汽車が近くを通るときにあげる汽笛で目を覚ました。夜には同じ汽車が単線の線路を村々へ戻っていった。木々のあいだに点滅する明りのついた窓は、まるでホタルが一列に並んだみたいだ。

天気のいい日などは、「無言君」とぼくは太陽の光で温まった枕木や、裸足の足に突き刺さる尖った砂利の上を線路に沿って歩いた。近くの地区の子どもたちがかなりの数、たむろして、線路のそばで遊んでいるようなこともあって、ぼくたちは彼らのためにちょっとした見世物を披露したものだった。汽車がくる数分前になると、線路のあいだに寝そべって、顔を下にして両腕を頭の後ろで組み、体をなるたけ平べったくしたのだ。「無言君」はぼくが緊張に耐えているあいだに見物人を集めた。列車が近づくと、線路や枕木を伝って車輪の轟きが聞こえ、やがて体までいっしょに震動しはじめた。蒸気機関車がほとんどぼくのところまで来たとき、ぼくはさらに体を平らにして、なにも考えないようにした。ボイラーから噴き出される熱い蒸気がぼくの体に沿って吹きつけられ、大きなエンジンが背中の真上で猛烈に回転した。それから車両が長い列を作って、がたんごとんと、リズミカルな音を立てながら通りすぎる。ぼくは最後の車両が通り抜けるのを待った。同じ遊びに興じた村でのことを思い出す。一度、ある少年の体の上を汽車が通りすぎる瞬間に、機関手が石炭の燃え殻を投下したことがあった。汽車が通りすぎたあと、少年は死んでいた。背中と頭は、焼け焦げたジャガイモみたいに燃えていた。この光景を目撃した少年たちの何人もが、火夫が窓から身をのり出してその少年を発見し、わざと燃え殻を捨てたのだと言い張った。それからまた別の事故のことも思い出した。最後部の車体からぶら下がっている連結器がいつもよりも長かったため、それが線路のあいだに横たわっている少年の頭を粉々に砕いたのだった。少年の頭蓋骨は潰れたカボチャのように砕かれていた。

こんなぞっとするような記憶があったにもかかわらず、走り抜ける汽車を背にして、線路のあいだに横たわることには、おそろしく魅力的ななにかがあった。蒸気機関車が通過し、最後の車両が通過するまでの一瞬一瞬、ぼくは、布地で用心深く漉《こ》したミルクのように純粋な生命の息吹を体内に感じた。物凄い音とともに体の上を汽車が過ぎる短い時間には、生きているという単純な事実以外、なにも問題ではなかった。ぼくはすべてを忘れさったのだ。孤児院のこと、口が利けないこと、ガヴリーラのこと、「無言君」のこと。この経験の奥底に、無傷でいられるという大きな喜びを見出した。

汽車が通り抜けたあと、震える手とふらふらの足で立ちあがり、あたりを見まわすときには、格別の満足感があった。敵のひとりにこっぴどい仕返しを果たしたときにだって、これほどの満足感は得られなかった。

ぼくはその生きているという実感を未来のためにとっておこうとした。恐怖や苦痛に見舞われたとき、それが必要になる。近づく汽車を待つときに全身にみなぎる恐怖に比べれば、それ以外の恐怖はとるに足りなかった。

ぼくは、そ知らぬ顔で、くだらないと言わんばかりに、堤を離れた。「無言君」がまずそばにやってきた。ぼくをいたわるような、しかしわざとらしくはない様子をしていた。ぼくの服にくっついた砂利の破片や木ぎれを払い落としてくれた。しだいに、手足や乾いた口元の震えが治まった。他の連中はぼくをとりまき、凄いなという目でこっちを見ていた。

そのあと、ぼくは「無言君」とともに孤児院に戻った。ぼくは自分が誇らしく、「無言君」もぼくを誇りに思ってくれているという自負があった。ぼく以外にはだれもこんな遊びをしようとはしなかった。まわりの連中はしだいにぼくへのいやがらせを控えるようになった。しかし、この行為は何日間かおきにくり返さなければならないことがぼくには分かっていた。でないと、ぼくの果たしたことを信じず、ぼくの勇気をあからさまに疑う連中がかならずあらわれてくるからだ。ぼくは赤星章を胸におしつけながら線路の堤に進み、接近する汽車の轟きを待ちかまえた。

「無言君」とぼくは線路わきで多くの時間を過ごした。汽車が通りすぎるのを見守り、後ろの列車のステップにとび乗り、汽車が線路の分岐点で速度を落としたすきにとび降りたりもした。

その分岐点は町から数キロ離れたところにあった。ずっと昔、おそらく戦前に、支線を作りはじめたものの、完成しなかったらしい。錆びた転轍器は、使われないままコケに覆われていた。未完成の支線は、そこから数百メートル行った、切り立った崖のところで終わっていて、予定では橋につながるはずだった。ぼくたちは注意深く何度も転轍器を調べ、レバーを動かそうとした。しかし腐食の進んだ仕掛けはびくともしなかった。

ある日、ぼくたちは、孤児院の鍛冶屋がオイルをしませただけで動かなくなった錠を簡単に開けてみせるのを見た。翌日、「無言君」は調理場からオイル瓶を盗み出し、ぼくたちは、その夕方、転轍器のベアリングにオイルを垂らしてみた。オイルが浸みとおるのをしばらく待って、それから、全体重をあずけてレバーにぶら下がった。なにかが内部できしりをあげ、レバーががたんと動いた。すると、線路のポイントがかん高い音をたてて別の線路へと切り替わったのだ。思いがけない成功にぼくたちは恐ろしくなり、急いでレバーをもとに戻した。

それ以来、「無言君」とぼくはこの分岐点を通り過ぎるたびに、意味ありげな視線を交しあった。これはぼくたちの秘密だった。木蔭に腰を下ろし、汽車が地平線にあらわれるのを見るたびに、たいへんな力を授けられたような感覚に圧倒されるのだった。汽車の乗客全員のいのちがぼくの手中にあった。切り替えレバーにとびついてポイントを動かすだけで、列車はまるごと崖のところから眼下を流れる穏やかな川の流れにとびこんでいくだろう。たったレバーをひと押しするだけで……

ぼくはガス室や焼却炉に人間を送りこんでいた汽車のことを思い出した。命令を発してこうしたことの段取りをつけた連中は、おそらく、なにも知らない犠牲者に対して、同じように完全な権力を味わい、喜びを感じたことだろう。連中は何百万人もの運命を支配下におさめていた。その名前も顔も職業も知ることはなかったけれど、ぼくには、彼らを生かすこともできたし、風に舞うちっぽけな煤《すす》に変えることもできたのだ。命令を下しさえすればそれで終わりだった。無数の町や村で、精鋭部隊や憲兵がゲットーや絶滅収容所に送りこむための人間を狩り集めた。彼らは、何千という転轍器を動かし、生かすなり殺すなり、どちらにでもスイッチを切り替える権限を持っていた。

見ず知らずの大勢の人間の運命を決定できるということは、すばらしく感動的なことだ。その喜びが、自分に権力が委ねられているという認識だけからくるものなのか、それともそれを行使した結果としてくるものなのか、そこはよく分からなかった。

数週間後、「無言君」とぼくは市場に出かけていった。そこには、近くの村から週に一度、農民たちが青物や手芸品を持ってやってくる。いつも、巨乳の女たちに笑顔をふりまくだけで、お返しにリンゴをひとつか二つ、ニンジン一束、それどころかクリーム一杯まで、せしめることができた。

市場は人ごみに溢れていた。農夫たちは大声で呼び売りをし、女たちは派手なスカートやブラウスを試着し、怯える仔牛はもうもう鳴き、豚はかん高い声をあげて足元を駆け抜けた。

民兵が乗っているぴかぴかの自転車に気をとられてよそ見をしているうちに、ぼくは酪農製品をのせた背の高いテーブルにぶつかり、なにもかもひっくり返してしまった。バケツに入ったミルクやクリーム、壺に入ったバターミルクがあちこちにぶちまけられた。逃げ出すまもなく、背の高い農民が顔を真っ赤にして、拳骨でぼくの顔をしたたかに殴った。ぼくは血混じりの歯を三本吐き出し、倒れた。その男はまるでウサギでもつかむようにぼくの襟首をつかんで持ちあげ、とび散る血で彼のシャツが真っ赤になるまで、ぼくを殴りつづけた。そして、集まってきた野次馬を押しのけ、ぼくを空っぽになった酢キャベツ用の樽に押しこんで、それを蹴とばして、ゴミの山の上を転がした。

一瞬、いったいなにが起きたのか分からなかった。農民たちの笑い声が聞こえた。殴られた上に、樽に入れて転がされたせいで、ひどくめまいがした。血で息がつまり、顔がどんどん膨れあがるのを感じた。

とつぜん「無言君」の姿が目に入った。真っ青になって震えながら、彼はぼくを樽からひっぱり出そうとしていた。農民たちはぼくのことを「ジプシーの浮浪児」と呼び、「無言君」の努力をあざ笑った。「無言君」はさらなる攻撃を恐れ、ぼくを樽に入れたまま水呑み場の方へ転がしていった。村の子どもたちがまとわりついてきて、彼の足をひっかけ、樽を奪おうとした。「無言君」は棍棒を持って連中を撃退し、ようやく水呑み場まで達した。

水と血でずぶずぶになりながら、背中や手に木の棘が刺さったまま、ぼくは樽を這い出た。「無言君」はよろめくぼくに肩を貸してくれた。ずいぶん痛い思いをしながら、ぼくたちは時間をかけて孤児院まで帰りついた。

医者がぼくの切れた口や頬を手当てしてくれた。「無言君」はドアの外で待っていた。医者が去ると、彼はずたずたにされたぼくの顔をずっと見ていた。

二週間後、明け方になって、「無言君」がぼくを起こしにきた。埃だらけで、シャツは汗びっしょりになって、体にへばりついていた。夜通し外出していたのに違いない。彼は自分についてくるようにと合図をした。ぼくは急いで服を着て、だれにも気づかれずに外に出た。

彼は、ポイントに油を差した分岐点からそれほど離れていないところにある空き家にぼくを連れていった。ぼくたちは屋根によじ登った。「無言君」は道端で煙草に火をつけ、ぼくに待つようにと身ぶりで合図した。さっぱりわけが分からなかったが、ぼくとしてはどうしようもなかった。

ちょうど太陽が昇りかけていた。夜露がタール紙の屋根から蒸発して、雨樋の下から茶色い虫が這い出てきた。

汽笛が聞こえた。「無言君」は体をこわばらせ、手で合図をした。ぼくは汽車が遠い朝もやのなかからあらわれ、ゆっくりと近づいてくるのを見た。その日は市の立つ日で、多くの農民が、夜明け前に村々を通る、この一番列車を利用していた。車両は満員だった。窓からはバスケットがはみ出し、ステップのところにも束になってひとがぶら下がっていた。

「無言君」はぼくを自分に引き寄せた。汗をかいて、両手も湿っていた。ときおり、きっと結んだ唇を舌で舐めた。彼は髪を後ろに撫でつけた。彼は汽車をじっと見つめていたのだが、そんな彼がふいに大人に見えた。

汽車は分岐点に接近した。すし詰めの農民たちが窓から身をのり出し、ブロンドの髪を風になびかせていた。「無言君」があまりにも強くぼくの腕をつかんだので、ぼくは跳びあがった。その瞬間、蒸気機関車が脇にそれ、なにか見えない力にひっぱられるようにして、大きく向きを変えた。

客車のうち前の二台だけが機関車にくっついていった。他の車両はけつまずくようになりながら、まるで暴れ馬のように重なりあい、そのまま堤から転落していった。衝突ははげしい衝撃音と叫び声をともなった。雲のような蒸気が空に立ちのぼり、すべてを覆い隠した。下の方から悲鳴や叫び声がした。

ぼくは呆然として、石をぶつけられた電話線のように震えた。「無言君」はどしんと腰を下ろした。ゆっくりと埃がおさまるのを見ながら、彼はしばらく膝をぎゅっとかかえこんでいた。それから、彼は向き直ると、ぼくをひっぱり、階段を目がけて走った。事故の現場に駆けつける人たちの群れを避けながら、ぼくたちは大いそぎで孤児院に戻った。救急車の鐘の音が近くから聞こえた。

孤児院のみんなはまだ眠っていた。宿舎に入る前に、ぼくは「無言君」の顔を覗きこんだ。その顔には、緊張があとかたもなく消えていた。ぼくを見て、やさしく笑ったのだ。顔や口に包帯をまきつけていなかったら、ぼくもにっこり笑ったことだろう。

数日間、学校では鉄道での惨事のことでもちきりだった。黒枠で囲まれた新聞では、犠牲者の名前が一覧表に示されていた。警察は前科のある政治犯をさがしていた。線路の上からは、クレーン車が車両を持ち上げていたが、それらはたがいに絡まりあい、ねじれて原形をとどめていなかった。

次に市が立つ日、「無言君」はぼくをせきたてて市場に向かった。ぼくたちはひとごみをかき分けて進んだ。露店の多くは無人で、黒い十字架のついたカードが店主の死をおおやけに示していた。「無言君」はそれを見て、ぼくに喜びを伝えてきた。ぼくたちはぼくを殴った男のスタンドに向かった。

ぼくは顔を上げた。見憶えのある形のスタンドがそこにあった。ミルクとクリームの壺、布に包まれたバターの山、そして果物。その向こうから、ぼくの歯をへし折り、ぼくを樽のなかにたたきこんだ男が、まるで人形劇のようにぬっと顔を突き出した。

ぼくは苦虫を噛み潰したような顔で「無言君」の方を見た。彼は信じられないという顔でその男を見つめていた。ぼくの視線に気がつくと、「無言君」はぼくの手をつかみ、ぼくたちはそそくさと市場を去った。道路まで来ると、「無言君」は草の上に倒れこんで、ひどい痛みに襲われたように泣いた。その言葉は地面にぶつかって、かき消された。彼が声を発するところを聞いたのは、その一度きりだった。

19

朝早く、教師のひとりから呼び出しを受けた。校長室まで来いという。最初はガヴリーラからのニュースかと思ったが、行く途中でまさかと思いはじめた。

校長は部屋で待っており、そばには、戦前、ぼくの両親を知っていたような気がするという社会委員会とやらのメンバーがいた。二人は丁寧にぼくに挨拶をしたあと、着席をうながした。二人ともそれを表には出さないようにしてはいたが、なにかおどおどしているようだった。ぼくは不安になって、あたりを見まわした。隣のオフィスで声がした。

委員会の男とやらがその部屋に入っていき、そこにいるひとに声をかけた。それから彼はドアを大きく開けた。そこには男と女が立っていた。

どことなく見憶えがあって、軍服の星の下で心臓が高鳴るのが聞こえるようだった。努めて無表情を装いながら、二人の顔をじろじろと見つめた。驚くほどよく似ていた。この二人がぼくの両親なのかもしれない。いろいろな考えがぼくの心のなかを、まるで水面を切る弾丸のように走り抜けるあいだ、ぼくは椅子にしがみついていた。これがぼくの両親だなんて……　どうしてよいか分からなかった。二人がそうだと確認できたことを認めるべきか、それとも気づかないふりをすべきか?

二人が近づいてきた。女が身をかがめてきた。女の顔がとつぜん涙でくしゃくしゃになった。男は神経質そうに濡れた鼻の上の眼鏡をかけなおし、女を腕で支えた。男の方もまた体を震わせて、すすり泣いていた。しかし、すぐにそれを払いのけ、ぼくに話しかけてきた。彼はロシア語で話しかけてきた。ガヴリーラと同じくらい、その話し方は流暢で、美しかった。男は、軍服のボタンを外してごらんと言った。左胸のところに痣《あざ》があるんじゃないかな、と。

痣があることはぼくも知っていた。それを見せようかどうか躊躇《ちゅうちょ》した。見せれば、なにもかもがご破算になる。ぼくがこの二人の息子だということは疑う余地がなかった。ぼくはしばらく考えあぐねたが、泣いている女が気の毒になり、ゆっくりと軍服のボタンを外した。

どう見てもこの状況から逃れるすべはなかった。ガヴリーラもよく言っていたように、両親には子どもに対する権利がある。ぼくはまだ成人していない。やっと十二歳なのだ。かりにそれを望むまいと、ぼくを引き取るのは両親の義務だった。

ぼくはもう一度二人を見た。女は、涙でお白粉の溶け出した顔で、にっこり笑った。男の方は感極まって両手をこすりあわせていた。ぼくを殴ってくるような人間たちには見えなかった。それどころか、弱々しく、いまにもよろけそうに見えた。

ぼくは軍服の胸をはだけ、痣がはっきりと見えた。二人はぼくの上にかがみこんで、泣きながら、ぼくを抱きしめ、キスを浴びせてきた。ぼくはまたふんぎりがつかなくなってしまった。いつでも逃げだせることは分かっていた。満員列車にとび乗り、だれも追いかけてこられなくなるまで乗っていけばいい。しかし、ぼくはガヴリーラに見つけ出してもらいたいわけだから、逃げない方が賢明だ。ただ、両親と暮らしをともにすることは、人間の皮膚の色を変えるための信管の発明者となって、今日がいつも明日であるような、ガヴリーラやミートカの生きる土地で働くという夢がすべて潰《つい》え去ることを意味する。それは分かっていた。

ぼくの世界は、農家の納屋にある屋根裏のように小さく縮みはじめていた。ひとはいつだって、自分のことを憎み、迫害をもくろんでいる連中の罠《わな》に落ちるか、あるいは、自分を愛し、保護したがっている連中の腕に落ちるか、その瀬戸際に立たされている。

ぼくは、とつぜん、だれかのほんとうの息子になって、抱擁され、世話をされるということに対する心の準備ができていなかった。そのときは、だれかが自分よりも強く、いつでもぼくに危害を加えられるという理由からではなく、向こうがぼくの両親で、だれも彼らから奪うことのできない権利の持ち主だという理由から、相手に従わなければならない。そんな世界があるなんて。

もちろん両親というものは、子どもがとても小さいときには便利で、ありがたい存在だ。しかし、ぼくぐらいの年齢の子どもはどんな拘束からも自由であるべきだ。だれに従い、だれから学ぶか、その人間を自分で選ぶことが可能であるべきだ。しかし、ぼくはそこから逃げ出せなかった。ぼくは母親だと言う女の涙に濡れた顔と、父親だという男の震える姿をまじまじと見た。二人は、ぼくの髪を撫でようか、肩をやさしく叩こうかで、もじもじしている。なにか内なる力がぼくをおしとどめ、逃げだすことを禁じていた。とつぜん、ぼくはなにか未知の力によって自分の仲間へと引き寄せられていった、あのペンキ塗りの鳥になったような気がした。レッフの鳥たちだ。

ぼくは部屋で母と二人きりになった。父は書類手続きのために出ていった。母は両親がいっしょなら幸せになれるだろう、そしてなんでもやりたいことをやれるのだと言った。いまぼくが着ている軍服とそっくりなのを新調してあげようとも言った。

こうした話を聞くうちに、ぼくはマカールがかつて罠で捕えた野ウサギのことを思い出した。すばらしく大きなウサギだった。だれが見ても、自由に憧れる衝動は強そうだった。勢いよく跳ねて、お茶目に転げまわり、すぐさま逃げていってしまいそうなのだった。檻のなかに閉じこめられると、ウサギは死に物狂いで足を踏み鳴らし、壁に体をぶつけた。数日後、ウサギの落ち着きのなさに堪忍袋の緒を切らしたマカールは、重たい防水シートをかぶせた。ウサギはその下でもがき、じたばたしてみせたが、ついに観念した。以来、ウサギはおとなしくなり、ぼくの手から餌を食べるまでになった。ある日、マカールが酔っぱらって、檻の戸を締め忘れた。ウサギはとび出し、草原へと向かった。大きくひと跳びで背の高い草のなかにとびこみ、二度と姿をあらわすことはないだろう。そう思った。ところが、そいつは自由を満喫するかのように、両耳を立てて坐りこんだのだ。遠くの畑や森の方から、そいつにだけ聞こえ、理解できる音が、そいつにだけ味わえる香りや匂いが漂ってきた。それらはすべてウサギのものだった。もう檻とはおさらばだ。

とつぜん、ウサギに変化が起きた。はりつめていた耳が垂れ、どことなくしょぼくれて、見た目にも小さくなった。そいつは一度ジャンプして、髭をもたげたが、逃げはしなかった。ぼくはそいつをなんとか正気に戻し、自由になったことを分からせようと、大きく口笛を鳴らした。ウサギはあちこちを向き、まるで急に年を取ったようにちぢこまりながら、大儀そうにウサギ小屋に向かったのだ。途中、しばし立ち止まり、立ちあがるともう一度耳を立てて後ろをふり返った。それから自分を見つめるウサギたちの前を通りすぎ、檻のなかに跳びこんだ。しょせん、無意味と知りつつ、ぼくは扉を閉めた。そいつはもはや檻を自分のなかにかかえこんでいた。檻はそいつの脳や心臓を縛りつけ、筋肉を麻痺させていた。他の観念しきった、寝ぼけまなこのウサギたちとそいつを分け隔てていた自由は、露と消えていた。踏みつぶされ、乾ききったクローバーからその香りが風に吹かれて蒸発していってしまうように。

父が戻ってきた。父と母はぼくを抱きしめ、ぼくの頭越しに、ぼくのことでなにか言葉を交しあった。孤児院を出る時がきた。ぼくたちは「無言君」にさよならを言いにいった。彼はぼくの両親を胡散臭そうに見ながら、首をふり、二人に挨拶するのを拒んだ。

ぼくたちは通りに出た。父が本を持つのを助けてくれた。街はどこへ行っても混沌としていた。ボロをまとい、薄汚れた、貧相な連中が背中にリュックを背負って家に戻ってきて、戦時中に住みついた連中と悶着をおこしていた。ぼくは両親のあいだにはさまり、肩や髪の毛に両親の手を感じながら歩いた。両親の愛情と保護にくるまれる息苦しさを感じないではいられなかった。

ぼくは両親のアパートに連れていかれた。自分の息子の人相書きに一致する少年が地区センターにいることがわかり、面会の手配が終わったあと、やっとのことでこのアパートを借りられたのだった。アパートでは驚くべきことがぼくを待ち受けていた。両親には四歳くらいの男の子が、もうひとりいたのだ。両親によると、その子は両親と姉を殺されてしまった孤児だということだった。少年は年老いた看護婦に拾われ、それは戦争が始まってから三年目であったが、たまたま放浪中の父が看護婦からその子を預かったのだった。両親はその子を養子にして、とてもかわいがっていることが、ぼくにも分かった。

このことはぼくの疑いを深めるだけだった。ぼくはぼくなりに、ぼくを養子にしてくれるはずのガヴリーラを待った方がいいのではないだろうか？　もう一度ひとりきりになって、村から村、町から町へと、先行きも分からずに放浪する方が、ずっと自分向きの人生なのではないか？　ここにいたのではなにもかも先が見えている。

アパートは小さく、台所と、あとはひと部屋しかなかった。洗面所は階段にあった。これでは息が詰まりそうだ。やたら混みあっていて、なにをするにも体がぶつかる。父は心臓に異常があった。困ったことになると、顔がまっ青になり、汗が顔をおおった。すると父はなにか錠剤を飲むのだった。母は朝方出かけていき、長い行列に並んで食糧の配給を待った。帰ってくると、料理や掃除を始めた。
おちびさんがまた鬱陶しかった。赤軍の勝利を伝える新聞を読んでいると、遊んでくれとねだってくるし、ズボンにはつかみかかるし、積んでおいた本はひっくりかえした。ある日、あまりにもうるさいので、ぼくは腕をつかんで、しめあげてやった。ポキッといって、ちびは狂ったように悲鳴をあげた。父は医者を呼んだ。骨が折れていた。その夜、そのちびは腕に副木をしてベッドに横になりながら、かぼそい声でしくしく泣き、恐ろしいものを見るようにぼくのことを見た。両親はひとことも言わずにぼくを見つめていた。

ぼくは、しょっちゅうアパートを抜け出して、「無言君」に会っていた。ある日、彼が約束の時間にあらわれなかった。あとになって、孤児院のひとから、彼が別の町に移されたことを聞いた。

春がやってきた。雨の降る五月のある日、戦争が終わったというニュースが伝わった。ひとびとは通りで踊り、キスをしたり抱きあったりした。夜には、祝賀会の席で起こった喧嘩がもとで怪我をした連中を、拾ってまわる救急車の音を耳にした。それから数日間というもの、ぼくは、たびたび孤児院を覗いてみた。ガヴリーラかミートカから連絡が来てはいないかと考えたのだ。しかし連絡は来ていなかった。

ぼくは新聞を丹念に読み、世界でなにが起きているかを、思い描こうとした。すべての軍隊が帰国の途についているわけではなかった。ドイツは占領されることになり、ガヴリーラやミートカが国に戻るには何年かかるか知れなかった。

町での生活はいよいよ苦しくなった。毎日のように大勢の人間が田舎から押し寄せた。田舎で暮らすより、産業の中心で暮らす方が楽だろうと虫のいいことを考え、そこなら自分が失ったものをすべて取り戻すことができると考えたのだ。仕事にもありつけず、住む所も見つけられずに途方にくれたひとびとは、通りを徘徊し、市電やバスやレストランの座席を奪いあった。彼らはいらいらして短気をおこし、すぐに喧嘩になった。戦争を生き延びたというだけで、だれもが自分を運命に選ばれた人間だと信じ、自分は尊重されるに値すると感じているようだった。

ある午後、両親がお金をくれて、映画でも観ておいでと言った。映画は戦争が終わった第一日目の六時にデートの約束をしていた青年と娘についてのソビエト映画だった。

切符売場はたいへんな人だかりで、ぼくは辛抱強く、何時間も列に並んで待った。ぼくの番が来たとき、ぼくは銅貨をひとつ落としてしまっていることに気がついた。切符売りは、ぼくが口が利けないと知ると、小銭の足りない分を持ってきたときに受け取れるようにと切符を取っておいてくれた。ぼくは走って家に帰った。三十分もしないうちに、ぼくはお金を持って戻り、切符を受け取ろうとした。映画館の係員は、もう一度列に並ぶようにと言った。石板を持っていなかったので、ぼくは身ぶり手ぶりで、自分はもう列には並んだこと、切符がぼくの来るのを待っていることを説明しようとした。男は分かろうとしてくれなかった。外に並んでいるみんなを面白がらせようと、彼はぼくの耳をつかんで、ぼくを乱暴に押し出した。ぼくは足を滑らせ、敷石の上に転倒した。鼻血がしたたり、軍服を汚した。ぼくは急いで家に帰り、冷たい湿布を顔にあて、復讐計画を練りはじめた。

夜がきて、両親がベッドの用意をしてくれようとしたとき、ぼくは服を着替えた。両親は心配そうにどこに行くのかと聞いた。ちょっと散歩に行くだけだと手ぶりで答えた。両親は夜に外出するのは危険だとぼくに言い聞かせようとした。

ぼくは劇場へと直行した。切符売場に並ぶ人間の数はさほど多くはなく、ぼくを放り出した係員は、前庭のところを退屈そうにうろついていた。ぼくは道ばたから手ごろな大きさのレンガを二つ拾いあげ、映画館に隣接する建物の階段をこっそりと登った。三階の踊り場から空瓶を落とした。思ったとおり、係員はあわてて瓶の落ちたところまでやってきた。そして男が腰をかがめ、それを調べようとしたとき、ぼくは二個のレンガを落下させた。それから、階段を走り降り、通りにかけこんだ。

このことがあってから、ぼくは夜にしか外出しなくなった。両親は反対したが、ぼくは耳を貸さなかった。昼のあいだに眠って、夕方になると夜歩きの準備を整えるのだ。

闇のなかではどんなネコでも同じだと、ことわざにある。しかし、それは人間にはまったくあてはまらない。人間の場合、ネコとは逆になるのだ。昼のあいだはみんな似たりよったりで、輪郭を保ったまま、かけずりまわっている。ところが、夜になると、それが見る影もなく変わってしまう。街をほっつき歩いたり、街灯の蔭から蔭へとバッタのように跳びはねたりで、気がつけば、酒瓶をポケットから出して、ぐいぐい飲む。暗闇のなかにぽっかりあいた玄関先には、ブラウスをはだけ、ぴっちりしたスカートを穿いた女たちがいる。男たちは足をもつれさせながら女に近寄り、それからいっしょに消える。気の抜けたような都会の植えこみの後ろからは、交わる男女の声が聞こえる。爆撃を受けたまま放置された廃屋では、怖いもの知らずでひとりで町に出てきた少女を、少年たちがよってたかっておもちゃにしている。救急車がどこか遠くの交差点で、タイヤをきしらせてカーブする。近くの酒場で乱闘になり、ガラスの割れる音がする。

ぼくはやがて夜の街に親しむようになった。ぼくよりも若い女の子が、ぼくの父親よりも年をとった男の袖を引いている、静かな横丁にも通じていた。金時計を腕にはめ、おしゃれな服装をした男たちが、所持していただけで何年も刑務所に入ることになりかねない物品を売り買いしている場所も見つけた。若い男たちが政府の建物などに貼ってまわるビラの束や、それを見ただけで民兵や兵隊が怒って剝がすようなポスターをそこから運びだす、目立たない一軒家も見つけ出した。民兵が捜索網をはりめぐらすところも、武装した一般市民がひとりの兵士を殺すところも目撃した。昼間には世の中は平和だった。夜になると、戦争は終わっていなかった。

毎晩、ぼくは郊外にある動物園わきの公園を訪れた。男や女がそこにたむろして、取引をしたり、お酒を飲んだり、トランプに興じたりしていた。みんな、ぼくには親切だった。なかなか手に入らないチョコレートをくれたり、ナイフの投げ方や、相手からナイフを取り上げるときのやり方を教えたりしてくれた。そのお返しに、ぼくは民兵や私服刑事の目をかいくぐって、いろんな住所に小包を届けるよう依頼された。こうした使い走りから戻ると、女たちは香水を散らした体でぼくを引き寄せ、いっしょに横になって、それこそエヴァから学んだようなやり方で愛撫をするようにとせがまれた。暗闇に乗じて顔を覆い隠されたこういった面々に囲まれていると、ぼくはほっとした。だれにもうるさがられなかったし、だれの邪魔にもならなかった。ぼくがいわゆる啞者《おし》だということが、使いに出すのになにより信頼できる理由だと彼らは考えていた。

しかし、ある夜になにもかもが終わった。木蔭からまばゆいばかりのサーチライトが灯り、警笛が静寂のなかに鳴り響いた。公園は民兵に包囲され、ぼくらは刑務所に送られた。途中で、ぼくは、胸にある赤い徽章には目もくれず、ぼくを粗雑に扱ってくる民兵の指を危うくへし折るところだった。

翌朝、両親がぼくを引き取りにきた。眠れない夜を過ごしたあと、薄汚く、ずたずたになった軍服姿で、ぼくは表に連れだされた。ぼくは仲間たち、夜の仲間たちと別れるのがとても辛かった。両親は怪訝《けげん》そうな目でぼくを見たが、なにも言わなかった。

20

ぼくはずっと痩せっぽちのままで、大きくならなかった。医者は山の空気をすすめ、たくさん運動をすることだと言った。学校の先生たちは、ぼくに都会は向かないと言った。秋に入って、父は国の西部にある山岳地帯に職を見つけ、ぼくたちは街を離れた。最初の雪が降った日、ぼくは山へ送りこまれた。年老いたスキー教師がぼくの面倒をみると請けあった。ぼくは山小屋でいっしょに過ごすことになり、両親とは週に一度しか会わなかった。

ぼくたちは毎朝早起きをした。先生はひざまずいて祈り、ぼくは大らかな気持ちでそれを見ていた。ここには、都会で教育を受け、そのくせ素朴な農民のようにふるまい、この世に自分はひとりぼっちで、だれからも助けは期待できないという考えを受け入れられないでいる、ひとりの大人がいた。ぼくたちはだれしもひとりで立っている。そして、ガヴリーラやミートカや「無言君」といった連中もしょせんはかけがえがある存在だということに早く気づけば気づいただけ、それだけその人間にとって好ましいことなのだ。ひとはたとえ口が利けなくても、そんなことはとるに足りない。いずれにしても、人間はおたがいに理解などできっこない。人間は衝突しあったり、魅きつけあったり、抱擁しあったり、踏みつけあったりするが、だれもが自分のことしか知らない。人間の感情や記憶や感覚は、ひとりの人間を他人から隔てている。それこそ、大きなアシの群生が泥だらけの土手と本流とを隔てているくらい、それは効果的なのだ。ぼくたちをとり巻いている山の頂きのように、ぼくたちは気づかれずにすませるにはあまりにも高く、天国に達するためにはあまりにも低い谷によって隔てられながら、おたがいを見つめあっている。

ぼくの毎日は長い山道をスキーで滑降することに費やされた。丘は無人だった。旅館は焼け落ち、谷の住民は追い払われていた。新しい入植者はようやく到着しはじめたところだった。

スキーの先生は物静かで、辛抱強い男だった。ぼくは先生のいいつけに従うように努め、たまに賞められたときは嬉しかった。

吹雪がとつぜんやってきて、山頂や山の尾根を雪の渦でさえぎった。ぼくは先生の姿を見失い、自力で急斜面を滑降し、できるだけ早く避難所にたどり着こうとがんばった。スキーは氷のように固まった雪面を跳ね、そのスピードに息もつけなかった。深い峡谷がふいに目の前にあらわれたとき、もうターンするには遅すぎた。

四月の太陽が部屋のなかを満たしていた。ぼくは頭を動かしたが、もう痛くはなさそうだった。両手をついて体を持ち上げ、横になろうとしたとき、電話が鳴った。看護婦はすでに消えており、電話は何度も何度もしつこく鳴りつづけた。

ぼくはベッドから這い出し、テーブルに向かった。受話器を取ると、男の声が聞こえてきた。

ぼくは受話器を耳にあて、その男のせっかちな話し言葉に耳を立てた。この電話線のどこか反対側に、ぼくと話したがっているだれかがいる…… なんとかして話したいという気持ちが、大きく、大きくふくれあがった。

ぼくは口を開き、力をこめた。音が喉元から這いあがってきた。入念に気を配りながら、ぼくはその音を音節に、そして単語に整列させようと作業にとりかかった。ぼくは、まるで割れた莢《さや》から豆がとびだすように、次から次へと言葉がはじけ出すのをはっきりと耳にした。ぼくはまさかと思いながら、受話器を横に置いた。ぼくは言葉や文章を声に出し、ミートカから教わった歌の一節をメロディーに乗せてみた。遠くの村の教会で失った声が、ふたたびぼくを見出して、部屋をいっぱいに満たした。ぼくは大きな声で、次から次へと声を出した。農民のように、それから町の連中のように、可能なかぎりの早口で。べちゃべちゃの雪が水分で重いように、意味で重くなった音はぼくをうっとりさせた。ぼくは、何度も何度も何度も、言葉がとうとう自分のものになった、そしてそれはバルコニーに向かって開かれたドアから逃げ出していったりしない、そう自分に言い聞かせていた。

後　記

一九六三年の春、私は合衆国生まれの妻メアリーと一緒にスイスを訪れた。かつて私たちは、休暇を過ごすためにここに来たことがあったけれども、このときの訪問は目的がちがっていた。妻は、おそらく不治と思われる病と何ヶ月も闘っていたが、それまで診てもらっていたのとは別の専門家グループから診察を受けようと、この地にやってきたのである。しばらく滞在することになると思ったので、私たちは豪華なホテルのスイートをとった。由緒あるシャレたリゾート地の、湖畔にたつホテルだった。

そのホテルの永住滞在者のなかに、西ヨーロッパから来た裕福な人たちがいた。第二次大戦勃発直前にこの地にやってきたという。戦争でじっさいに殺戮が始まる前に母国を捨て、生き延びるために闘わなければならないということなど全くなかった人たちだった。ひとたびスイスのこの避難所に落ち着いた以上、自分を守るといったところで、それはその日その日を暮らしていくことにすぎなかったのである。大半が七十代・八十代の、とりたてて目的のない年金生活者たちで、年をとっていくことや、できることが着実に少なくなっていくこと、ホテルの敷地を離れてどこかに行きたいということを、とりつかれたように話していた。ラウンジやレストランで過ごすか、ホテル私有の庭園をぶらぶらするかして、時間をつぶすのだった。私はよく、この人たちについていった。戦間期にこのホテルを訪れた政治家の肖像の前で、この人たちは立ち止まったものだった。私もいっしょに歩をとめた。陰気な額縁に付された文字を読んでみると、このホテルのコンベンションホールで、第一次大戦後にいろいろな国際平和会議が開かれたことを記念するものだった。

この自発的亡命者たちの何人かと、私はときどき話をしたことがある。ただ、私が中央ヨーロッパ・東ヨーロッパでの戦争時代を口にだすと、この人たちは決まって、自分たちは暴力行為が始まる前にスイスに来たから、戦争についてはあいまいなことしか、つまりラジオや新聞報道を通じてのことしか知らないことを思い出させようとするのだった。私は、ある国のこと——強制収容所が最も多く設けられた国のことにふれながら、こう指摘した。一九三九年から一九四五年にかけて、戦闘を直接原因として死んだ人は百万人にとどまる。だが、侵略者によって殺されたのは、五百五十万人にのぼる。犠牲者のうち、三百万人以上がユダヤ人で、その三分の一が十六才未満だった。この数字は千人あたり二百二十人の死者という割合だったが、そのほか不具にされたり、トラウマを抱え込んだり、健康を害されたり、心に傷を負ったりした人たちの数は誰にもわからないだろうと。私のこの話を聞いた人は、礼儀正しくうなずき、自分たちはずっと、収容所やガス室についての報道は、肩に力の入った記者が粉飾しているのだと思ってきたと認めるのだった。この人たちにはっきりと言ったのだが、子供時代と青年期を戦中・戦後の東ヨーロッパで過ごした私は、そこで実際に起きたことが、最大限に奇想天外なファンタジーよりもはるかに残忍なものであったことを知っていたのである。

妻が治療のために病院にいる日には、私はよく車を借りてドライブに出かけた。もっとも目標があったわけではない。野原のあいだをうねりながら伸びていく、こぎれいに整えられたスイスの道を私は車で流した。まわりの野原には、大戦中にしかけられた対戦車用の障害物があちこちにあった。鋼鉄製あるいはコンクリート製の低い障害物で、前進してくる戦車を妨害するのである。この、とうとう始まることのなかった侵略に備えて立てられた防衛柵、すぐにもろくも崩れさるであろう防衛柵が、まだ残っていた。その場違いさと無意味さは、ホテルの老亡命者たちと変わるところがなかった。

午後はたいてい、ボートを借りて、湖の上であてどなくオールをこいだ。そんな時、私は自分がひとりなのだということを、強く感じるのだった――妻は、合衆国での生活に、私の気持ちを結びつけてくれていた妻は、死にかけていた。東ヨーロッパに残った親類と連絡をとることができたとしても、それは頻繁ではなく、しかも暗号を使った手紙によってでしかなかった。要は、いつでも検閲官のなすがままなのだった。

湖をあてどなく漂っているとき、私はある種の絶望感にとらえられた――単なる孤独感とか、妻が死ぬことを恐れる気持ちとかではない。それは、激しい痛みの感覚だった。そしてその感覚は、あの亡命者たちが送る生活の空虚さや、第一次大戦後に開かれた平和会議の無意味さといったものに、じかにつながっていた。ホテルの壁を飾っていた額縁のことを思い出しながら、私は考えたものである。平和条約の起草者たちは、はたしておのれの信義にもとづいてそれに調印したのだろうかと。平和会議のあとに続いた出来事は、私のそうした推測を支持してくれるものではなかった。だが、ホテルの老亡命者たちは、あの戦争は善意の政治家たちの世界で起きた、いくぶん不可解な逸脱だったのだと信じつづけていた。その政治家たちの人道主義には異論のありえようはずがないと。いちど平和の確立を保障した者が、のちに戦争を始める者にもなったということを、あの亡命者たちは受け入れることができなかった。こういうことを信じない人がいるために、私や私の両親のような何百万ものひとびとが、逃げるチャンスもなく、あの条約があれほど大げさに禁じたのよりもはるかに苛酷な出来事を、経験しなければならなかったのである。

私がそれと知っている事実と、あの亡命者たちや外交官たちのぼやけた、非現実的な世界観との間には、極端なくいちがいがあり、そのことに私はとても苦しんだ。私は自分が過去に経験したことを、もういちど念入りに調べることにした。そうして自分が進むべき道を、それまでの社会科学の研究から、フィクションへと転換することを決めたのである。政治学とは違って、つまりユートピア的な未来の到来を口約束するだけの政治学とは違って、フィクションは、生《せい》を、それが真に生きられた通りに描くことができるものだとわかったのである。

アメリカにやってきたとき――このときのヨーロッパ訪問からさかのぼること六年前――、私は戦争中自分が過ごした国に、二度と足を踏み入れまいと決めていた。私が生き延びたのは単なる偶然だった。私以外の何十万もの子どもたちが、死に追いやられたということを、私はいつも痛いほど感じていた。とはいえ、自分と他の子供たちとの間にある不公平を強く感じはしながらも、私は自分自身を、個人的な罪の意識や記憶を切り売りする商人だとは思っていなかった。私たち人民、私たちの世代に降りかかった災厄の記録者として自らを捉えたわけでもなかった。私は自分が純粋に、物語作家なのだと思っていた。

「……真実というものは、人が意見を違えることのない、唯一のものである。誰もが潜在意識下では、生きようとする霊的な意志、なんとしてでも生きようとする意志に支配されている。つまり人は、自分が生きているから、世界全体が生きているから、生きていたいと思うのである。」これは強制収容所に入れられたあるユダヤ人が、ガス室で殺される直前に書き残した言葉だ。「私たちは死の会社にいる」と、同じく収容所に入れられた別の人が書いている。「連中は新入りに入墨をほどこす。みな、番号をつけられるのだ。その瞬間、人は〝自分〟を失い、数字に変えられてしまう。もはや以前そうであったような人間ではなく、価値のない、動く数字でしかなくなる……我々は新しい墓にどんどん近づいている。……ここ死の収容所では、鉄の規律が支配している。我々の頭脳は鈍くなり、思想には番号がつけられる。――この新しい言語を理解するのは不可能だ……」

私が小説を書く目的は、残忍性の「この新しい言語」と、その言語の産物であるもうひとつの新しい言語、つまり苦しみと絶望の言語とを考察することにあった。その本は英語で書くつもりだった。私はそのときまでに、英語で社会心理学の本を二冊書いていた。母国を捨てるときに、母語もまた捨てたのである。さらに言うと、英語は私にとってまだ新しい言葉だったので、感情に動かされずに書くことができた。母語というものは、感情に訴える意味の広がりを常にもつものだが、英語を使うことでその影響から逃れることができると思ったのだ。

物語が動き始めたとき、私は自分がいくつかのテーマを掘り下げたいのだということがわかった。そのテーマを、五冊の小説シリーズで展開したいと思った。個人が社会との間に持つ関係の元型的な様相、それをこの五部作は提示するのである。一冊目は、そうした社会関係のうち、いちばん普遍的なかたちで理解できるメタファーを扱うことになる。つまり、人間は最も傷つけられやすい状態にあるものとして――すなわち子どもとして描かれる。一方、社会はもっとも耐えがたい形態――すなわち戦争状態として描かれるのだ。自分を守る力のない個人が圧倒的な力を持った社会に直面することから、すなわち子どもが戦争に直面することから、本質的に反人間的な条件が示されるのではないか――それが私の期待であった。

さらにいえば、子ども時代を扱う小説は、想像力によってそれに取り組むことを最大限に要求するものだと私には思えた。あの人生のはじめの、もっとも感じやすい時代に、私たちは直接ふれることはできない。だから、それを想像力で再現しなければならないのだ、それも、私たちが現在の自分自身を査定し始める前に。もちろんあらゆる小説は、わたしたちに違う自分を経験させ、そのような感情転移を要求するものだ。ただ一般的に、自分を子どもとして想像するということは、自分を大人として想像するよりも、難しいことなのである。

書き始めたとき、私はアリストパネスの諷刺喜劇『鳥』を思い出した。主な登場人物たちは、古代アテネ市民の重要人物をモデルにしている。でも劇の牧歌的な自然の世界、「ひとが安全に眠り、羽毛をのばすことができる、安楽と全き休息の地」では、匿名の存在なのだ。アリストパネスが二千年以上前に生み出したこの設定がもつ、普遍性と適切さに、私は驚いたものである。

鳥を象徴的に用いるというアリストパネスの方法――それにより、現実の出来事や人物を扱いながら、同時に歴史を書くということが要求する制約をまぬがれることができる――は、とりわけ適切なものに思われた。私はその方法を、子どものときに実際に見たある農夫の習慣と結び付けていた。村人たちが好んでやる気晴らしのひとつだった。鳥を捕らえ、その羽根に色を塗る。そしてその鳥を放して群れに帰すのだ。あざやかな色を塗られた鳥が、仲間たちの庇護を求めて飛んでいく。しかし群れの鳥たちは、この鳥を恐ろしいよそ者だと思って攻撃し、引き裂く。ついにはこの追放者は殺されてしまう。私は、自分の小説の設定もまた、神話の領域におくことに決めた。特定の時間に限定されない、フィクション上の現在に設定し、地理的条件にも歴史的条件にも限定されないようにする。私のその小説は、『ペインティッド・バード』と呼ばれることになろう。

自分のことをたんなる物語作家だと思っていたので、『ペインティッド・バード』の初版では、著者である私についての情報は最小限にとどめた。インタビューを受けることも断った。しかしまさにこういうスタンスが、私を葛藤の場におく結果になったのである。この小説が作者の自伝的作品であると主張する善意の作家、批評家、読者があらわれ、自分たちの主張を裏付けてくれる事実を探していた。この人たちは私に、私の世代の、そしてそのなかでも戦争を生き延びた人たちの、代弁者の役を割り振ろうとしたのである。でも私は、生き延びるということはその人固有の行為であると思う。生き延びた人がそのことによって語る権利を得るとして、それは自分自身のために語る権利だけである。私の人生と私の出自にかかわる諸事実は、『ペインティッド・バード』の信憑性を検証するために用いられるべきでないし、読者に勇気をもってこの本に向かわせるために用いられるべきでもないというのが、私の感覚であった。

さらにいえば、フィクションと自伝はそのモードがまったくちがうと私は感じていたし、それは現在も同じである。自伝というものは、あるひとつの人生を強調する。つまり自伝の読者は、ある他者の生きざまを観察し、自分自身の生とその他者の生とを比較するよう促されるわけだ。いっぽうフィクションでは、そこで描かれる生に読者自身が貢献することが求められる。読者はたんに比較するだけではない。フィクション上の役割を実際に担い、その役割を自分自身の経験と創造／想像力に基づいて押し拡げるのである。

私は堅く心に決めていた、この小説の生は、私自身の生とは独立したものとしてあるべきだと。複数の外国の出版社が、『ペインティッド・バード』を発行する際にある条件をつけてきたが、私は反対した。初めて私の本を出してくれた外国出版社に送った私信があるのだが、それからの抜粋を前書きか後書きとして収録するのでなければ、発行しないというのであった。出版社側は、その抜粋がこの本の衝撃を和らげてくれることを望んだのである。だが私がその手紙を書いたのは、この小説の世界観を説明するためであり、和らげるためではなかった。抜粋をつけたら、それはこの本と読者の間に割って入ることを意味し、小説の統一的一体性を損なってしまう。著者である私のなまなましい存在が、それだけで自立すべき作品のなかに差しはさまれてしまうのだ。原書刊行の一年後に出たペーパーバック版には、作者の自伝にかかわる情報はいっさい収録されていない。たぶんそのためだろう、学校用の推薦図書リストで、コシンスキの名前は現代作家のところにではなく、物故した作家の欄におかれていた。

＊

合衆国と西ヨーロッパで『ペインティッド・バード』が刊行されたあと（私の母国ではこの本は刊行されなかったし、国境を越えて持ちこむことも許されなかった）、東ヨーロッパのいくつかの新聞・雑誌が、反対キャンペーンを開始した。その多くが――それぞれ、掲げるイデオロギーが違っているにもかかわらず――この小説の同じ箇所（いつも文脈を外した引用だった）を攻撃していた。自分たちの非難を根拠あるものにするために、物語の流れを変えもした。国家統制下にある出版社の、怒れる編集者たちの非難によれば、合衆国当局がひそかな政治的目的のため、私に『ペインティッド・バード』を書かせたのだそうである。合衆国で出版される書籍はすべて、米国議会図書館に登録されるわけだが、批判者たちはその制度を知らないふりをして、『ペインティッド・バード』の議会図書館登録ナンバーを持ち出してきた。これこそ、合衆国政府がこの本の出版を助成していたことの、動かぬ証拠だというのである。逆に、反ソ連の立場を取る雑誌は、私が作中でロシアの兵士を肯定的な見方から描いたことをとりあげていた。この本が東ヨーロッパにおけるソ連の存在を正当化しようとしていることの証拠だというのであった。

東ヨーロッパでなされた非難の多くは、この小説の疑わしい特異性をめぐって、集中的になされていた。私は作中もちいた人名・地名によって、特定の民族集団を連想させないようにしていた。にもかかわらず我が批評家たちは、『ペインティッド・バード』は第二次大戦中の特定可能なコミュニティ群における生活を中傷するドキュメンタリー作品であると、難詰したのであった。批評家たちのなかには、私が作中で言及した民話や慣習は、自分たちの出身地方を――かくもあつかましく詳述することで――戯画化したものだと誹謗するものがあった。この小説が民間伝承を歪曲し、農民たちの気質を中傷し、地域の敵によるプロパガンダ戦略を強化していると攻撃するものもあった。

あとになってわかったのだが、こういったさまざまな批判は、わたしの母国で極端なナショナリスト集団が行っていた大規模な企ての、一部をなすものだったのである。彼らは、脅威と国家崩壊の危機感を醸成し、国内に残ったユダヤ人を国外に追い出そうとたくらんでいた。「ニューヨーク・タイムズ」の報道によれば、『ペインティッド・バード』は〝東ヨーロッパに武力による決着を求める〟反動勢力が画策するプロパガンダだとして、糾弾されているとのことであった。この小説が、主人公の少年と似通った役まわりを演じるようになったのは皮肉である。その土地の出身者なのによそ者になってしまうという役割、破壊的な力を行使でき、目の前を横切る者すべてに呪文をかけることができると信じられたジプシーとしての役割を、この小説は引き受けることになってしまった。

首都で起きた反対キャンペーンは、すぐに国中に広がった。数週間の間に何百もの記事が出、ゴシップがなだれをうってあらわれた。国家統制下にあるテレビ・ネットワークが〝『ペインティッド・バード』の足跡をたどって〟というシリーズを始めた。戦争中に私や私の家族と交渉をもったと思われる人たちへのインタビュー番組だった。インタビュアーが『ペインティッド・バード』の一節を読み上げ、このキャラクターのモデルになったのはこのひとですと、紹介するわけだ。当惑した、多くは教育を受けていない人たちが前に引き出される。自分たちがどのようなことをしたと思われているかを知って、ぞっとしてしまう。そして怒りをこめて、この本と著者をののしるのである。

東ヨーロッパ中でもっとも学識があり、尊敬を集めているある作家が、『ペインティッド・バード』を仏訳で読み、書評で取り上げて賞賛してくれた。すぐに、それを取り消すよう政府から圧力がかかった。その作家は見解を出し直し、つづけて「イェジー・コシンスキへの公開書簡」を、自身が主宰している文学雑誌に発表した。そこでは、受賞歴のあるひとりの作家を引き合いに出しながら、次のような警告がなされていた。自分の国の母語を裏切り、外国語にすり寄り、退廃を極めた西側の賞賛を求めたもうひとりの作家のように、私もまたどこかのリヴィエラの怪しいホテルで喉を切り裂いて、生涯を終えることになるだろうというのだ。

『ペインティッド・バード』が刊行された当時、私の母――唯一、生存していた肉親だ――は六十代で、癌手術を二度受けていた。彼女は私が生まれた町で暮らしていたが、ある有力地方紙がそれを知り、母についての下劣な記事を掲載した。裏切り者の母親――この記事に煽られ、地元の狂信者たちや頭に血の上った都市住民たちが、大挙して母の家に押し寄せた。母の看護婦が警察を呼んだ。警察は何をするでもなく傍観し、自警団員たちを統制するふりをしただけだった。

ニューヨークにいる私のところに、学校時代の旧友が――用心しながら――電話をくれた。事態を知り、私は国際機関から得られるあらゆる支援を動員したが、数ヶ月の間、効果はほとんどないように思われた。怒れる市民たち、実のところひとりも私の本を読んでなどいなかった市民たちは、攻撃を続けていた。国外の複数の機関がこの件に関心を持ち、圧力をかけた。それに困った政府役人が、とうとう地区当局に命じて、母を別の町に移させた。母はそこに数週間、攻撃が収まるまでとどまったあと、首都に移り住んだ。持っていたすべてをあとにのこしたままで、だ。信頼できる友達のおかげで、私は母がそのときどきでどこにいるか知ることができ、そこに定期的にお金を送ることができた。

母は自分の家族のほとんどをその国で殺され、そして今度は自分自身が、その国に迫害されることになった。にもかかわらず、国外へ移住しようとしなかった。父のそばで死に、埋葬されたい、自分が生まれたこの地に、親戚みなが死んだこの地に埋葬されたいと言いはるのだ。母が亡くなったとき、その死は彼女の友だちに対する辱めの好機として、警告として利用された。当局は母の葬式について、公に発表することをいっさい禁じたのである。葬式が終わって何日か経ってようやく、そっけない死亡記事が出た。

合衆国でも、外国の地でなされた攻撃が報道された。すると私の元に、東ヨーロッパから帰化した人々からの、匿名の脅迫状が殺到した。母国の人々が中傷され、自分たちの民族的伝統が汚されたと感じたのだ。これら匿名の手紙の書き手は、ほとんど誰もじっさいには『ペインティッド・バード』を読んでいないようだった。というのは、そのほとんどが、東ヨーロッパでなされた『ペインティッド・バード』批判を合衆国の移民系出版社が受け売りしたものを、おうむのようにくり返していたに過ぎなかったから。

ある日、マンハッタンのアパートに一人でいたとき、呼び鈴が鳴った。届く予定の荷物が配達されたのだと思い、すぐにドアを開けた。たくましい体格の、重々しいレインコートを着こんだ男二人が私を部屋の中に押しこみ、後ろ手でドアをバタンと閉めた。私を壁に押しつけ、こまごまと調べる。ひとりが明らかに戸惑った様子で、ポケットから新聞の切抜きを取り出した。東ヨーロッパでの『ペインティッド・バード』攻撃を伝える「ニューヨーク・タイムズ」の記事だ。昔の私を写したぼやけた写真が載っていた。侵入者たちは『ペインティッド・バード』についてなにごとか大声でわめきながら、新聞紙にくるんだ長い鉄パイプをコートの袖から引き出して、私を脅しはじめた。私は、自分はその本の著者ではないと言った。写真の男はいとこなんだ、よく間違えられるんだと。そのいとこはちょうど外出したところだけれども、少ししたら戻ってくるだろう、とも付け加えた。男たちは長いすに腰かけて待った。武器は手に持ったままだ。私は彼らに、何がしたいんだと尋ねてみた。ひとりが応えて言った。『ペインティッド・

バード』を書いたコシンスキを制裁するんだ、この本は自分たちの国をけなし、自分たちの民族をあざわらうものだ。合衆国に住んではいるが自分たちは愛国者なのだとも言った。やがてもうひとりの男も加わり、コシンスキをののしりだした。彼らの言葉はいつしか、私がよく憶えている方言に変わっていった。私は黙ったまま、彼らの幅広い農民顔を、がっしりした身体を、似合っていないレインコートを、じっと見つめていた。ワラ葺《ぶ》き屋根の小屋、沼地にはびこる草、牛に牽かせる鋤といったものからはもう離れた世代なのに、彼らはいまだに農民のままだった。私が知っている通りの農民だった。『ペインティッド・バード』のページから出てきたんじゃないかと思えるぐらいで、そのためちょっとの間、私は彼らを所有している気持ちにもなった。もし彼らが本当に私の本の登場人物なら、私のところにやってきたのはごく自然なことというべきで、私は友好的に、彼らにウォトカをすすめた。彼らは最初はためらったが、やがて積極的にうけとった。彼らは酒を飲み、私は本棚の散らばった本を片づけ始めた。そして私は、本棚の端においてあった二巻本の『米語辞典』の後ろから、きわめて何気ない動きで、小型のリヴォルヴァーを取り出したのである。私は男たちに武器を捨て、手を挙げるように言った。すぐに彼らは従った。私はカメラを取り上げた。片手にリヴォルヴァー、片手にカメラを持ち、すばやく数枚の写真を撮った。不法侵入と暴行未遂の容疑で君たちを訴えるときには、この写真が容疑者特定の証拠になるだろう、と私は言った。彼らは許しを乞い、ついには、自分たちは私に、あるいはコシンスキに、危害は加えなかったではないかと抗弁しだした。私はそのことを少し考えるふりをして、最後にこう答えた――肖像を写真で残しておいたのだから、もう実物を引きとめておく必要はないね。

東ヨーロッパで行われた中傷キャンペーンの影響を感じさせられる出来事は、これだけではなかった。アパートの外で、あるいはガレージにいるときに、近くに寄ってこられて言葉を投げられることがときどきあった。通りで私を見つけた、だれか見知らぬ人が、敵意に満ちた言葉や侮辱をはいてきたことも三度か四度あった。私の母国で生まれたあるピアニストに敬意を表して開かれたコンサートでは、愛国的老婦人の一団が、ばかばかしい時代遅れの罵倒を金切り声で叫びながら、傘で私を攻撃してきた。『ペインティッド・バード』出版から十年経った現在でも、私の出身国の——そこでは、この小説はいまだに発禁だ——国民は、私を裏切り者だといって責めている。悲しいことに、このひとたちは気づいていないのだ。政府が自分たちを確信犯的にだましていることを。それによって自分たちの偏見が助長されていることを。そして、自分たちがある力の——私の主人公であるあの少年は、その同じ力から辛くも逃げのびたわけだが——犠牲になっているということに、気づいていないのである。

『ペインティッド・バード』出版から一年ほどたったころ、文学者たちの国際的な協会であるPENクラブから、連絡があった。私の母国からやってきた、ある若い詩人についての用件だった。彼女は複雑な心臓手術を受けるために合衆国に来ていた。不幸なことに、その手術をしても、医者たちの見込みどおりにすべてが好転するということにはならなかったのだが。彼女は英語が話せなかった。手術の後の数ヶ月は手助けが必要だと、PENクラブが私に伝えてきた。彼女はまだ二十代のはじめだったけれども、すでに詩集を何冊か出していて、国ではもっとも将来有望な若手のひとりと目されていた。私はここ数年の彼女の仕事を知っていたし、高く評価してもいたから、そんな彼女に会えるというのはうれしいことだった。

ニューヨークで彼女が健康の回復を待つ数週間、わたしたちはこの街のあちこちを歩いた。マンハッタンの公園や超高層ビルを背景に、よく彼女の写真をとった。私たちは親友になった。彼女はビザの延長を申請したが、領事館に拒否された。彼女は、自分の言語と家族を永遠に捨て去ることは望まなかったので、国に帰るほかなかった。後になって、私は彼女から手紙をもらった。第三者を介して、だった。手紙によれば、彼女が私と親しくなったことを、全国作家組合が知ったのだという。そしてそこから、『ペインティッド・バード』の著者とニューヨークで会ったことを題材にして短編小説を書くよう要求されていることを、彼女は告げていた。その短編小説は、私をモラルが欠如している者として、母国が表す全てのものを侮辱することを誓った背教者として描くことになる、ということだった。彼女はその小説を書くことを最初は拒否した。自分は英語がわからないから『ペインティッド・バード』を読んだことはない、それに私と政治について議論したこともない、と彼女は組合側に言ったそうである。しかし彼女は仲間たちからいつも意見されるのだという。彼女が手術を受けることができたのは組合のおかげであること、手術後に受けた手当ての負担もすべて組合が引き受けていることを。仲間たちはまた、彼女が傑出した詩人であって若い人たちに絶大な影響力を持っているのだから、愛国的義務があること、そして国を裏切った男をペンで攻撃するという義務を果たすべきだ、というのだそうだ。

彼女はその要求された中傷小説を書いた。それが載った週刊文学誌を、友だちが送ってくれた。私は自分と彼女の共通の友だちを通じて、彼女に連絡をとろうとした。彼女が策略にはまって逃れようのない立場に追いこまれたのだということを、自分はわかっていると伝えたかったのだ。でも、彼女から返事はなかった。数ヵ月後、彼女が致命的な心臓発作に見舞われたということを聞いた。

＊

西側でみられた『ペインティッド・バード』批評には、賞賛するものにしろ酷評するものにしろ、そこにいごこちの悪さという通底音が流れていた。アメリカならびにイギリスの批評家の多くが、あの少年の描写について異議を唱えた。残酷さにあまりにも深く傾きすぎている、というのがその理由だった。私が自分の奇妙な想像力を満足させるために、戦争の恐怖を利用したのだとして、大方の批評家がこの小説と著者を退けた。全米図書賞の二十五周年式典を祝する文章の中で、ひろく尊敬されているある現代作家がこう書いていた——『ペインティッド・バード』のように救いのない残忍さに彩られた本は、英語で書かれる小説の未来にとってあまりよい兆候ではない——。ほかには、この本はたんに個人の記憶を書いたにすぎないという批評もあった。つまり、戦争で荒廃した東ヨーロッパについての素材を与えられたなら、残忍なドラマに満ち溢れた筋をでっちあげることはだれにでもできるというのであった。

事実を指摘しておくなら、この本を歴史小説だと捉えた人のうち、確かな情報源にあたろうとした人はほとんどいなかった。生き延びた人たちがする話も、戦争にかかわる公式文書も、わが批評家たちは知らないか、関わりをもとうとしないかだった。容易にふれることができる証言でさえ、だれも読もうとしていないようだった。たとえば、ある十九歳の生存者による次のような証言でさえも。ドイツ帝国の敵をかくまったかどで、東ヨーロッパのある村が制裁をうけたときの様子——「ドイツ軍が村を鎮圧するために、カルムイク人を連れてやってきたのをこの目で見ました」。彼女は書く。「ひどい光景でした。死ぬまで記憶に残るでしょう。村を取り囲み、連中は女たちをレイプしはじめました。それから、この村を住民と一緒に焼き払うよう命令が下されました。あの興奮した野蛮人たちが、燃え木を家に放ちました。それから逃げ出してくるひとは、撃たれるか、燃えている家に無理やり戻らされました。連中は小さい子どもたちを母親から引き離し、炎に投げ込みました。悲しみにうちひしがれた母親たちが子どもを助けようと駆けよると、連中は銃で撃つのでした。まず片方の足を、それからもう一方の足を。苦しめてからでないと、殺そうとしませんでした。このめちゃくちゃな狂乱が一日中続きました。夜になってドイツ軍が去ったあと、村人たちは生存者を助けるため、ゆっくりと村に戻りました。目もあてられない光景でした。——くすぶっている材木、そして小屋の近くには焼かれた人たちの残骸。村の裏側の野原は死体でおおわれていました。——子どもを抱いた母親、頭を割られ、脳みそが顔中に飛び散っていました。十歳の子ども、手には教科書を持ったままでした。すべての遺体が五つの集団墓地に埋葬されました」。このような出来事は、東ヨーロッパのあらゆる村が知っていることである。そして何百もの村落が、同じような運命に苦しんだのだった。

別の文書によると、強制収容所のある司令官はためらうことなくこう認めている、「子どもは即座に殺す規則だった。幼すぎて働けないからだ。」別の司令官が述べたところでは、四十七日間のうちに、ガス室で殺したユダヤ人の子どもが着ていた服十万着をドイツに輸送する準備を整えたという。あるユダヤ人のガス室係員は、「毎日収容所で死ぬジプシー百人のうち、その半数以上が子どもだ」と日記に書いている。別のユダヤ人係員によれば、ガス室へと歩いていく若い娘の性器を、SSが平然とさわっていたという。

大戦中に東ヨーロッパで見られた残忍さ・残酷さを、私は誇張していない。その一番よい証拠は、たぶん以下のような事実だろう。私の学校時代からの友だちが、密輸された『ペインティッド・バード』を手に入れて、こう書いてよこしたのである——この小説は、自分たちや家族の多くが戦争中にくぐりぬけた経験に比べれば、牧歌的な小説である——。友人たちは、私が歴史的真実を水で薄め、アングロ＝サクソンの感受性に迎合したといって責めた。アングロ＝サクソンが国家の大変動に直面したのは、一世紀前の南北戦争ただ一度きりだった。そのときには、孤児の群れが荒廃した南部をさまよったのであるが。

友人たちのこのような批判に反対することは、私には難しかった。一九三八年に、私の親類が六十人とちょっと、一年に一度の集まりに——それが最後になった集まりに参加した。そのなかには卓越した学者、慈善事業家、医者、弁護士、金融関係者が含まれていた。この六十人ほどのうち、戦争を生き延びたのはわずか三人である。なお、私の両親は第一次大戦とロシア革命、マイノリティ抑圧の二〇年代・三〇年代を生き延びてきた。そうした時期のほとんど毎年、苦難があり、家族離散があり、愛する者が手足を切られたり殺されたりする出来事があった。しかし、そんなに多くの苦難を目にしてきた両親ですらも、一九三九年に解き放たれた野蛮性には、準備ができていなかったのである。

第二次世界大戦の全期間を通じて、両親は常に危険な状態にあった。ほぼ毎日、新たな隠れ家を探すことを余儀なくされた。その生活は、恐れ、逃走、飢餓の生活だった。常に見知らぬひとたちのあいだで暮らし、自分たちの生活を他の人たちの生活のなかにおおいかくした。そのことで、終わりのない根無し草的感覚が生じた。母が後に語ったところでは、たとえ自分たちの身が安全であるときでも、子どもを遠くへ送ったのは間違いだったのではないか、自分たちと一緒にいたほうが安全だったのではないかという思いに、常に苦しめられていたそうである。母は言ったものだ。幼い子どもたちが、焼却炉に、国中に設けられた恐ろしい収容所に向かう列車に連行されていくのを見たときの苦悩は、筆舌に尽くしがたいと。

そんな両親のため、そして両親と同じような人たちのために、私はフィクションを書きたかったのである。この人たちが表現しようもないと感じた恐怖を、映し出し、そしておそらく祓《はら》うことになる、そんなフィクションを。

＊

父の没後に、母が何百冊もの小型手帳を私にくれた。戦争中に父が持ち続けていたものだった。母が言うには、父は逃げるときでも何とかして——生き延びることができるかどうか自信もないのに——高等数学に関する大量のメモを、優美な細かい筆跡で、書いていたそうである。父はもともと文献学者であり古典学者だったが、戦争中は数学だけが、日々の現実を離れた、慰めを与えてくれたのだった。人間に関する様々なことについて言わず語らずの注釈がなされる文学の世界から離れ、純粋論理の世界に包まれることによってのみ、父は日々起きる恐ろしい出来事を超越することができたのだった。

父が死ぬと、母は私のなかに、父の性格や気質の反映を見出そうとした。母は最初のうち、私が父と違って、出版を通じて自分自身をおおやけに表現する道を選んだことで心配したものだ。父は生涯を通じて、公衆を前にして話すこと、講演すること、本や記事を書くことを拒んだひとだった。プライバシーが神聖であることを信じていたからだ。父にとってもっとも報いのある人生というのは、世界中に気づかれることなく送られる人生だった。創造的な人間、つまりその技量によって世界中の視線を自らに引き寄せるような創造的な人間は、自分の仕事の成功とひきかえに、自分自身と愛するものの幸福を犠牲にしてしまう——それが父の信念だった。

無名のままでありたいという父の欲望は、生涯にわたる試みの一部をなすものだった。つまり父は、自分以外のだれも近づくことのできない、自分だけの哲学的体系を作り上げようとしていたのである。排除されること、そして無名のままであることは、子ども時代の私が日常生活において実際に経験していたことだったが、そんな私は逆に、あらゆる人がアクセスできるフィクションの世界を創りあげねばならないと感じるようになった。

父は書かれた言葉に対して不信感を持っていた。にもかかわらず、図らずも最初に私を英語で書くことに向かわせたのは、父であった。私がアメリカにやってきてから、父は毎日手紙を――手帳に数学のメモを書いていたのと同じ忍耐と正確さをもって――よこした。英語の文法と成句の微妙な勘どころを、徹底的に詳しく説明するものだった。こうした教材は、航空郵便用の便箋に、文献学者的な正確さで注意を払いながらタイプされていたが、そこに個人的な連絡や地元の情報はまったく含まれていなかった。人生というものがまだお前に教えていないことはもうほとんどないし、自分もお前に譲り渡すことができるような新たな洞察はもっていない、と父は言うのであった。

そのときまでに、父は重い心臓発作に何度か見舞われていた。視力が弱まり、その視界は四つ折版のページと同じぐらいのサイズの印刷面に限られるようになった。父は、人生が終わりに近づきつつあることを知り、自分が息子に与えられるものはただひとつであると、生涯の研究を通じて洗練させ豊かにした、英語についての自らの知識だけであると、思ったに違いないのである。

もう二度と父には会えないと分かったとき、そのときになってようやく私は、父がどんなに深く私のことを知り、どんなに私を愛しているかが分かった。父はたいへんな苦労をしながら、私の独特な性向にあわせて授業を組み立ててくれた。父が選んだ例文は常に、私が尊敬する詩人や作家の表現から採られていたし、一貫して、私が特別な興味を持つような話題や概念を扱うものだったのである。

『ペインティッド・バード』出版前に父は亡くなった。自分がこんなにも大いに貢献した本を、彼は目にすることがなかった。いま私は父が残してくれた手紙を読み返しながら、彼がもっていた知恵の大きさを実感している。父はひとつの声を、新しい国で私を導いてくれる声を、私に遺してくれた。この遺産によって、私が自由になり、自分がこれから生きていくところとして選んだ土地に全力で身を投じることを、父は望んだに違いないのである。

＊

社会的・文化的制約がゆるやかになった一九六〇年代後期の合衆国では、大学・学校の現代文学のコースで、『ペインティッド・バード』が補助読本として採用され始めた。私は生徒からも先生からも、よく手紙をもらった。この本について書かれた学期末レポートや感想文も送られてきた。この本に描かれた人物たちや出来事は、多くの若い読者にとって、自分たちが生きている現実のなかで出会う人々や状況と似ているのだった。世界を、鳥と鳥を捕らえる者との争いの場として感じる人たちがいたのだ、そして『ペインティッド・バード』はそういう人たちに、地誌学《トポグラフィ》を提供したのである。そうした読者は――特にエスニック・マイノリティだったり、社会のなかで不利な立場にあると感じている人たちだったりしたが――、自分たち自身がおかれた状況を構成している諸要素を、あの少年のあがきのなかに見出したのである。自分たちが理性においても、感情においても、肉体においても生き延びようとして奮闘している、その奮闘を映し出すものとして、『ペインティッド・バード』を読んだのである。この読者たちにとって、あの少年が湿地や森の中でなめた辛苦は、今も続いているのだ。ゲットーのなかで、別の大陸にある都市で続いているのだ。そこでは、肌や目や髪の色、言語、そして教育が、「アウトサイダー」つまり自由な精神をもった放浪者たちに、一生残る傷をつける。そしてそのような者たちを、「インサイダー」である力を持った多数派が、恐れ、排斥し、攻撃するのである。いっぽうで、別の読み方をする読者もいる。この小説を読み、異世界のような、ヒエロニムス・ボスが描いたような風景のなかに入りこむことで、自分たちの想像力が広がることを期待しているのだ。

＊

こんにち、『ペインティッド・バード』を書いてから何年もたち、私はこの小説を前にして落ちつかない気持ちでいる。過ぎ去った十年は、批評家的な距離を保ってこの小説を考えることを可能にしてくれた。しかし今、この本が引き起こした論争や、この本が私自身の生活と、私に近しい人たちの生活に及ぼした変化を考えてみると、自分がこれを書こうと思った当初の決意が正しかったのかどうか、疑問に思ってしまうのである。

私は予見できなかったのだ。この小説がそれ自身の生を生きはじめるということ——文学上の挑戦的作品となるのではなく、わたしのまわりの人々の生活を脅かすものになりうるということを。私の祖国の支配者にとって、この小説は、作中に描かれた鳥のように、群れから引き離されなければならないものだった——捕らえて羽根に色を塗り、放つ、それが大混乱をもたらすのを、私は傍観するだけだ。結果がどうなるのか予見できていたら、私は『ペインティッド・バード』を書かなかったかもしれない。しかしこの本は、主人公の少年のように、加えられる攻撃を切り抜けてきた。生き延びようとする意志は、本質的に束縛を受けないものだ。想像力というものが、あの少年以上に、自由を奪われ囚われるということが、はたしてありうるだろうか？

イェジー・コシンスキ
ニューヨーク、一九七六年

解題

西 成彦

発表されてからもうすぐ五十年になろうというのに、本書はいまなお英語圏でベストセラーの地位を保っている。二〇〇五年の『タイム』誌における「一九二三年から現在までの英語小説百選」に選ばれているのは何よりの証拠だ。しかし、「後記」にもあるように、本書は発売当初から絶え間ないバッシングにさらされてきた。一九六〇年代から七〇年代にかけては東西冷戦のあおりを受け、一方で親ソ的なプロパガンダと受け取られたかと思えば、他方で反「東欧」キャンペーンの急先鋒とみなされた。しかし、それは始まりにすぎなかった。

一九八二年に始まったゴーストライター疑惑や盗作疑惑は、東西冷戦の終結した一九九〇年代に入ってからも下火になるどころか、いっそう加熱した。一九九一年五月三日、突然、コシンスキ自身が毒を呷り、ポリ袋をかぶって自殺を遂げた結果、その破天荒な人生があらためて野次馬的な関心の対象となったからである。

通常「ホロコースト文学」と呼ばれるものが英語圏に迎え入れられるとき、それは翻訳書の形をとった。「ホロコースト」の現実と英語圏とは基本的に切断されていたのである。ところが、ポーランド出身の亡命作家がいきなりきわめつけのサバイバル小説を英語で書き上げることになった。読者はおのずから彼に本物の「サバイバー」であることを期待し、作品の自伝的側面を真に受けようとしたが、同時に、その信じがたさに救いを求めようともしたのである。その強烈な内容から、英語による書き下ろしというそのふれこみまで、すべてをまことしやかな嘘だと信じたがるものたちのあいだで、数々の疑惑は、いちいちが真相を暴くものであるかのように受け取られたのであった。「ホロコースト」という現実は、信じるべき事柄として提示されればされただけ、信じがたさのよろいをかぶってしまうものである。

しかも、冷戦終結とともに、それまで長いあいだこれが禁書とされていたポーランドで、翻訳版が刊行されることになり（トマシュ・ミルコーヴィッチ訳、チテルニク社、一九八九）、そのことが傷口をさらに大きくした。レヴィンコップ一家のサバイバルを近くから見守った証人たちが次々に名乗りをあげたのである。

そもそも、ユゼフ・ニコデム・レヴィンコップというユダヤ人そのものの名前を持つ少年として、一九三三年、両大戦間期のポーランドに生まれた彼が、実際にどんなふうに戦争を生き延びたのか、その伝記的な事実が死後になって明るみに出されるにつれ、その実像と本書の描いた主人公の姿との相違にひとびとは首を傾げるようになる。ユダヤ人家庭に生まれた少年は、第二次世界大戦の勃発後、イェジー・コシンスキという、よりポーランド人らしい名前を名乗るようになったばかりか、カトリック教徒の洗礼を受けることで、ゲットーにもガス室にも送られることなく生き延びたのだという。しかも、本書の主人公とは異なり、その少年時代は、当時からするとかなり幸運なものであったらしい。となると、サバイバー作者コシンスキの作家的意図があらためて再審に付されることとなった。

ポスト冷戦期の旧「東欧」では、本格的な歴史の読み直しがはかられた。それまで「ホロコースト」の一部とみなされてきたジェノサイドのいくつかが、ソ連軍によるものであったこと、あるいは地域の多数派農民によるものであったことなどが、次々に告発・暴露され、なかでも、一九四一年七月、独ソ戦開始直後に起こったとされるイェドヴァブネのポーランド人農民によるユダヤ人虐殺は、一大スキャンダルとなり、「ホロコースト」の戦争責任をナチス・ドイツにだけ負わせておけばよかったそれまでの慣行は見直しを迫られた。すると、たとえば本書などはその先駆性を言祝がれてもよかったはずなのだが、そうはならず、これは「ホロコースト」現象の拡散と水増しを象徴する作品として、かえって歴史修正主義の先鋒に立つものとして負の評価を受けることになったのである。

亡命後の数年でスキャンダラスな小説を矢継ぎ早に発表したのみならず、上流階級に属する女性との結婚、シャロン・テート事件への関与疑惑やＣＩＡとの接触疑惑、映画『レッズ』（一九八一）や『ウッチ・ゲットー』（一九八九）での俳優ぶり、合衆国ＰＥＮクラブ会長などの名誉職や謎の死など、数奇な生涯は、その死後にまで憶測の余地を残し、本書の評価は、作家コシンスキの受ける評価によってたえず左右される運命にあったのである。

◆

本書の魅力は、とにもかくにも、その危うさと表裏一体をなしている。

本書を単なる「サバイバル小説」、あるいは一少年の「ヰタ・セクスアリス」としてではなく、「ホロコースト小説」として読むスタイルは、エリ・ヴィーゼルら在米のユダヤ系知識人による高い評価とともに早くから定着した。ハイスクールの教材に用いられることも珍しくなかった。本書の描く残虐さのすべては「ホロコースト」の特質を文学的に告発するものだというわけだ。しかし、これを「ホロコースト小説」として読むものが、同じ本書を「ポルノグラフィー」として読まない保証はどこにもない。本書の最大の特徴は「ホロコースト」の背後にひそむ性的なサディズムに徹底的にスポットライトを当てたところにある。そして、主人公を少年として設定したことで、この方法は鮮烈なまでの印象を読者に与える。主人公の少年が「おとり」となって東部ヨーロッパの辺境に潜入し、面白いように人々のサディズムを炙り出し、しかも残酷な大人たちの攻撃を相手に不屈のサバイバルを果たす。そうして少年はひとりのアナーキーなテロリストへと鍛え上げられてゆくのである。

戦争が子どもたちに対して受苦の時代を強いるものであることは言うまでもない。子どもにとって戦争とは自分のあずかりしらない世界からやってくるものであり、それを抑制するためにいかなる政治的な手段が存在するのか、彼ら彼女らはそれを知らない。しかし、戦争のなかで死刑宣告を受けたも同然、いつ殺されても苦情を申し立てるすべのない状態に置かれた子どもは、それでも（死を）猶予された時間のなかで「あそび」に興じることがある。しょせん、死刑囚である彼ら彼女らは、「あそばされ」ていたにすぎないのだが、そうした子どもたちにとっては生き延びる営みそのものが「あそび」なのだ。おもちゃがない代わりに、偶然手に入れた兵器や地雷がその玩具となり、意味のない殺人の目標であったはずの彼ら彼女らが、逆に意味もない人殺しに手を貸してしまうことさえある。強制収容所のような監視空間はべつとしても、本書が舞台とするような、前線に位置する隔離空間では、魔女の歯牙にかかりかけたヘンゼルとグレーテルが、一転して魔女を焼き殺す立場にまわるというようなことが日常でありえたのである。

子どもたちは、事態の無法性に憤るよりも先にそれに馴れてしまい、戦争が終わってからも、周囲での秩序回復じたいが、身近には感じられなかったりする。本書は、まさしく受苦の経験が子どもを怪物に変えていくさまを描いた小説である。コシンスキと同世代に属する戦後ポーランドの高名な批評家の一人、アンジェイ・キヨフスキは、「子どもは人間ではない」というパスカルの言葉を題辞に引きながら、戦争サバイバーの少年たちを蝕んだ非道徳的な傾向を「ジンギスカン・コンプレックス」の名で呼んだことがある。

コシンスキ本人の生きた戦争がどうであったにせよ、少年にとって戦争を生き延びることの何であったかを私たちに考えさせる教材として、本書はいかなる「ホロコースト文学」にもない強度と危うさを内包している。そこには幼児虐待から異常性愛にいたるまでの数かぎりない倒錯がこれみよがしに陳列される格好になっている。「ホロコースト」の真実に肉迫するために、私たちはほんとうにくり返し「ポルノグラフィー」につきあわなければならないのだろうか?——本書をめぐる多種多様なスキャンダルの根っこはそこにひそんでいたのだと思う。

そして、そもそも「ホロコースト」の現場とは無縁な言語であったはずの英語世界に、翻訳小説という形をとらずに「自称サバイバー」がなぐりこみをかけた。エリ・ヴィーゼルやバシェヴィス・シンガーが英語圏の読者によって熱狂的に受け入れられたとしても、それはフランス語やイディッシュ語からの翻訳でしかなかったのに対して、本書は亡命ポーランド人がみずからの手で書き上げた英語小説として、読者の前に拳のように突き出されたのだ。初版の刊行は、折から欧米世界でポルノ映像産業が急成長を遂げた一九六〇年代だった。こうした歴史的背景が、鵜の目鷹の目、本書に対する疑惑の目をいっそう険しいものにしていったことは容易に想像できる。

「ホロコースト」の現場に立ち会うということが、まさにポルノ映像につきあわされるのと同じ刺激に身をさらし、それをなんとかして否認しようとする自制心とともに映像を前にするという事態に他ならないことを、本書は「ホロコースト」をなかなか身近には感じられない読者に対して無理にも確認させる。本書の啓蒙性はまさにこのからくりにあり、そして、であればあっただけ、本書は「ホロコースト」の再帰・回帰に怯える読者をどこまでも激昂させるのだ。

本訳書では作者名をポーランド語風に「イェジー・コシンスキ」と表記し、日本でのこれまでの慣例には従わなかった。英語圏では、たとえば「ジャージ・コジンスキー」と発音されることも少なくなく、『庭師／ただそこにいるだけの男』（高橋啓訳、飛鳥新社、二〇〇四）にもこの表記が用いられているが、今回は著者がポーランド出身の英語作家であることを重視した。

また、訳文中には現代的な観点からすると差別表現にあたるものが少なくないが、迷信にとりつかれた民衆のあいだをさまよった少年の物語であることを重視して、迷信的なものは敢えて迷信として取り扱った。「ジプシー」という用語も、戦争当時の慣例をそのまま残している。

本書には、一九七二年に角川書店から『異端の鳥』（イエ《マ》ールジ《マ》・コジンスキー著）の題で刊行された青木日出夫訳（角川文庫版は一九八二年）があるが、そこではホートン・ミフリン版の初版（一九六五）が底本に用いられている。今回の翻訳は、同じホートン・ミフリン社から刊行された改訂版（一九七六）に基づくグロープレス版（一九九五）を用い、底本の違いにより、若干の異同がある。惜しまれることに、青木氏は、二〇〇六年に亡くなられたが、角川版の青木訳は、今日でも十分に読むに耐えるものであり、今回の新訳にあたっても、ずいぶん、参考にさせてもらった。本書の刊行を機に、あらためて青木氏の冥福を祈りたい。

【お奨めの参考文献】

Joanna Siedlecka, *Czarny Ptasior*, 1994 ——作家のポーランド時代について詳しい。

James Park Sloan, *Jerzy Kosinski: A Biography*, 1996 ――コシンスキの詐欺師ぶりを暴いた娯楽性の高い読み物。

（和書）

イエールジ・コジンスキー『異境』（青木日出夫訳、角川書店、一九七四）――原題 *Steps*（1968）。『ペインティッド・バード』に続くコシンスキの小説第二作。一九六九年の全米図書賞を受賞。

ジャージ・コジンスキー『庭師／ただそこにいるだけの男』（高橋啓訳、飛鳥新社、二〇〇四）――原題 *Being There*（1971）。映画『チャンス』（一九七九）の原作。本作品には、青木日出夫による翻訳『予言者』（角川書店、一九七七）もある。

ローレンス・ランガー『ホロコーストの文学』（増谷外世嗣・石田忠・井上義夫・小川雅魚訳、晶文社、一九八二――原書一九七五）――第五章「人間から獣へ」は『ペインティッド・バード』を正面から扱っている。

若島正「詐欺師コスキーの告白」（『乱視読者の帰還』みすず書房、二〇〇一）――バッシングの絶えないなか、自死をとげたコシンスキの最後の長編『六九丁目の隠者』を扱ったエッセイ。

沼野充義「消え去る東欧——コジンスキーとシンガーの死」（『徹夜の塊　亡命文学論』作品社、二〇〇二）——一九九一年に相次いで世を去ったポーランド出身の二人の作家を追悼するエッセイ。

西成彦「前線をさまよう裸の眼」（『エクストラテリトリアル／移動文学論Ⅱ』作品社、二〇〇八）——『ペインティッド・バード』における「観ること」「観られること」について考察したエッセイ。

本作品中には、今日の観点から見て考慮すべき用語・表現がございますが、作品が書かれた時代的・社会的状況を鑑み、また、文学作品としてのテキストを忠実に日本語に移すという方針から、おおむねそのまま訳出しました。読者の皆様方のご理解をお願い申し上げます。

編集部

［訳者］

西　成彦　（にし・まさひこ）

1955年生まれ。立命館大学大学院先端総合学術研究科名誉教授。専攻は比較文学、ポーランド文学。

著書に、『ラフカディオ・ハーンの耳』（岩波書店、1993）、『イディッシュ　移動文学論Ｉ』（作品社、1995）、『森のゲリラ　宮沢賢治』（岩波書店、1997）、『耳の悦楽　ラフカディオ・ハーンと女たち』（紀伊國屋書店、2004、芸術選奨文部科学大臣賞新人賞受賞）、『ターミナルライフ　終末期の風景』（作品社、2011）、『外地巡礼　「越境的」日本語文学論』（みすず書房、2018、第70回読売文学賞受賞）、『旅する日本語　方法としての外地巡礼』（共編著、松籟社、2022）など。

訳書に、ゴンブローヴィッチ『トランス＝アトランティック』（国書刊行会、2004）、ショレム・アレイヘム『牛乳屋テヴィエ』（岩波書店、2012）など。

〈東欧の想像力〉7

ペインティッド・バード

2011年　8月　5日　初版発行　　定価はカバーに表示しています
2022年　5月 20日　第4刷

著　者　イェジー・コシンスキ
訳　者　西　成彦
発行者　相坂　一

発行所　松籟社（しょうらいしゃ）
〒612-0801　京都市伏見区深草正覚町1-34
電話　075-531-2878　振替　01040-3-13030
url　http://www.shoraisha.com/

印刷・製本　モリモト印刷株式会社
装丁　西田　優子

Ⓒ2011　ISBN978-4-87984-260-2　C0397

東欧の想像力 14

イヴォ・アンドリッチ『宰相の象の物語』（栗原成郎 訳）

旧ユーゴスラヴィアを代表する作家アンドリッチの作品集。複数の言語・民族・宗教が混在・共存していたボスニアを舞台に紡がれた 4 作品「宰相の象の物語」、「シナンの僧院に死す」、「絨毯」、「アニカの時代」を収録。

[46 判・ハードカバー・256 頁・2200 円＋税]

東欧の想像力 13

ナーダシュ・ペーテル『ある一族の物語の終わり』（早稲田みか＋簗瀬さやか 訳）

祖父から孫へ、そしてその孫へと、語り継がれた一族の／家族の物語。その「終わり」に立ちあったのは、幼いひとりの男の子だった―現代ハンガリー文学を牽引するナーダシュの代表的中編。

[46 判・ハードカバー・240 頁・2000 円＋税]

東欧の想像力 12

ゾフィア・ナウコフスカ『メダリオン』（加藤有子 訳）

ポーランドにおけるナチス犯罪調査委員会に参加した著者が、その時の経験、および戦時下での自らの体験を踏まえて著した短編集。第二次大戦中のポーランドにおける、平凡な市民たちの肖像をとらえた証言文学。

[46 判・ハードカバー・120 頁・1600 円＋税]